modern
TALKS

m o d e r n t a l k s

владимир сорокин

норма

Москва
БСГПРЕСС
2000

С 65 Сорокин В. Г.
Норма — М., Б. С. Г.-ПРЕСС, 2000.— 480 стр.

Сорокин Владимир Георгиевич родился в 1955 году в Подмосковье. Окончил МИНХ и ГП им. Губкина. Занимался книжной графикой, живописью, концептуальным искусством. Участник многих выставок. Прозу пишет с 1978 года Первая публикация: роман «Очередь», Париж, издательство «Синтаксис», 1985. Написал романы «Очередь», «Норма», «Тридцатая любовь Марины», «Роман», «Сердца четырех», «Голубое сало», а так же сборники рассказов, пьес и три киносценария. Книги Сорокина переведены на 10 языков.

ISBN 5-93381-011-4

Книга издана при участии Издательского дома «Подкова»

Бориса Гусева арестовали 15 марта 1983 года в 11.12, когда он вышел из своей квартиры и спустился вниз за газетой. Возле почтовых ящиков его ждали двое. Увидя их, Борис остановился. Справа от лифта к нему двинулись ещё двое. Один из них, худощавый, с подвижным лицом, приблизился к Гусеву и быстро проговорил:

— Гусев Борис Владимирович. Вы арестованы.

Гусев посмотрел на его шарф. Он был серый, в белую клетку. Худощавый вынул из руки Гусева ключи, кивнул в сторону лестницы:

— Прошу.

Гусев стоял неподвижно. Двое взяли его под руки.

— Ордер... — разлепил побелевшие губы Гусев.

— Ордера на арест и на обыск будут предъявлены вам в вашей квартире.

— Предъявите сейчас, — с трудом проговорил Гусев.

— Борис Владимирович, — улыбнулся худощавый: — пойдёмте, не тяните время.

Гусева подтолкнули к лестнице. Он пошел, еле передвигая ноги.

Двое прошли вперед, двое и худощавый двинулись за Гусевым.

— У вас всегда так мочой воняет? — спросил худощавый. — Бомжи ночуют?

Гусев двигался, не отвечая. Он был бледен.

Поднялись на третий этаж, вошли в квартиру Гусева. Худощавый снял трубку телефона, набрал номер:

— Юрий Петрович, всё в порядке. Да.

Гусев стоял посередине своей единственной комнаты, сплошь заваленной книгами. Четверо стояли рядом.

— Присаживайтесь, Борис Владимирович, — посоветовал худощавый.

— Предъявите ордер...и вообще...документы.

— Минуту терпения, — худощавый закурил.

В дверь позвонили.

— Откройте, — приказал худощавый.

Дверь открыли. Вошли участковый и полноватый человек с пшеничными усами.

— Следователь КГБ Николаев, — представился он, не глядя на Гусева. Достал из папки два листа, протянул Гусеву:

— Ознакомьтесь.

— Садитесь, Гусев, — худощавый подвинул расшатанный стул.

Гусев смотрел в бумаги, держа их в обеих руках.

— Товарищ лейтенант, — обратился полноватый к участковому. — Организуйте нам понятых.

Участковый вышел.

— Ознакомились? — Николаев забрал бумаги у Гусева. — Дело ваше веду я. Сейчас придут понятые, мы произведём у вас обыск. Параллельно начнем наш разговор. Садитесь, Борис Владимирович, что вы стоите, как в гостях.

Гусев опустился на стул.

Вскоре появились понятые: пожилая женщина в зеленой кофте и молодой человек с толстой шеей.

— Товарищи понятые, — Николаев снял пальто, — мы сотрудники Комитета государственной безопасности. Гражданин Гусев, проживающий в этой квартире, арестован. Мы

просим вас присутствовать во время обыска. Представьтесь, пожалуйста, и присаживайтесь. Валера, организуй им место.

Худощавый сбросил лежащие на диване книги и журналы на пол.

— Комкова Наталья Николаевна, — громко произнесла женщина.

— Фридман Николай Ильич, — пробормотал молодой человек.

Они сели на протёртый диван. Худощавый опустился рядом, достал из «дипломата» бланк, подложил под него подвернувшийся журнал «Америка», положил на «дипломат» и стал писать.

— Я свободен? — спросил участковый.

— Да. Спасибо, — Николаев сел за стол, раскрыл папку, вынул ручку с золотым пером.

Участковый вышел. Пока худощавый вполголоса опрашивал понятых, Николаев зашелестел бумагами:

— Так. Гусев Борис Владимирович. 1951 года рождения. Где вы родились?

— Я не буду отвечать на ваши вопросы, — проговорил Гусев.

— Вы обязаны отвечать на мои вопросы. Это во-первых. А во-вторых, это в ваших интересах.

— Я отказываюсь отвечать на ваши вопросы.

Николаев отложил ручку.

— Напакостил, а отвечать не хочет, — проговорила вполголоса женщина и посмотрела на худощавого. Он записывал е е адрес.

— Я предлагаю вам добровольно предъявить антисоветскую литературу.

Гусев молчал, глядя на свои руки. Николаев подождал, трогая фигурку тиранозавра на столе Гусева, потом встал, подошел к кровати, приподнял матрац, вынул толстую картонную папку:

— Ваше?

Гусев молчал. Николаев положил папку на стол, развязал тесёмки, открыл:

— Запиши, Валерий Петрович. Первым номером. Папка серого картона. Содержит...372 машинописных листа. Название «Норма». Автор не указан. Первое предложение: «Свеклушин выбрался из переполненного автобуса, поправил шарф и быстро зашагал по тротуару.» Последнее предложение: «Лога мира? — переспросил Горностаев и легонько шлепнул ладонью по столу. — А когда?»

— Как...товарищ майор? — переспросил худощавый.

Николаев повторил.

— Номер два, — Николаев подошел к нижним полкам, вынул два тома энциклопедического словаря, бросил на пол, сунул руку в образовавшуюся брешь, достал книгу в мягком переплете, — Александр Солженицын. «Архипелаг ГУЛАГ.» Том третий. Издание «ИМКА — Пресс». А первые два вы отдали позавчера Файнштейну. Так?

Гусев молчал. Николаев положил книгу рядом с папкой. Зазвонил телефон. Николаев снял трубку:

— Да. Да, Василий Алексеич. Нашли. Почему? Нет, все так и было. Сейчас?— он засмеялся. — Не терпится? А...понятно. Пожалуйста, нет проблем. Ты у себя? Организуем.

Он положил трубку, взял папку:

— Сережа, отвезешь это Носкову. Потом сразу сюда.

Оперативник в очках взял папку, вышел из квартиры, спустился по лестнице. Рядом с подъездом стояли две черные волги. В кабине одной сидел шофер. Оперативник сел за руль второй машины, положил папку на сиденье справа, завел мотор и, резво развернувшись, вырулил на Ленинский проспект. Асфальт был мокрый; грязный рыхлый снег лежал по краям дороги. Неяркое солнце вышло из-за туч, заблестело на очках оперативника. Он проехал через центр, развернулся на площади Дзержинского, обогнул здание КГБ и остановился. Взял папку, вышел из машины, вошел в ближайший подъезд. Предъявив удостоверение, поднялся на лифте на четвёртый этаж, прошел по коридору, открыл дверь кабинета N 415. За письменным столом сидел лысоватый человек в синем костюме.

— Разрешите, товарищ полковник?

— Ага, — сидящий протянул руку. Оперативник вошел, передал папку.

— Как там? — спросил лысоватый, развязывая тесемки папки.

— Все нормально.

— Истерик не закатывал?

— Нет пока, — ухмыльнулся оперативник.

Полковник стал листать рукопись:

— Ладно. Идите.

Оперативник вышел. Сидящий снял трубку, набрал номер:

— Виктор Иваныч, это Носков. Папка у меня....Хорошо.

Он положил трубку, взял папку, вышел из кабинета, на лифте поднялся на шестой этаж, вошел в приемную. Там сидели две секретарши.

— Носков, — сказал лысоватый.

Секретарша сняла трубку:

— Виктор Иваныч, Носков. Проходите, — кивнула она Носкову.

Он вошел в кабинет. За столом сидел седой человек в сером костюме с моложавым лицом. Носков подоше протянул папку.

— Все здесь? — спросил седой, принимая.

— Все, Виктор Иваныч.

— Есть.

Носков вышел. Седой набрал номер на панели селектора.

— Слушаю, — ответил женский голос.

— Котельников. Петр Сергеич на месте?

— Минуту.

— Елагин слушает, — ответил мужской голос.

— Здравствуйте, Петр Сергеич. Котельников говорит.

— Приветствую, Виктор.

— Рукопись у нас.

— Отлично.

— Я отдам на ксерокс и через полчаса можете присылать курьера.

— Виктор, ему нужен оригинал.

— Это невозможно. Рукопись изъята на обыске, занесена в протокол. Выносить из здания нельзя.

— Ну...а как тогда?

— Пусть приезжает к нам.

— Ты думаешь?

— А какая разница?

— Ну...можно попробовать. Тогда вот что: я пошлю за ним своего шофера, он его вам доставит.

— Когда?

— Да прямо сейчас. Тут ехать-то пять минут.

— Хорошо. Мы на вахте встретим.

Он дал отбой и набрал другой номер.

— Мыльников, — ответил мужской голос.

— Ну всё.

— Приедет?

— Да. Встречать его через десять минут.

— Понял.

Котельников дал отбой.

Минут через двадцать в его кабинет вошел мальчик лет тринадцати в синей школьной форме.

— Так быстро! — засмеялся Котельников, вставая.

Мальчик остановился посередине кабинета и посмотрел на Котельникова.

— Виктор Иваныч, — протянул ему руку Котельников.

Мальчик молча смотрел ему в глаза.

— Значит... — кашлянул Котельников, отводя глаза и убирая руки за спину.— Вот. Садись за мой стол. Читай. А я...пойду пообедаю.

Он вышел.

Мальчик сел за стол, развязал тесемки папки, открыл:

НОРМА

Часть первая

Свеклушин выбрался из переполненного автобуса, поправил шарф и быстро зашагал по тротуару.

Мокрый асфальт был облеплен опавшими листьями, ветер дул в спину, шевелил оголившиеся ветки тополей. Свеклушин поднял воротник куртки, перешел в аллею. Она быстро кончилась, уперлась в дом. Свеклушин пересек улицу, направляясь к газетному киоску, но вдруг его шлепнули по плечу:

— Здорово, чувак!

Он обернулся. Перед ним стоял Трофименко.

— Ёоооо-моё..... — брови Свеклушина поползли вверх, — Серёга?!

— Он самый! — сияющий Трофименко протянул руку.

— Слушай, слушай, да как же ты...откуда?! — Свеклушин тряс его кисть.

— Оттуда! Оттуда, Сашок!

— Но, постой, чего же ты... ёпт...чего ж не позвонил? Не заезжал?

— А я только приехал. С вокзала. Вещи в камере хранения.

— Постой... ты в командировку, или так?

— Вообще-то просто так, но в сущности — по делу. Меняться хочу.

— Ёпт! Ну, деятель! Потолстел ты.. разъелся, что ли?

— У нас разъешься...

— Но, ты постой, а как же, а Нина?

— Что, Нина? Нина — все путем. Живём, работаем. Детей растим. Сашке два, Тимке уже восьмой.

— Тимке? Восемь? Ё..моёе! Восемь! Я ж его недавно на руках таскал!

— Теперь не потаскаешь. Пухлый стал. Жиртресина.

— Ну... слушай, Серёга, ну ты погоди, расскажи как там у вас, как Пал Егорыч, как Сенька?

— Да все в порядке. Пал Егорыч все там же. Тянет.

— Главным инженером?

— Ага. Семён запил что-то. Взыскание у него. С женой чуть не разошёлся.

— Ёпт! Чего эт он?

— Сам не знаю. Вроде и не пил никогда особо. Так, как все...

— Дааа... надо же. Талантливый парень такой.. Слушай, ну, давай сядем, что ли, чего стоим как мудаки... иди сюда...

Они перешли улицу и сели на лавочку у входа в аллею.

Свеклушин смотрел на Трофименко, качал головой:

— Дааа... надо же. Встретились. Но ты, вообще-то, гусь тот еще. Не звонишь, не пишешь...

— Саш, это не от меня зависит. Я ж по полгода в командировках. Мотаюсь, как черт.

— Все равно. Пару строчек написал бы. Жив, здоров, привет родителям.

— Да я писал.

— Когда писал-то?

— Да писал... что ты прямо... писал.

— Ну и жопа ты всё-таки! — Свеклушин рассмеялся, хлопнул Трофименко по плечу, — Писал!

Трофименко вытащил папиросы:

— Будешь?

— Не. Не хочу.

— Ну, а у тебя как?

Свеклушин вздохнул:

— Всё по-старому. Верка авиационный кончает.

— Заочный?

— Ага. Серёжа в седьмой пошел.

— Как учится?

— Так себе. Чего-то никак за ум не возьмётся. Побренчать, маг послушать.

— Ясно. Ну а на работе как? Как с Сидоровым?

— Хреново.

— Давит?

— Ага. Я уходить хочу от них. Надоело.

— А куда?

— В техникум. Преподавателем.

— Технологию?

— Ага.

— Ну, что ж, тоже интересно, — Трофименко курил, перехватив папироску возле самой головки.

— А главное рядом. В Черемушках.

— Ну так сам Бог велит. Уходи, конечно.

Свеклушин положил портфель на колени, улыбаясь, вздохнул:

— Да, Сёрега, Сёрега. Морщины вон у тебя. Надо же.

— Ну и чего странного? Нормально.

— Чего ж нормального? Мастер спорта по самбо, тридцать пять лет.

— Да у тебя тоже, кстати, морщин хватает. Так что не расстраивайся шибко на мой счет. Береги нервные клет ки.

Засмеялись.

Свеклушин шлепнул Трофименко по коленке:

— Вот что, деятель. Давай мотай на вокзал, забирай свой угол и дуй к нам. Живо. А я щас Верке звякну, чтоб сварганила что-нибудь. Она поди дома уже. Давай, быстро.

Он встал, но вдруг вспомнил:

— Только вот погоди-ка. Норму сжую щас, чтоб домой не тащить. Хорошо, что вспомнил.

Он сел, раскрыл портфель.

Трофименко курил, стряхивая пепел на асфальт.

— Где она... ага вот.

Свеклушин вытащил упакованную в целофан норму.

— Ух ты,— Трофименко потянулся к аккуратному пакетику. Смотри, какие у вас... А у нас просто в бумажных упаковках таких. И бумага грубая. И надпись такая оттиснутая плохо, криво. Синяя такая. А у вас смотрика, во как аккуратненько. Шрифт такой красивый...

— Столица, чего ж ты хочешь, — Свеклушин разорвал пакет, вытряхнул норму на ладонь, отщипнул кусок и сунул в рот.

Трофименко потрогал норму:

— И свежая... во, мягкая какая. А у нас засохшая. Крошится вся... организаторы, бля. Не могут организовать...

— А вы написали бы куда надо, — Свеклушин жевал, периодически отщипывая.

— Написали, бля! — Трофименко швырнул папиросу, придавил ногой, — Не смеши, Саша.

— Не помогает?

— Да конечно. Всем до лампочки. А потом говорят, почему периферия тянет слабо! Смешно. Сказка про белого бычка. Везут, везут опять пакеты эти. А там шуршит засохшая, лежалая. Норму уж могли бы наладить. Странно это все...

— Дааа... много у нас еще этой несуразицы, — Свеклушин сунул в рот последний кусочек, скомкал хрустящий пакетик, хотел было швырнуть в урну, но Трофименко остановил: — дай мне, не выкидывай. Жене покажу.

Он разгладил пакетик, спрятал в карман.

Встали.

Трофименко поправил фуражку, Свеклушин — шарф. Секунду разглядывали одежду друг друга.

Трофименко шмыгнул носом:

— Саш... а вот если такую куртку достать? Трудно?

— Да не то чтоб очень... но это чешская. Тоже дефицит.

Ну я переплачу там сколько надо, деньги есть, а? Как?

— Да можно попробовать. У Верки продавщиц много знакомых, — Свеклушин переложил портфель в левую руку, вздохнул: — Попробуем. А щас ты, Серег, дуй на вокзал. Забирай вещи. Адрес помнишь?

— Ну еще бы...

— Ну и чудесно. Беги. Чтоб через полчаса — у нас. Усёк?

— Усёк, — Трофименко улыбнулся.

— Давай. Ждем, — Свеклушин кивнул, повернулся и бодро зашагал прочь. Трофименко улыбался и смотрел ему вслед.

Радушкевич убавил огонь, шоколадная пена какао стала подниматься медленней.

Как только она доползла до края кастрюльки, он выключил газ и стал помешивать какао ложечкой.

— Пап, смотри, цирк передают! — закричала из комнаты Света.

Не отвечая, Радушкевич снял кастрюльку с плиты, налил какао в чашку, сел.

— Акробаты, пап!

Он распечатал норму, вывалил в глазурованную чашку, достал из холодильника банку баклажанной икры, открыл, ложкой стал класть на подсохший брикетик нормы.

— Перелетают, пап!

Радушкевич ложкой перемешал норму с икрой, нарезал хлеба.

— Во, пап! Одновременно трое!

Он стал намазывать получившуюся массу на хлеб.

— Кувырки прямо в воздухе!

Всей массы хватило на семь бутербродов.

Радушкевич помешал какао, отхлебнул, взял первый бутерброд, откусил.

— А тетя через ноги вылезла, пап!

— Да Бог с ней... — еле слышно пробормотал Радушкевич, прихлёбывая какао.

Стуча когтями по полу, подошел Генри, ткнулся черной мордой в колени.

Радушкевич дал ему кусок сахара.

Генри звучно разгрыз его, роняя крошки на пол, подобрал их, и, облизываясь, посмотрел на хозяина.

— О, вёрстка пришла, — Тумаков посмотрел через Олино плечо, отхлебнул из стакана. — Чего ж ты молчишь, нимфа?

— А ты что, торопишься? — не глядя на него, Оля сортировала полосы вёрстки.

— Предположим.

— Вот и не выйдет ничего. Тебе за Морозова придется вычитывать. Держи! Она протянула ему ворох листов.

— Постой, постой, в честь чего это? — Тумаков поставил стакан, взял верстку. — Как за Морозова? А он где?

— Слинял куда-то.

— А Васнецов?

— Отпустил, конечно. Они ж друзья-приятели...

— Ни фига себе, — Тумаков взял вёрстку, сел в кресло рядом с Олиным столом. — Ну, мороз — мороз, не морозь меня... надо же. А я думал в пять смыться.

— Теперь до шести — минимум.

— Да. Вообще, убегать, когда вёрстку подписываем — свинство.

— Это ты ему говори.

— Говори — не говори... одна каша...

Тумаков достал из пиджака ручку, замолчал, вчитываясь.

Оля выглянула в коридор:

— Комар! Сергей Львович! Вёрстка пришла!

— Идууу, — разнеслось по коридору.

Комаров вбежал через минуту, протянул руку:

— Гив!

Слюня пальцы, Оля отсчитала ему:

— Это твой разворот... и рассказик тоже твой...

— Моё, моё, всё моё.

Комаров взял листы и двинулся, читая на ходу. Входящий Бронштейн отшатнулся от него:

— Лешенька, смотри под ноги...

— Извиняюсь, Сергей Львович...

Оля сложила вместе три разворота, протянула:

— Сергей Львович.

— Аха, — Бронштейн поднес лист к глазам. — Ух ты, это что ж так глухо встало?

— А что вы хотели?

— Ну, я думал воздух над заголовком будет.

— Никакого воздуха, всё в норме.

— Хорошо.

Бронштейн вышел.

Шамкович заглянул, постучал согнутым пальцем о косяк:

— Здесь, говорят, верстку дают?

— Дают. У тебя что?

— Водорезова там, полтора разворотика.

— Где же это...— листала Оля.

— С семнадцатой, кажется...

— Вот. Держи. И побыстрей, Сань, если можно.

— Бу здэ...

Шамкович скрылся.

Оля разложила на столе оставшиеся листы:

— Это Коткову, шахматы... так. А это что? Барановские, что ль? А где Баранов? Ба-ра-нов! Где ты?

— Он обедает, — поднял голову Тумаков.

— Отложим. Так... и что, все? А где же обложки? Не дали? Когда же они дадут?

Тумаков пил чай, читал вёрстку.

Оля встала потянулась:

— Оооо, Господи... целый день согнувшись.

— А ты разогнись.

Она снова села, выдвинула ящик в тумбе стола:

— Норму вот никак не осилю.

— А ты осиль.

Оля вынула пакетик, на котором лежали остатки нормы, стала отщипывать и есть:

— Целый день клюю ее, всё не доклюю...

— А ты доклюй.

Тумаков допил чай, отодвинул стакан.

Ярцев опоздал на десять минут, — круглые часы на серебристом столбе показывали седьмой час.

Славка и Сашка ждали его на углу возле будки сапожника.

— Здорово, — Ярцев протянул руку, — зашился я немного...

— А мы уж думали опять продинамишь, — Славка вяло пожал ее.

— Витька-динамист... — ощерился Сашка, сдавил Витькины пальцы, — наше вам, ударник — передовик... что эт ты деловой такой? Торчишь?

— Торчу, бля. Со страшной силой, — Витька достал сигареты, протянул.

Закурили. Витька выпустил дым, сплюнул:

— Ну чего молчите? Мне штоль опять бежать?

Славка с Сашкой рассмеялись:

— Деятель, бля!

— Деловой, дымится аж...

— А чего, купили, что ль?

Славка укоризненно покачал головой:

— Да, Виктор Кузьмич. Плохо вы о нас думаете. Недооцениваете.

Он распахнул пальто. Во внутреннем кармане торчала бутылка водки.

— Японский бог... — Витька хихикнул, — Ну, молчу!

— Вот, вот. Помалкивайте, Виктор Кузьмич. И гоните хруст с полтиной.

Витька отсчитал деньги, сунул Славке:

— Где будем?

— Да где угодно. Хоть здесь.

— Давай за домом.

— В скверике?

— Ага.

— Ну, пошли.

Обогнули дом, прошли через детскую площадку.

В скверике двое распивали красное, а один лежал на лавке и спал.

Прошли мимо. Сашка качнул головой:

— Самоупийцы, бля... Лучше уж политуру, чем «Плодово-ягодную».

Сели на лавку.

Славка открыл, Сашка раздал по плавленному сырку.

— Таак, — Славка щелчком сбил со скамейки окурок, — Ну что, давай, Саш.

Сашка отпил, передал Витьке. Витька приложился было, но вдруг отстранился:

— Ой, Оля... У меня же норма. Пей, Слав...

Он передал бутылку Славке, вытащил из кармана норму, разорвал пакет.

— Ты что? — удивлённо смотрел на него Славка, держа перед собой бутылку.

— Ничего...

— И что вам тоже положено?

— А как же. По сто пятьдесят. Чего, не знал?

— Не-а... — Славка отпил из бутылки. — Фууу... а когда надумал?

— Надумал и надумал, — Витька разломил норму пополам и стал жевать, попеременно откусывая от двух кусков, — Когда нибудь и ты надумаешь.

— Да ну на хуй, — Славка протянул ему бутылку, — Пей.

Витька дожевал норму, запил водкой.

Проглотили по сырку.

Сашка пустил бутылку в кусты.

— Дааа, Витёк, смотри-ка, — Славка глядел на Витьку.

— Фантасмагория, бля, — Сашка рыгнул, встал, подкинул скомканную фольгу от сырка и ловко пнул.

Серебристый комочек описал дугу и пропал в куче опавших листьев.

Кот обнюхал сосиску, поднял голову и мяукнул.

— Ешь, ешь, Синус, — Алексей Кириллович стоял над ним. Кот снова мяукнул, качнул хвостом и отошёл, понюхал давно не мытый паркет.

— Да ты что? — Алексей Кириллович присел на корточки. — Ты что? Совсем обнаглел!? Сосиски не ешь?

Кот потерся о его ногу, прошел под ним.

— Обнаглел. Но рыбы нет. Нет рыбы. Не жди.

Кот побрел на кухню.

Кряхтя, Алексей Кириллович подхватил блюдечко с сосиской, встал, зашаркал следом:

— Да, брат. Распустился. Обнаглел. Нет, хватит разносолов. Что я, то и ты. Отныне так.

На кухне кипел чайник и варилась картошка.

Синус подошёл к холодильнику, оглянулся на хозяина и мяукнул.

— Нет. Ничего кроме сосисок нет. Не жди.

Алексей Кириллович поставил блюдечко в угол, выключил чайник. Бросил в заварной три ложки чая, залил кипятком, накрыл грязным, вчетверо сложенным полотенцем.

Кот понюхал сосиску, взобрался на стул и лег.

Алексей Кириллович потыкал ножом картошку:

— О’кей.

Выключил, неловко слил кипяток и поставил открытую кастрюлю на стол.

Сторонясь пара, положил на тарелку картошек, выловил там же сосиску.

Синус дремал, шевеля бровями.

Алексей Кириллович достал из холодильника масло, отвалил от двухсотграммового куска добрую половину, кинул на картошку.

Сел, взял вилку и стал есть.

Кот приоткрыл глаза, приподнялся и мяукнул.

— Нет, уж брат. Вон в углу тебе. И, между прочим, тоже самое. Ну а картошка пища не твоя.. ммм.. наши бедные желудки — удки, удки... да...

Синус смотрел на него, выгнув спину.

Алексей Кириллович макал дымящиеся кусочки сосиски в плавящееся масло и отправлял в рот, под редкие седые усы:

— И считали мы минутки-утки-утки.. да. Были минутки. Вот мммм. Синус — косинус. Тангенс...ммм... котангенс... Унд все былое. Я вспомнил вас... ммм... энд все былоэ. Былоэ. Рэмэмбэ юу энд ео уандэфул айз. Ты знаешь...м... что такое... это...ммм... проварилось дай боже... не знаешь какие бывают уандэфул айз. У твоей покойной хозяйки уоз лайт грин. Немного похожие на твои... слушай... а что ты так на меня смотришь? Неужели завидуешь? Картошке?! Господи, Синус! Это не так вкусно, как кажется... особенно для котов... ну вот... раз... и все...

Он проглотил последний кусок, отодвинул тарелку, хлопнул в ладоши, потёр:

— Чайку-с, господа! Не угодно ль!

Кот отозвался жалобно.

— Чай тоже не твоя стихия.

Алексей Кириллович встал, снял с чайника полотенце, налил чая в немытую чашку, бросил кусочек сахара:

— Не боле. Зачем же боле? Чего же боле? Мой друг?

Сел, размешал сахар, отхлебнул, поправил усы и, держа чашку перед собой, крохотными шажками двинулся в комнату:

— Вот и вот, и вот, и вот...

Кот спрыгнул со стула, потрусил за ним.

В комнате Алексей Кириллович поставил чашку на заваленный бумагами стол, сел в кресло, положил перед собой пачку машинописных листов, полистал:

— Мммм это было.... ага... это да... ага! Вот. Зададим мультипликативный закон, определяемый таблицей три... так... нейтральный элемент относительно... так... относительно... так...но, милый мой, это же тютелька в тютельку реферат Юрковского. Конечно, ведь если тело упорядочено, то множество реперов может быть разбито на два подмножества, чего он Америку открывает.. Так. Такая матрица определяет отображение энмерного векторного пространства в другое векторное пространство. Ну и что? Это ведь теорема о невыраженной матрице! Юморист.

Алексей Кириллович выдвинул ящик стола, вынул лежащую на салфетке норму и, не отрываясь от листков, стал отщипывать кусочки, изредка запивая чаем:

— Так... так... ну, а это уж тоже ведь... умножение матрицы на скаляр дистрибутивно относительно сложения скаляров... ну... так... это было... а где он про линейную комбинаторику трепется... ага... символ Кронекера равный нулю, если множество квадратичных матриц образует кольцо относительно суммы и произведения... ну и что? А где же два тензора пространства. Они же эквивалентны.

Крошки нормы падали ему на колени, сыпали на пол. Синус лежал на диване, положив морду между лап.

— А как же класс тензоров определить? Ведь это элементы внешнего ряда, чудак... ну... а зачем билинейную структуру рассматривать ? Юморист! Нам важно знать параметры левого тензора, а не кривую полиноминальной функции... а здесь что... ага... ну это ясно... ага... тут он... так. Так! Интересно! И что же? Это в пику евклидову пространству! Бог ты мой! Ха-ха, ха-ха! О, держите меня! Полярная форма фундаментальной полиноминальной функции называется скалярным рассеянием! Ха-ха-ха! В огороде бузина, в Киеве дядька!

Чай кончился раньше нормы.

Алексей Кириллович взял оставшийся кусок, отправил в рот, стал жевать, разглядывая листки:

— Ну... м.... а где же хваленые фокусы со смешанными тензорами... так... ну... ммм... векторная взаимозамо... ой!

Он замер, запустил пальцы левой руки в рот, достал небольшой предмет, коричневый от нормы. Протерев его о ладонь, Алексей Кириллович понял, что это пуговица.

— Господи... — Он отложил рассыпающиеся листки, поднес пуговицу к глазам.

— Бог ты мой... пуговица! А как же.... Бог ты мой... это что ж... Синус! Смотри, пуговица!

Кот поднял морду, лениво маяукнул.

Алексей Кириллович встал, прошаркал к окну, еще раз поднес пуговицу к лицу:

— Надо же... кто-то пуговицу проглотил... Господи... как же он умудрился-то?

Кот встал, сделал несколько шагов по дивану, вытянулся и, зевая, запустил когти в протёртый плюш.

— И что, и прям по ебальнику? — Женька кинул окурок в лужу.

— Ага. Я, бля, не опомнился ни хуя, а он пиздык, бля, аж, искры, бля...

Сергей остановился, отнял скомканный платок от носа.

— Идёт? — Женька посмотрел на его распухший нос с запёкшейся у ноздрей кровью.

— Идёт, сука...

— Ну, запрокинь голову, давай постоим.

— Да ну, на хуй, Жень, он ведь слиняет щас быстро. На внуковском автобусе. Они там с Пекой и Хохлом. И Сашка Гладилин.

— А этот-то хули затесался?

— Хуй его знает. Как прилипала, бля. Нашим и вашим. И не вступился даже.

— Ты с ним учился вместе?

— Ага. ПТУ кончал. Давно правда. На танцы вместе ходили.

Сергей нагнулся, высморкался на асфальт:

— Ну, бля, башка гудит. Прям в переносицу пизданул...

— Вытри с руки.

Сергей вытер забрызганную кровью руку, пошмыгал носом и снова приложил к нему платок:

— Слышь, Жень, а может за Саней зайдем?

— Да не боись, справимся.

— А у меня ремень со свинцом как на зло дома. Так бы я б снял бы, да таких пиздюлей бы вложил. Разогнал бы к ебени матери.

— Они поддатые?

— Да не то чтоб очень. Слегка. Рожи красные, лыбятся, бля..

— А залупнулся Пека первый?

— Ага. Сыч ему шепнул, бля, тот ко мне. Ну, попиздели, Пека сам ссыт. Обозвал меня, я толкнул его. Тут Сыч и вмазал.

— Ясненько.

Прошли мимо автобусной остановки, обогнули очередь за помидорами, двинулись по улице.

В фонарях зародились слабые голубые точки, замигали, стали расти. Попавшаяся навстречу полная женщина с авоськой сощурилась на Сергея, покачала головой. Сзади загудел грузовик, заставил перейти на тротуар. Сергей шел, втянув голову в плечи:

— А Хохол ржал стоял. Ржёт, как мерин, бля...

— Сыч один раз ебнул?

— Ага. Один. Ну и пошёл я... Хули толку — одному против троих...

— Ну, Сычу мог бы ёбнуть разок.

— Да Жень, они б меня в землю втолкли!

— Ну, не преувеличивай... не так страшен чёрт.

— Да хуль мне пиздеть-то? Он ж на голову выше меня!

— Значит, меня на две.

— Ну, ты ж у нас спортсмен, бля.

Перешли на ту сторону. Быстро смеркалось. Сырой ветерок шевелил Сергеевы космы. Фонари горели в полную силу.

Свернули, двинулись через проходной двор. Пробрались под развешанным бельём, прошлепали по лужам. Возле подьезда две девочки крутили верёвку, а другая готовилась прыгать. Две матери катали коляски.

— Они щас там еще, бля буду. Не успели, наверно. Хохол бутылку покупал.

Девочка вскочила под верёвку, стала прыгать.

Вышли к магазину.

У входа толкались несколько мужиков. Заметив Женьку с Сергеем, обернулись к ним.

— Слышь, ребят, вы Сыча с компанией не видели? — спросил, подходя Женька.

— Они в роще распивают, — махнул рукой небритый мужик в кепке. — А что, вырубать собрались?

— Как получится.

— Давай, Жень, — ощерился мужик, — а то поприехали, развыёбывались. Я видел как с Сёрежкой-то.

— Чего ж не помог?

— Да какой из меня помощник... здоровья нет...

Свернули за угол, вошли в рощу.

Между оголившимися деревьями маячили тёмные фигуры.

— Вон они, — Сергей остановился, оглянулся. — Надо б кол сломать.

— Брось, не надо.

— Да хули, четверо ведь.

— Нет, кажется трое. Пошли, не боись. Я двоих беру, а ты уж не робей. Пиздани один раз, но что б точно.

Подошли.

Трое оборвали разговор, повернулись.

— Аааа... заступничка привел, — Сыч шагнул навстречу: — Мало у магазина схлопотал?

Невдалеке от троих захрустели сучья. Сашка Гладилин застегивал ширинку.

— Ты что, бля, в Москве здоровья набрался? — Женька вынул кулаки из карманов, пошел к Сычу, — Сильно здоровым стал?

— На вас, пиздаболов, хватит.

Женька шагнул ближе, Сыч размахнулси. Женька увернулся от кулака и ловко хряснул Сыча в лицо.

Сыч полетел назад, кожаная фуражка покатилась по земле.

Пека с Хохлом кинулись на Женьку, Сергей — на упавшего Сыча.

Саша Гладилин бросился разнимать:

— Да что вы, ребят, охуели?!

Женька сбил Хохла, но от пекиного кулака не уберёгся, полетел навзничь.

Сергей бил ногами закрывающегося Сыча, Сашка оттаскивал его за куртку. Пека ударил Женьку ногой в бок. Женька вскочил, икнул и достал его кулаком. Хохол сидел, схватившись за нос.

— Ребят, да что вы, ёб вашу! — Сашка оттащил Сергея. — Поубиваете друг друга!

— Пшёл на хуй, прихлебатель! Ща тебе вложу еще!

— За что мне-то?

— За то! Пусти! Мудак...

Женька сбил Пеку с ног, тот вскочил и побежал прочь. Сыч поднялся и побежал следом.

Хохол сидел на земле, вытирая разбитый нос.

Женька толкнул его ногой:

— А ну, уматывай отсюда!

Хохол с трудом встал и побрёл. Женька поднял сычеву фуражку, кинул ему вслед:

— Передай начальнику, шестёрка!

Хохол поднял фуражку, побрёл дальше.

— А ты, чего стоишь? — Женька подошёл к Сашке. — А ну вали отсюда!

— Да чего ты, Жень?

— Вали, кому сказал!

Сашка сплюнул, зашагал прочь. Опавшая листва зашуршала под его ногами.

— Ну вот, огребли ребята, — Женька потрогал оплывающую бровь. — Да... синячок обеспечен. Издержки производства, бля...

— Дерёшься ты, я скажу! — Сергей хлопнул его по плечу, — Отработал, а!

— А ты тоже хорош. На лежачего полез, нет чтоб мне помочь.

— Так я ж добить его, суку, хотел, чтоб не встал, гадина!

— А мне вон досталось, тем временем...

— Ничего, Жень, щас пузырь раздавим, вылечим. Дай, пятак приложу! Пятак надо. У тебя есть?

Зашарили по карманам.

Женька вдруг замер, открыл рот:

— Ёб твою мать!

Он осторожно вытащил из кармана куртки растопыренную пятерню. Пальцы были выпачканы в норме. Женька обиженно чмокнул:

— Во, бля,... я ж выложить не успел... а этот хуй меня ногой. Пакет разорвался. И она жидкая была, хоть пей...

Он держал руку перед собой.

— А может не вся вытекла! — робко спросил Сергей.

— Да какой там... — изгибаясь, Женька пальцами другой руки достал разорванный пакет. — Вообще-то не вся ещё...

— Ну и порядок. Чего такого. А куртку Людка твоя постирает.

— Будем надеяться, — Женька посмотрел на пакет и тряхнул головой. — Ну ладно, делать нечего.

Он подставил рот под дыру, сжал пакет ладонями. Жидкая норма потекла в рот.

— Жек! Мож я сбегаю пока? А то закроют.

— Давай.

— Чего брать-то? Пузырь или краснуху?

— Пузырь.

Сергей повернулся и бодро зашагал к магазину.

Женька высосал из пакета норму и, скомкав, приложил его к пылающей брови. Моргать было больно, висок онемел, бок слабо ныл.

— А у них всегда так, — Эра выпустила в эмалированную миску седьмое яйцо. — Получают много, а жить нормально не умеют. В конце месяца занимать плетутся.

— Точно, — Аня колола орехи, выбирая из скорлупы в стакан.

— Машка приходит — вся разодетая, в янтаре, в кримплене. Эра, дай взаймы. И знает ведь к кому идти.

— Это конечно.

— К Соловьевым сунулась однажды, — отказали. А я вот просто, Ань, и не могу отказывать. Не умею.

Эра кинула яичную скорлупу в ведро и металлическим веничком стала взбивать яйца с песком.

— Ты у нас Христосик.

— Сама себя ругала не раз, дура, чего я, действительно. А вот не могу. А Машка сотню — цап! И до свидания. На следующий день загул у них. Гости. В получку отдаст, в конце месяца — опять.

— А он не заходит?

— Нет, что ты. Это же элита, разве снизойдет до технократии какой-то. У них и гости все такие — индюки. В замше, да в коже.

— А он член союза?

— Давно. Трехтомник выходит, Машка говорит.

— Не читала, ничего?

— Читала. Ань. Муть-мутью. Производственный роман. Он любит ее, она в завкоме, он бригадир. Бригада — завалящая, из последних. Не справляется. Бригада сыпется, текучка кадров. Она его критикует. А он ревнует ее к главному инженеру. Кончается все, правда, хорошо. План перевыполняют и они женятся. Старый литейщик тост говорит. Молодые хлопают. Все.

— Кошмар...

— Да, еле до конца осилила. Вообще-то у него сборничек рассказов есть. Там лирика такая деревенская. Вроде и ничего, но с другой стороны — сколько можно? Надоело.

— Крем сейчас будем или после?

— Потом. А то опадет. Дай-ка муку мне.

Аня передала.

Эра отмерила два стакана, высыпала в миску, добавила подтаявшего масла, стала мешать деревянной ложкой.

— Эр, а орехи сразу или потом? Сверху?

— Нет, сразу. В том-то и дело. Это не «Полёт». Ты тогда давай орехи с нормой мешай.

Аня сняла с буфета накрытую тарелку. Под крышкой лежали четыре нормы. Три были потемнее, одна совсем свежая — оранжево-коричневая. Аня высыпала в нормы орехи, помешала ложкой:

— Эр, а Колиному министерству норму кто поставляет?

— Детский сад.

— Оно и видно. Вон какая светленькая. Мы интернатовскую едим. Ничего, конечно, но не такая... Как пахнет сильно. Эр. Все-таки запах ничем не отбить.

— Испечём, постоит и никакого запаха.

— Правда?

— Ага... Перемешала? Давай сюда.

Аня передала тарелку, Эра счистила тягучее содержимое в тесто, подсыпала муки и стала засучивать рукава.

Лифт плавно остановился, светло-зелёные двери разошлись.

Николай Иванович вышел в вестибюль.

Стоящий у проходной милиционер повернулся, отдал честь. Николай Иванович кивнул головой, минуя его, толкнул стеклянную дверь.

У подъезда прохаживались двое милиционеров в шинелях. Заметив Николая Ивановича, они остановились и приложили руки к вискам.

Николай Иванович кивнул им.

Машина стояла рядом. Вышел шофёр, открыл заднюю дверцу:

— Добрый вечер, Николай Иваныч.

— Добрый вечер, Коля. — Николай Иванович кинул папку на сиденье и сел сам.

Шофер проворно обежал мощный чёрный перед, сел за руль, завёл и плавно тронул.

Проехали коротенькую аллею, уперлись в серебристые ворота, которые стали медленно расходиться. За воротами стояла чёрная волга охраны. Возле волги прохаживались трое в плащах.

Ворота разошлись, лимузин проехал мимо волги.

Трое хлопнули дверцами, волга тронулась следом.

— Домой, Николай Иваныч?

— Ага.

Свернули на Кутузовский, понеслись по середине.

— Сегодня, Николай Иваныч, «Спартачок» наш «сапогам» наложит. Как пить дать.

— Не говори гоп... — Николай Иванович приспустил стекло.

— Вот увидите. Он «Химику» как в субботу, а? Здорово!

— Химик не ЦСКА.

— Ну, разные, конечно, но семь — ноль выиграть, это тоже суметь надо. Счёт-будь здоров.

— Посмотрим, — Николай Иванович зевнул, снял шляпу и положил на папку. — Чего-то хмурится. Дождь пойдёт.

— Пойдёт, конечно. Вон как заволакивает. Мокрая осень какая-то. Прошлый год сухая была. Картошку копали, одно удовольствие. Ни грязи, ни чего. А щас меси вон...

— А вы не копали еще?

— Какой там! Куда ж в такую грязь.

— Смотри, сгноишь.

— Да в эту субботу попробуем...

Свернули в переулок, подкатили к восьмиэтажной башне. Волга остановилась рядом, охранники вышли, озираясь, обступили лимузин. Шофёр открыл дверцу, Николай Иванович выбрался, подхватив папку и шляпу. Рыжеволосый охранник открыл дверь подъезда.

Николай Иванович кивнул ему и пошёл по серо-коричневой ковровой дорожке. Широкоплечий лифтёр вышел из-за стола:

— Добрый вечер, Николай Иванович.

— Привет.

Подъехал лифт, разошлись двери.

Николай Иванович вошел, утопил кнопку «3», посмотрел на себя в зеркало.

На этаже вышел, позвонил. Дверь открыла Лида.

— Привет, — Николай Иванович поцеловал ее в щёку.

— Привет, — она ответно поцеловала его. — Почему без шляпы ходишь? Франтишь? Я из окна видела. Заболеешь.

— Да я из машины только...

— Смотри, простудишься. Устал?

— Есть немного. А мать где?

— У Веры.

— Аааа...

— Ужинать щас будешь или после?

— Давай щас. Там хоккей в семь...

Лида помогла ему раздеться. Николай Иванович вынул из плаща норму:

— Отнеси на кухню.

— Что, долго заседали?

— С трех.

Она ушла на кухню, крикнула оттуда:

— Рыбный суп будешь или харчо?

Николай Иванович одел тапочки:

— Харчо.

Лида загремела тарелками.

Николай Иванович сходил в туалет, вымыл руки и засучивая рукава рубашки, прошел сквозь бамбуковую занавеску — на кухню.

Лида, напевая, резала балык:

— Садись, давай. Я Аньку отослала, а сама хозяйничаю.

— А что такое?

— А она простыла где-то. Сопливая вся.

— А... Поешь со мной?

— Нет, папочка, я обедала недавно. С мамой мы поели. А ужинать рано еще. Садись.

На столе дымился харчо, стояла бутылка «Мукузани», грибы, ветчина, паюсная икра в розетке.

Норму Лида выложила в блюдце.

Николай Иванович взял ложку, придвинул норму, зачерпнул, вяло прожевал.

Лида разложила балык на тарелочке, вытерла руки о висящий на стене фартук, села напротив.

Николай Иванович неторопливо жевал норму.

— К Никитичу ездил? — Лида подперла подбородок рукой.

— Ездил.

— Ну и как? Освоился на новом месте?

— Да не очень... не справляется что-то. Только и новшеств, что ворота посеребрил...

— Ну, пыль в глаза пустить это он любит. А сам как?

Тоже не важно. Опухший какой-то. Пьет наверно.

— Пьёт, конечно. Сергея Петровича шофер рассказывал, как вёз его пьяного с дачи.

Николай Иванович поскреб с блюдца коричневые остатки, облизал ложку и придвинул харчо:

— Ух ты, густое-то а...

— Ты балыка возьми, грибы вот...

— Я вижу — он хлебнул раз, другой, налил вина, выпил и заел куском балыка. — Мать давно уехала?

— Часа в четыре. Да, чуть не забыла — тебе Николаич звонил.

— Так я ж перед отъездом говорил с ним.

— Ну, не знаю. Может вспомнил чего. Знаешь как. Хорошая мысля приходит опосля.

— Тоже верно...

Николай Иванович хлебал харчо.

Лида встала, подошла к плите:

— А на второе Анька котлеты сбацала. Из индейки.

— Положи мне половинку.

— Чего так?

— Больше не хочу.

— А картошки?

— Тоже малость.

Он доел харчо. Лида поставила перед ним тарелку со вторым.

Николай Иванович подцепил картошку, прожевал, отложил вилку:

— Аааа.. это он наверно насчет шестого... я щас...

Он встал, прошел через коридор и гостиную в кабинет, поднял трубку красного телефона без циферблата: — Три семьдесят восемь... Алексей Николаич? Это Николай Иваныч. Тут мне Лидочка передала. Ага. Аааа.. ясно... ну я так и думал... ага.... ага... так... так... и что? Вот как? Ну так это ж их хозяйство, пусть они и решают. Конечно. Да и тебе волноваться на этот счёт не надо. Пусть они волнуются. Сами заварили, сами пусть и расхлёбывают. Точно. Точно. Конечно. Да. Конечно. Да. Седьмого. Точно. Под Архангельском сорвалось, так они решили здесь... да... так это получается — шило на мыло. Мне Федоров вчера докладывал... да.... деньги убухали, а природа виновата. Да. Сначала на электронщиков валили, теперь на вечную мерзлоту. Да. Точно, а теперь, значит, Рябинкин виноват, он не предусмотрел! Нашли козла отпущения. Да. Конечно, он ведь ясно сказал, ты помнишь? Да. Нечего, конечно! А с ними я завтра поговорю, пусть они Рябинкина не трясут. Да. Пусть своих трясут. Да. Хорошо. Хорошо. Ладно, Алексей Николаич, до свидания...

Он положил трубку, посмотрел на часы и побежал в гостиную..

— Уюююю! Проворонил!

Включил телевизор, сел в кресло.

— Папа! Компот или чай? — крикнула из кухни Лида.

— Чай! — Николай Иванович шлёпнул себя по коленкам.

Экран расплылся, зарябил цветами.

Судья показал вбрасывание в зоне ЦСКА. Крутов перелезал через бортик. Шалимов сидел на скамье штрафников, обматывая вокруг клюшки распустившуюся изоляцию.

По дороге купили «Каберне» и триста грамм «Мечты».

Бутылку с косо приклеенной этикеткой Сережа сунул в карман плаща, опустив туда же и руку. Кулек с конфетами Оля убрала в сумочку. Возле шашлычной перешли на ту сторону. Серёжа взял Олю под руку, снял с её непомерно длинного шарфа пожелтевший лист, протянул:

— Тебе на память.

— От кого? — Оля насмешливо улыбнулась.

— От осени, наверно.

— Спасибо.

Она взяла лист, сунула веточку в рот. Серёжа шел, балансируя на бетонном бортике тротуара:

— Вообще с таким шарфом страшновато.

— Что, не нравится?

— Да нет, красивый. У Айседоры наверно был такой же.

— Странная аналогия.

— Ничего странного. Страшновато.

— Серёженька, сейчас нет открытых ландо. Так что не беспокойся.

— Зато есть троллейбусы, автобусы. Сама внутри, а шарф под колесом.

— Ну спасибо.

Серёжа обнял её, притянул к себе. Она качнулась, каблучки неловко процокали по мокрому асфальту:

— Упаду.

— Поднимем.

Он поцеловал ее в уголок губ.

— Веди себя прилично.

— Веду. Себя и тебя. Вполне прилично.

Свернули в переулок, прошли несколько домов. Переулок перегородила канава.

— Ух ты, — Серёжа заглянул в канаву, столкнул ногой комок земли, — перегородили усе путя. Как ты по вечерам тут ходишь?

— Наощупь.

— Кошмар.

— Один пьяный уже свалился.

— Случайно не твой бывший муж?

— Не хами.

Перебрались через канаву, зашли во двор.

— А вот подъезд — хоть убей... — Серёжа сощурился, — вон тот, а?

— Угадал.

— Не угадал, а вспомнил.

Вошли в подъезд. В лифте он обнял её и поцеловал в губы. Оля раскрыла сумочку, достала ключи.

Вышли из лифта.

Оля отперла дверь, вошла. Серёжа следом.

В квартире был полумрак. Оля кинула сумочку под вешалку, сняла вязаную шапку и тряхнула рассыпавшимися волосами.

Серёжа повесил фуражку на деревянный штырек, привалился к стене:

— Даааа. А обои когда успела?

— Весной еще. Когда развелись. Мне те никогда не нравились.

— Мне тоже.

— Раздевайся.

Она сняла пальто, скинула сапоги. Серёжа вынул бутылку из кармана, снял плащ. Оля кинула шарф на вешалку и, подхватив бутылку, двинулась было на кухню, но Серёжа поймал ее руку.

— Что? — тихо спросила она.

Он поцеловал её в губы, отвёл волосы и поцеловал в висок. Она поставила бутылку на пол, обняла его.

Они долго целовались в полумраке. Оступившись, Оля опрокинула бутылку. Бутылка покатилась к двери.

За руку он втянул Олю в комнату.

— Здесь бардак страшный, — Оля отстранилась на мгновенье, потом снова обняла его.

Серёжа скользнул руками под её бежевый свитер. Оля вздохнула, взъерошила его волосы. Он нашёл её грудь, подвёл к кровати, повалил. Оля стала целовать его в лоб, в глаза, но вдруг упёрлась руками в плечи:

— Погоди, я дверь не заперла, кажется.

Бесшумно прошла в коридор. Щёлкнул замок.

Вернулась, задёрнула шторы. Стало еще темнее.

Сняла свитер через голову, расстегнула джинсы:

— Скинь покрывало.

Серёжа стянул с кровати зелёное покрывало. Под ним было тонкое одеяло в старом комканом пододеяльнике и расплющенная подушка с торчащей из под неё розовой ночной рубашкой.

Оля вылезла из джинсов и шагнула к Серёже. Он обнял её, стал целовать в шею, в худые ключицы. Оля расстегнула его рубашку, он содрал её с себя вместе с майкой, сдернул брюки и трусы.

Обнявшись упали на кровать.

Оля расстегнула лифчик, бретелька перепуталась с цепочкой. Серёжа поцеловал её грудь, скользнул рукой в трусики. Олины ноги разошлись и снова сошлись в коленях. Прижавшись к нему, она терлась ртом о его щёку. Он потянул трусики, она приподнялась. Трусики скользнули по ногам. Серёжа лёг на неё, сжал бессильные худые плечи. Цепочка тряслась между ними. Ноги её быстро раздвинулись. Мгновенье он лихорадочно искал наощупь, Олина рука скользнула вниз и умело направила. Лобки их сошлись. Серёжа замер, уткнувшись в её волосы. Ноги её поднялись, оплели его бедра. Он стал двигаться. Руки ушли под подушку. Оля быстро целовала его лицо. Губы её раскрылись, она громко дышала. Серёжа путался ртом в её волосах. Вскоре Оля стала дышать чаще, язык её прошелся по губам, пальцы сжали Серёжины плечи:

— Быстрей, Серёженька... вот... вот... вот... вот... так.. ой... оооо... так.... так, Серёженька, вот... вот... так...

Серёжа стал двигаться быстрее.

Олины ноги дрожали, терлись о его:

— Быстрее... быстрее... еще... вот... вот...

Гримаса исказила ее лицо.

— Быстрее... вот... вот... вот..еще... немного... милый... аааа!!!

Оля вскрикнула, впилась ногтями в Серёжины плечи. Ноги её согнулись в коленях. Серёжа вздрогнул, застонал в ее волосы. Минуту они лежали неподвижно. Потом Серёжа откинулся на спину. Кровать была узкой. Они лежали рядом, вплотную прижавшись друг к другу. Оля чмокнула его в щёку, приподнялась, вытащила из под подушки ночную рубашку, подтёрлась и прошлёпала в ванную.

Серёжа вытерся этой же рубашкой, лег на спину, закинул руки за голову. В ванной шелестела вода.

Серёжа вздохнул, скомкал испачканную рубашку, сунул под одеяло. Вода смолкла, ухнул сливной бачок.

Оля вошла, легла на него, сжав ладонями щёки, поцеловала в губы:

— За что ты мне нравишься, то что никогда не клянешься в любви. Не как остальные.

— Могу поклясться.

— Тогда больше ничего не будет.

Она сжала ладонями его губы, отчего они стали похожи на рыбий рот.

— Чего — ничего?

— Ничего.

Он обнял её, провел руками по спине и положил на ягодицы, хранившие на себе водяные брызги:

— Ты прелесть.

— Что ты говоришь!

— Прелестная прелесть.

— А мы вам не верим.

— Ты чудесная.

— Что ты говоришь!

— Афродита.

Он поцеловал ее подбородок.

Оля водила пальцем по Сережиным бровям:

— Скажи лучше, когда я могу расчитывать на продолжение.

— Скоро.

— Скоро — это как? Через час?

— Нет. Скоро.

— Ясно. Вот что, давай перекусим, пока ты не заснул.

— А ты жестокая.

— Ты ещё меня не знаешь.

Оля встала, достала из шкафа халат:

— Пошли поедим. Ты небось на своем институтском пайке?

— Вообще-то я сегодня только завтракал...

— Оно и видно. Чтобы вашего брата раскачать надо его сперва долго и упорно кормить мясом. Иди. Живо... Правда, мяса у меня не предвидится.

Она убежала на кухню.

Серёжа одел трусы, пошел эа ней.

— Прихвати бутылку! — крикнула Оля. — И норму мою из сумочки тоже.

— Да и у меня... фу ты... — Сережа поднял бутылку, достал из своего плаща пакетик с нормой, потом из олиной сумочки ее.

Оля стояла у плиты, вырезала из маслёнки кусочки масла и бросала на сковородку.

— Не обожгись, смотри, — Серёжа положил оба пакетика на стол и стал срезать пробку с бутылки.

— Не боись, — Оля обернулась. — Принес. Ага. И твоя. Слушай, давай-ка мы щас из этих норм кое-что сочиним.

— Давай.

— Распечатывай.

Серёжа стал разрезать целофан:

— Вообще, между нами девочками говоря, я бы эти нормы поджарил..

— Логично. Кстати, когда твоя ненаглядная кам бэк?

— Двенадцатого.

— Скоро.

— Разрезал, Оленька...

— Давай сюда.

Оля бросила нормы в шипящее масло, стала членить их ножом:

— Во, одна свежая, одна сохлая.

— Свежая твоя. Экономистов ценят выше кибернетиков.

— Ещё бы.

Оля расчленила нормы, достала из холодильника четыре яйца, пакетик сливок, майонез. Разбила яйца в миску, плеснула сливок, положила майонеза, быстро размешала и вылила на сковороду.

— Вот. У французов есть такой омлет со свежей клубникой. Только у нас вместо клубники..

— Земляника.

— Точно. Вообще, — она вытерла пальцы, — только наши дураки могут придумать — норму жевать в чистом виде. Зачем? Уж лучше с чем-то. Можно вообще запекать, например. Ну там, в тесте, как-нибудь. К мясу приправой, например. А то — жуй сухую! Нет всё-таки неповоротливые мы какие-то. Французы б новый раздел в кулинарии открыли. Пирожки с нормой. Пирожное из нормы, мороженое... А тут — жуй сухую.

Серёжа постучал согнутым пальцем по столу, железным голосом процедил:

— Майор Пронин, ау!

Оля засмеялась, сняла с огня готовый омлет, подставила на железную решеточку перед Серёжей:

— Навались!

Серёжа протянул ей чашку с вином:

— За тебя.

— Спасибо, солнышко...

Чокнулись, выпили.

Оля села напротив, откусила хлеба, ткнула вилкой в дымящийся омлет, подула, попробовала:

— Ничего...

— Пища богов.

Серёжа наполнил чашки:

— За встречу теперь?

— Можно.

Чокнулись. Серёжа в два глотка осушил чашку, стукнул дном о стол:

— Амброзия...

Оля пила медленно, голый локоть ее поднимался.

Быстро съели омлет.

Насадив кусочек хлеба на вилку, Оля протёрла сковородку:

— Блеск.

— И я говорю — пища богов, — он вытер губы о сгиб локтя, разлил остатки вина.

Оля встала, поставила сковороду на плиту.

Серёжа с двумя чашками подошёл к ней, протянул:

— За твои глазки, волосы, плечи и тэ дэ.

— Что — тэ дэ?

— Тэ дэ...

Он поцеловал ее в шею, провел рукой по животу, скользнул за отворот халата. Оля отстранилась, выпила. Серёжа тоже.

Постояли, разглядывая друг друга.

Серёжа улыбнулся:

— Есть предложение.

— Конструктивное?

— Ага. Ахнем об пол? На счастье?

— Э, нет, парниша! — Оля выхватила из его рук чашку, — у меня их всего три осталось.

Она поставила чашки на стол.

— А почему так мало?

— Одну я кокнула, а четыре Витька забрал. После развода.

Серёжа засмеялся, подхватил ее на руки.

В коридоре зазвонил телефон. Серёжа понёс Олю в коридор.

Не слезая с его рук, она взяла трубку:

— Да. Что? Нет, это квартира.

Серёжа поцеловал ее в шею.

Оля бросила вниз трубку, но промахнулась. Трубка ударилась о телефон, соскочила вниз и закачалась на шнуре.

Николай разрезал пакет, вывалил норму на тарелку.

Скомкав пакет, швырнул в мусорное ведро, достал из шкафа ложку, банку вишнёвого варенья, открыл, сел за стол.

Норма была старой, с почерневшими, потрескавшимися краями.

Николай наклонил банку над тарелкой. Варенье полилось на норму. Тесть в третий раз заглянул из коридора, вошел и, заложив худые руки за спину, покачал головой:

— Значит, вареньицем поливаем?

Николай прошёлся тягучей струей по последнему тёмно-коричневому островку и поставил банку. Кирпичик нормы полностью покрылся вареньем. Вокруг него на тарелке расплывалась вишнёвая лужица, сморщеная ягода медленно сползала по торцу.

— В пирожное превратил, — узкое лицо тестя побледнело, губы подобрались. — Как же тебе не стыдно, Коля! Как мерзко смотреть на тебя!

— Мерзко — не смотрите.

— Да я рад бы, да вот уехать некуда от вас! Что одна дура, что другой! Как вы надоели мне! Ты посмотрел бы на себя!

Николай отделил ложкой скруглившийся уголок, сунул в рот.

Варенье поползло по образовавшейся ложбинке.

Тесть оперся руками о стол:

— Ну она дура, она не понимает, что творит. Но ты-то умный человек, инженер, руководитель производства! Неужели ты не понимаешь, что делаешь? Почему ты молчишь?!

— Потому что мне надоело каждый месяц твердить одно и то же.

Николай отделил кусочек побольше:

— Что я не дикарь и не животное. А нормальный человек.

— А я, значит, — дикарь? Животное?!

Николай спокойно отправил в рот очередной кусочек:

— Вы, Сергей Поликарпыч, зря нервничаете..

— А что ж мне делать прикажешь, а?! Спокойно смотреть на вас?!

— Ну а чего переживать-то зря?

— Как это — чего?! Как это — чего?!

Николай улыбнулся, жуя норму:

— Да успокойтесь а, ну что в самом деле...

Лицо тестя побелело, губы затряслись.

— Ты вот что, ты не дерзи мне! Слышишь!! Я тебе в отцы гожусь! Ишь, взял манеру разговаривать!

Медленно жуя, Николай хмуро смотрел на него:

— А чего такого-то?

Трясясь и дёргая головой, тесть судорожно дотянулся кулаком до края стола, ожесточенно застучал:

— Я...управу на тебя найду, найду! К начальнику твоему пойду, к Селезнёву ! Хулиган! Издеватель!

Николай недовольно мотнул головой:

— Слушайте, идите отдохните... успокойтесь...

— Я тебе дам успокойтесь! Я тебе покажу успокойтесь!!

Тесть надвигался на него, дико тараща глаза.

Николай громко хлопнул ладонью по столу:

— А ну вон отсюда! Вон!!!

Тесть вздрогнул и испуганно попятился к двери.

— Вон! Пшел отсюда! — Николай угрожающе выпрямился.

Тесть попятился и исчез за дверью.

Сидящие в луже голуби поднялись от наехавшего грузовика, пролетели над головой Купермана.

Грузовик обдал водой стоящий на обочине запорожец и свернул за угол.

Куперман двинулся вдоль запертых ярмарочных павильонов. Только что прошёл дождь. Ярко размалёванные стенки были мокры, с шиферных крыш капало. Возле пивного ларька толпились несколько человек.

Один из вспорхнувших голубей покружил над ларьком и сел на крышу. Куперман свернул, прошёл метров сто и оказался на набережной. Кругом тянулся мокрый асфальт, проезжали редкие машины. Прохожих не было. Куперман приблизился к каменному парапету и, облокотившись на него, посмотрел вниз.

Вода была свинцово-серой, чувствовалось, что скоро стемнеет. Мелкая рябь покрывала реку.

Куперман оглянулся. Никого.

Он быстро вытащил из кармана завёрнутую в носовой платок норму, сильнее наклонился и незаметно выпустил ее из платка вниз.

Коричневый брикетик плюхнулся в воду, скрылся, потом всплыл.

Куперман снова оглянулся, высморкался в носовой платок и неторопясь пошел по набережной.

Проехал молоковоз и две легковых машины.

Куперман свернул в аллею, поднял пожелтевший кленовый лист и побрёл, разгребая ботинками мокрую листву.

На набережной остановилось такси, вылезли девушка с парнем.

Парень махнул таксисту, тот быстро развернулся и покатил.

Девушка забралась на парапет, выпрямилась. Спутник схватил её за руку:

— Упадёшь, ты что!

— Не бойся.

Балансируя, она двинулась по парапету.

— Ну, Лид, ты циркачка просто... — парень рассмеялся. — Смертельный номер!

— Впервые на арене, — девушка сняла с головы вельветовую кепочку, помахала ей. — Зрителей со слабыми нервами просим покинуть зал...

— Непревзойденная канатоходка! Танец маленьких лебедей под куполом цирка! На проволоке!

Девушка расхохоталась, парень схватил её ноги:

— Слезай, а то нырнёшь.

Она глянула вниз и сощурилась:

— Смотри, что там...

Парень снял ее с парапета, перегнулся.

Внизу плавала, терлась о гранит разбухающая норма.

— Кирпичик какой-то, Лень...

— Слушай, да это же норма.

Лицо парня стало серьёзным,

— А как же она здесь?

— Не знаю. Может потерял кто.

— Не может быть.

— Чёрт его знает. А может сволочь какая-то выбросила.

— Ты думаешь?

— А что! Вон в газете писали — один тип в урны выбрасывал. Завернёт в бумагу — и в урну.

— Ничего себе. Лень, а может утонул кто, а?!

— Как?

— Да так! А норма всплыла!

— Да что ты. Глупости.

Парень разглядывал норму:

— Знаешь, надо б сказать милиционеру.

— А где ты найдёшь его?

— Проезжали когда, на перекрёстке стоял.

— Ааааа. Точно. Это ж рядом, пошли.

— Место заметить только.

Зашагали, взявшись за руки.

За мостом на перекрёстке прохаживался милиционер. Он был в длинной клеёнчатой накидке, полосатая палочка торчала из рукава.

Подошли. Парень заговорил:

— Товарищ милицанер, там вон мы увидели прям в воде, возле поворота, ну, где аллейка, там норма плавает чья-то...

— В воде? — переспросил милиционер.

— Ага.

— Точно норма? Не ошиблись?

— Точно, точно! — девушка тряхнула головой. — Мы шли, в воду глядели, а она плавает.

— Близко от берега?

— Прямо у самого, у гранита.

— И плавает?

— Плавает!

— Ну, смотрите...

Милиционер отвернул полу накидки, поднёс ко рту микрофон на скрученном шнуре:

— Шестой, шестой... Саш, это Савельев с восемнадцатого... слушай тут вот ребята норму в воде видели.

Возле аллеи, ну где поворот на ярмарку. К берегу прибило ее. Ага. Скажи на станцию, пусть катер вышлют.

Он спрятал микрофон:

— Спасибо, ребята.

— Да не за что.

Парень с девушкой отошли.

Минут через пять на реке затарахтел катер, приблизился к набережной и медленно двинулся вдоль. Рядом с водителем в катере сидел милиционер.

В надвигающейся темноте норму разыскали с трудом. Она разбухла, частично развалилась.

Водитель осторожно уперся носом катера в набережную, милиционер свесился с капроновым сачком, подцепил норму и потряс над водой:

— Четвертый случай за два дня. Надо же!

Водитель закурил, кинул спичку за борт и стал отчаливать, разворачиваясь:

— Ну и что, не нашли?

— Найдем. — бодро кивнул милиционер и стал перекладывать норму в приготовленный бумажный пакет. — Найдем, никуда не денутся...

— Мамуля! — Вовка загремел цепочкой, открыл дверь, бросился Юле на шею и повис. — Мамулька!

— Вовка! Упаду... — Юля согнулась, растопыря руки с авоськами. Вовкины ноги коснулись порога.

— Отпусти... Володя... Задушишь.

Вовка отпустил, вцепился в авоську:

— Купила? Мороженое?

— Нет. Лучше. Пирожное.

— Правда?! Много?

— Нам хватит.

Они вошли в коридор. Юля стала раздеваться, Вовка, изогнувшись, потащил авоськи на кухню.

— Осторожней, там в красной яйца сверху, — Юля скинула туфли, сунула уставшие ступни в тапочки. — Оооо... хорошо-то как... Папа не звонил?

— Не-а.

Вовка разбирал авоськи.

— А тетя Соня не заходила?

— Не-а.

Юля вошла в спальню, сняла платье через голову, повесила в шкаф. Надела халат, крикнула:

— Ты ел что-нибудь?

— Чай пил.

— А котлеты с рисом не ел?

— Не-а.

— Почему? Я же специально оставляла.

Юля вошла на кухню.

— Да не хотелось, мам.

— Это непорядок. Иди, мой руки.

— Я мыл уж, мам.

— Неправда. Иди, не обманывай.

Вовка убежал в ванную.

Юля нарезала свежего хлеба, поставила греться котлеты с рисом и чайник. Вовка вернулся, показал ей ладошки и сел напротив, болтая ногами. Юля убрала яйца и творог в холодильник, яблоки высыпала в раковину, пирожные разложила на коричневом блюде. Со дна авоськи достала норму, разрезала пакетик ножницами, положила подсохший комок на блюдечко.

Блюдечко поставила на стол.

— Во, засохшая какая, — Вовка потрогал норму пальцем. Под тёмно-коричневой корочкой чувствовалось мягкое содержимое.

— Не трогай, — Юля сняла шипящую сковороду с котлетами и рисом, поставила на кружок перед Вовкой. — Ешь.

Болтая ногами, Вовка насадил котлету на вилку и стал дуть на нее.

— Сядь нормально, не балуйся, — Юля набрала воды в стакан и принялась есть норму чайной ложкой, часто запивая водой.

Вовка жевал котлету:

— Мам, а зачем ты какашки ешь?

— Это не какашка. Не говори глупости. Сколько раз я тебе говорила?

— Нет, ну а зачем?

— Затем, — ложечка быстро управлялась с податливым месивом.

— Ну, мам, скажи! Ведь не вкусно. Я ж пробовал. И пахнет какашкой.

— Я кому говорю! Не смей!

Юля стукнула пальцем по краю стола.

— Да я не глупости. Просто, ну а зачем, а?

— Затем.

— Ну, мам! Ведь не вкусно.

— Тебе касторку вкусно было пить? Или горькие порошки тогда летом?

— Не! Гадость такая!

— Однако, пил.

— Пил.

— А зачем же пил, если не нравилось? Не сыпь на колени, подвинься поближе...

— Надо было... Живот болел.

— Вот. И мне надо.

— Зачем?

— Ты сейчас еще не поймёшь.

— Ну, мам! Пойму!

— Нет, не поймёшь.

Юля доела норму, запила водой и стала есть из одной сковороды с Вовкой.

— А может пойму, мам!

— Нет.

— Ну это, чтоб тоже лечиться от чего-нибудь?

— Не совсем. Это сложнее гораздо. Вот когда во второй класс пойдешь, тогда расскажу.

— Аааа, я знаю! Это как профилактика? Уколы там, перке разные? Эт тоже больно, но все делают.

— Да нет... хотя может быть.. ты ешь лучше, не зевай...

— А я когда вырасту тоже норму есть буду?

— Будешь, будешь. Доедай рис.

— Не хочу, мам.

— Ну, не хочешь — не надо, — Юля поставила полупустую сковородку на плиту, налила чаю. — Бери пирожное.

Вовка взял, откусил, подул на чай и осторожно отпил.

Вместо шипящей ароматной струи из пульвелизатора, пузырясь закапал одеколон.

— Засорился, ведь вот... — Прохоров сжимал резиновую грушу, но ничего не менялось. Одеколон капал на пол.

Прохоров вывинтил пульвелизатор из пузырька, подул в изогнутый наконечник. Воздух проходил с трудом. Выдутый одеколон потек по руке. Найдя в комоде иголку, Прохоров поковырял ей в головке и снова подул:

— Вот и лучше...

Он ввинтил пульвелизатор, покачал грушу.

Прохладная струя с шипением вырвалась из головки.

— Порядок в танковых частях.

Прохоров задернул шторы. В комнате стало сумрачно. Притворив дверь, он снял с комода зелёный балончик аэрозоля «Хвоинка» и стал распылять над столом.

Когда терпкий запах хвои заполнил комнату, Прохоров достал из кармана два ватных тампона, засунул в обе ноздри, включил телевизор и сел за стол. На нём стояла перевернутая кверху дном кастрюля.

Прохоров приподнял ее. Под кастрюлей на блюдце лежал пакет с нормой и ножницы.

Экран из серого стал голубым, зазвучала эстрадная музыка. Эквилибристы в блестящих костюмах раскачивались на трапециях.

Прохоров разрезал пакет, вытряхнул норму на блюдце и стал опрыскивать ее из пульвелизатора до тех пор, пока одеколон не скопился под ней желтоватой лужицей.

Эквилибристы перелетали с одной трапеции на другую, кувыркались в воздухе.

Отложив пульвелизатор, Прохоров вытащил из нагрудного кармана пакетик с молотым перцем и тщательно поперчил норму. Потом схватил ее и, стараясь не глядеть, стал откусывать и глотать, не жуя.

Эквилибристы быстро спустились вниз, сделали синхронный кульбит и раскланялись, подняв правую руку.

Прохоров схватил пульвелизатор, направил в набитый нормой рот, сжал грушу. Струя зашипела, холодя зубы.

На арену вышел клоун, театрально раскланялся. Из штанины его выскочила крохотная болонка, с лаем побежала по кругу. Клоун бросился за ней, споткнулся и упал.

Прохоров проглотил, попрыскал остатки нормы и запихнул в рот.

Болонка подбежала к лежащему клоуну и, вспрыгнув ему на голову поднялась на задние лапки.

Прохоров проглотил остатки, быстро отвернул пульвелизатор и, запрокинувшись, отпил из пузырька.

Болонка завыла, сидя на клоуне. Зал засмеялся.

Прохоров поставил пузырёк на стол:

— Охоoooo....хох.... проехали... хт...

Он вытер ладонью обоженный рот, вытащил тампоны из носа, положил на блюде.

Собачка продолжала выть, зал смеялся. Клоун приподнял полосатый зад и осторожно пополз за кулисы.

— Очено смешно... — буркнул Прохоров, комкая пакет из под нормы, — Усраться можно от вашего юмора...

Тампоны набухли одеколоном, плавающие в лужице крупинки перца медленно стягивались к ним.

С ноги клоуна соскочил ботинок. Клоун высунулся из-за кулис, протянул руку. Ботинок взвился и исчез под куполом цирка.

— А Чесленко что? — Винокуров переключил скорость, газанул.

— Говорит, работа слабая.

— Ну, а конкретно?

— Конкретно, экспериментальная часть куцая, говорит.

— Идиот!

Винокуров крутанул руль, машина повернула. Выехали на Ильинское. Бокшеев курил, пуская дым в окно. Соловьев смотрел на стелещуюся дорогу.

— Ну, а старик-то? — не оборачиваясь, спросил Винокуров.

— Чего старик... старик сказал, конечно. Защищал. На промышленное внедрение нажимал, на сложность испытаний. Экономия большая, там, механические свойства высокие. А Чесленко потом по таблицам пошёл. Почему, говорит, устойчивость к интеркристаллитной коррозии так мало экспериментирована? И вообще, говорит, чёрные точки очень сомнительные. Элемент произвола.

— Балбес... Господи... вот балбес. А Женька говорил что-нибудь?

— Да что Женька. Все то же, знаешь как он. Тот про Фому, а этот про Ерёму. Тычет ему в диаграмму с никелем. Ну где коррозионное растрескивание. У нас, говорит, скорость коррозии крайне мала. От концентрации кислоты почти не зависит. Везде, говорит, вертикальные кривые.

— Ой, Женя, Женя... он бы лучше про стабилизирующий отжиг сказал. Хром-то равномерно по зерну распределяется, чего ж он..

Проехали пост ГАИ, свернули на просёлочную.

Бокшеев кинул окурок за окно:

— Вообще-то, старики, Чесленко прав. Ну какого черта Женька испытания скомкал? Ну, на МКК испытал, хорошо, скорость коррозии, структурные диаграммы, но у него даже изотермического разреза нет, ну это уж надо было...

— Но, дорогой мой, образование фаз это дело учебника, а не кандидатской.

— А как мы о перекристаллизации судить будем? По чему? Только по аустенитной устойчивости?

— Конечно! А по чему же?! Мы же состав знаем, зачем воду в ступе толочь?

— Пашенька, кандидатская это всестороннее исследование прежде всего.

— Да Женьке достаточно механических характеристик. Серёжа! Это же уникальная сталь, как ты не понимаешь!

— Тогда надо было просто оформлять изобретение, а не писать кандидатскую.

— Ну что за чушь?!

— Ладно, ребят, хватит спорить. Всё равно предварительная это предварительная. В конце концов ничего страшного. Крепче будет. Женьке ругань на пользу, я ж его знаю. А защитится он с блеском, вот увидите.

— Дай-то Бог....

Въехали в лесок. Винокуров обогнул лужу, вырулил на полянку и выключил двигатель.

Бокшеев с Соловьевым вылезли из машины.

С оголившихся деревьев падали дождевые капли.

— Красота-то а... — Бокшеев потянулся.

— Слушай, Петь, а прошлым летом не здесь были?

— Подальше... — Винокуров выбрался из кабины, открыл багажник. — Ну, что, давайте устраиваться.

— Давай, давай...

Расстелили на мокрой траве брезент, поставили канистру с пивом, авоську с продуктами. Бокшеев достал из портфеля четыре воблы.

— Ну вот, а вы хотели в рыгаловку в эту идти, — Винокуров разлил пиво по стаканам. — Здесь у него и вкус-то совсем другой. А там оно мочой старого киргиза пахнет.

— Ну, Петруша, не преувеличивай. — Соловьев стал чистить воблу. — Это ведь от бара зависит...

— От бара! Сказал тоже. Западная терминология, дорогой мой. В Москве баров и ресторанов нет, запомни. Есть тошниловки и рыгаловки.

— Да брось ты. «Националь» — тошниловка по-твоему?

— Абсолютная! Хорошие рестораны, а тем более бары сохранились только в Прибалтике. И то пока. Лет двадцать пройдёт — и там тоже будут тошниловки и рыгаловки.

— В Ленинграде хорошие рестораны.

— Немного получше наших. Берите, — Винокуров протянул стаканы.

— Слушай, так у нас же нормы еще, забыли?

— Ой, мама, родная...

— А может ну их, а?

— Да давай уж съедим заодно...

— А чего, идея хорошая...

— Предлагаю средний вариант.Одну съем, две выкинем.

— А что. Идея что надо. И нашим и вашим. Волки сыты, овцы целы.

— Ну, что, согласны?

— Распечатывай.

Винокуров распечатал свою норму, положил на газету:

— Эту что ли?

— А хоть и эту... моя старая, вон корявая какая...

Соловьев вытряхнул свою норму из пакетика на брезент.

Бокшеев долго рылся в портфеле, наконец выложил пакетик:

— Моя тоже сохлая.

Винокуров разломил норму на три куска, роздал:

— Давайте, с пивком.

Стали жевать, запивая пивом..

На рядом стоящую березу села ворона, каркнула, спланировала вниз и опустилась недалеко от брезента.

— Ну, что, птичка Божья, — Винокуров допил пиво, отряхнул руки — Хлеба хочешь? Щас...

Он развернул бутерброды, отломил кусок белого хлеба и швырнул вороне. Соловьев нагнулся, взял с брезента норму и кинул следом:

— Может унесёт от греха подальше...

Ворона покосилась на лежащие рядом белый и тёмно-коричневый куски, быстро подошла, схватила белый и полетела прочь.

Лёха накрыл ладонью звонок.

— Кто? — осторожно спросили за дверью.

— Клав, открой, — Леха оперся о косяки, но руки съехали вниз, он ткнулся головой в дверь и закачался, сохраняя равновесие.

— Нажрался гад... первый час уже... не открою... Господи..

Клавин голос удалился.

— Да чо, чо ты, Клав, — Леха взялся за ручку — Эт я... ну Лёшка... чо ты.

За дверью не отзывались.

Лёха откачнулся, хлопнул по звонку:

— Клав! Ну хватит. Чо ты. Клав. Чо ты... открой...

Дверь молчала.

— Открой, кому сказал! — Лёха стукнул кулаком под номер. — Открывай! Слышишь?

— Слышишь? Клавк!

— Открой! Слышишь!

— Слышь! Клавка!

— Открой! Клавка!

— Слышь! Клав!

— Клав! Клав! Клав!

Его голос гулко разносился по подъезду.

Клава не отзывалась.

Лёха долго, с перерывами звонил.

Потом замолотил по двери:

— Открой, сука! Открой! Открывай, блядь хуева!!

— Я тебе говорю! Открой!

— Открой! Клавка! Не дури!

— Открой! Открывай, ёп твою!

— Клавка! Открой! Слышь!

— Открой! Убью сука!!

Он отошёл, чтобы разбежаться, но ноги, наткнувшись на ступеньки, подломились. Лёха плюхнулся на ступеньку:

— Ой, бля...

Соседняя дверь приотворилась, в щели мелькнуло лицо и скрылось.

Лёха встал, шатаясь подбрел к двери и пнул ее ногой:

— Открой, говорю!

— Открой, Клава!

— Открой, говорю!

— Слышь! Открой!

Он пинал дверь, еле сохраняя равновесие.

Потом сел на коврик:

— Открой... слышишь... ну Клав...

— Слышишь... слышишь...

— Клав... открой...

— Клав... ну что ты...

— Клав... Клавка...

— Клав... открой... открой.... открывай, сука!!!

Поднялся, пачкая руки о белёный косяк, отошёл и кинулся на дверь:

— Убью, бля! Убью, сука! Открывааааай!!!

Клава открыла часа через полтора. Лёха спал, скорчившись перед дверью. Клава втащила его в темный коридор, закрыла дверь и, подхватив под мышки, поволокла в комнату.

— Господи... опять нажрался... Господи... Ой, как же... Господи... сволочь... сил моих нет...

Стянула с него грязные ботинки, отнесла в коридор. Вернулась, вывалила Лёху из пальто. Зазвенела посыпавшаяся мелочь. Клава обшарила пальто, вытащила несколько скомканных бумажек, во внутреннем кармане нащупала мягкое, упакованное в хрустящий целофан:

— О, Господи... норма... Господи...

Она положила норму на стол. Деньги убрала в шкаф под стопку белья.

Лёха пробормотал что-то, заворочался.

Клава сняла с него заляпанные грязью брюки, пиджак, рубашку. Втянула на кровать, перевернула на спину, накрыла одеялом. Подошла к сопящему на кушетке Вовке, поправила выбившуюся простынь. Зевнула, сняла халат и легла рядом с мужем.

Лёха проснулся в шестом часу, встал, шатаясь, добрёл до туалета. Неряшливо помочившись, открыл кран, припал к струе обсохшими губами. Долго пил. Потом сунул под струю голову, фыркнул и, роняя капли, пошёл обратно. Сел на кровать. Потряс головой.

Клава приподнялась:

— Лёшь... ты? Слышь, там норма-то... ведь не съел вчера..

— Норма?

— Ага. В кармане была. В пальте. На столе там.

— Чева?

— Норма! Норма! Чево! — зашипела жена, — норму не съел ведь!

— Как не съел?

— Так! Вон на столе лежит!

Лёха встал, нащупал на столе пакетик:

— Ёп твою... а как же... чего ж я не съел-то...

— Нажрался вот и не съел. Жуй, давай, да ложись! В семь вставать.

Лёха отупело вертел в руках пакетик. Горящий за окном фонарь дробился на складках целофана.

Лёха сел на кровать, разорвал пакетик, стал жевать норму.

— С кем выжирали-то? — спросила Клава. — С Федькой, штоль? А?

— Не твоё дело... — худые скулы Лёхи вяло двигались.

— Конечно, не моё. А брюки твои засранные чистить, да ботинки, да ждать не случилось ли чего...

— Ладно. Заткнись. Спи.

— Сам заткнись. Алкоголик...

Клава отвернулась к стенке.

Лёха дожевал норму, посмотрел на испачканные руки. Встал, прошлепал на кухню. Пососал из дульки заварного чайника, вытер руки о трусы. Подошёл к окну, посмотрел на спящие дома. Почесал грудь.

В доме напротив на шестом этаже вспыхнуло окно, рядом — другое.

Лёха смахнул со лба водяные капли. Понюхал руки.

Снова вытер их о трусы и пошёл досыпать.

— И главное, не принюхивайся. Жуй и глотай быстро, — Фёдор Иванович протянул Коле ложку. Коля взял ее, придвинул тарелку с нормой, покосился на Веру Сергеевну:

— Мам... ты только лучше займись чем-нибудь, не надо смотреть так...

Вера Сергеевна встала из-за стола, улыбнулась и пошла в комнату.

Коля склонился над нормой.

Фёдор Иванович положил руку ему на плечо:

— Давай, давай, Коль. Смелее, главное. Я когда первый раз ел, вообще в два глотка её — раз, два. И всё. А у нас в то время разве такие были?! Это ж масло по сравнению с нашими. Давай!

Коля отделил ложкой податливый кусочек, поднёс ко рту и откинулся, выдохнул в сторону:

— Ооооо... ну и запах...

— Да не нюхай ты, чудак-человек! Глотай побыстрей. У неё вкус необычный такой, глотай, как лекарство!

Коля брезгливо разглядывал наполненную ложку:

— Чёрт возьми, ну почему обязательно есть?

— Колька! Ты что?! А ну ешь давай!

Коля зажмурился, открыл рот и быстро сунул в него ложку.

— Вот! И глотай!

Коля лихорадочно проглотил, скривился, пошлёпал губами:

— Гадость какая...

— Колька! А ну замолчи! Ешь давай!

Коля проглотил новую порцию:

— Странный вкус какой-то...

— Не странный, а нормальный. Жуй!

Коля отделил другой кусочек, снял губами с ложки, прожевал:

— Странно, а... когда ешь запаха не чувствуешь...

— Так я к тебе о чем толкую, голова! — засмеялся Фёдор Иванович. — Потом привыкнешь, вообще замечать перестанешь.

Коля стал орудовать ложкой посмелее.

Вера Сергеевна заглянула из комнаты, вышла и улыбаясь, встала у косяка:

— Ну как?

Коля ответно улыбнулся ей:

— Вот, мам, съел.

— Молодец.

Коля доел норму, бросил ложку в тарелку и шлёпнул ладонями об стол:

— Годидзе!

— Третья группа продолжает рисовать, вторая встает и идёт на горшочки! — Людмила Львовна подошла к низеньким столикам, за которыми сидели дети, хлопнула в ладоши. — Раз, два! Ну-ка все дружно отложили карандаши и встали! Раз, два!

Дети стали нехотя вставать.

— Ну-ка быстро! Маша, я кому говорю! Успеете еще порисовать. Андрей! Это что такое! Встали, пошли за мной! Не бежать! Идти шагом.

Девятнадцать пестро одетых девочек и мальчиков двинулись за Людмилой Львовной.

Вышли в коридор, стали подниматься по лестнице на второй этаж. Людмила Львовна поднималась первой:

— Не обгонять друг друга. Идти спокойно. Шуметь не надо.

Её голос громко звучал в лестничном пролете.

Топоча ножками, дети поднимались наверх.

На втором этаже, обогнув оставленные малярами стремянки, прошли свежевыкрашенным коридором. Возле двери с забрызганной краской табличкой ПОСТОРОННИМ ВХОД ВОСПРЕЩЁН! Людмила Львовна остановилась:

— Разобраться по парам. Не шуметь! Постников! Сколько раз можно говорить! Отстань от неё!

Дверь отворилась, вышла нянечка, вытирая руки тряпкой.

— Ну, как? — повернулась к ней Людмила Львовна.

— Готово, — улыбнулась нянечка.

— Проходите, не толпитесь. И по порядку на горшочки.

Дети стали входить в комнату. Она была не очень большой с двумя зашторенными окнами. Вдоль стены на узком деревянном помосте стояли двадцать белых пронумерованных горшков.

— Это какая, вторая? — спросила нянечка, пропуская детей и протянутой рукой касаясь их головок.

— Вторая, — Людмила Львовна вошла и встала напротив помоста. — Садимся спокойно, не мешаем друг другу. Андрей! Сколько раз тебя одёргивать?

Дети, спустив штаны, расселись по горшочкам.

— А что, не все? — нянечка махнула тряпкой на пустующий горшок.

— Шацкого нет.

Людмила Львовна прислонилась к стене.

Нянечка отжала тряпку над ведром и положила на подоконник.

— Штанишки на коленках. Ниже не спускаем. Не толкаем соседей! Света! Кто не покакает, тот рисовать не пойдёт!

— А я не хочу.

— И я, Людмил Львовн.

— Посидите, посидите. Захочется. Не толкаемся, кому говорю! Кто покакал, тот встаёт.

Дети смолкли. Некоторые начали кряхтеть.

Через несколько минут трое поднялись, подтянули штаны и сошли с помоста. Потом встала девочка, придерживая юбку зубами, натянула трусики.

— Кто покакал, тот не шумит и спускается в зал. Не шумит и не задерживается, Рубцова!

Девочка скрылась за дверью.

Встали ещё несколько детей.

— Так, Алексеев не покакал, он садится снова, — Людмила Львовна подошла и усадила улыбающегося Алексеева. — Пашенко Наташа, ты ещё не хочешь посидеть? Ну, что это за крошка, куда это годится?

Пашенко мотала головой, натягивала колготки:

— Я не могу, Людмила Львовна.

— Ну, беги, ладно. Алексеев, не болтай ногами!

Нянечка унесла ведро.

— Людмила Львовна, а я только пописал.

— Теперь покакай.

— А я не могу. Не могу писать и какать. Я или пописаю или покакаю.

— Не выдумывай. Сиди.

— А я все равно не покакаю.

— А ты постарайся.

Встали четверо.

— Тебя что, прослабило? — Людмила Львовна заглянула в горшок Фокина.

— Неа.

— Чего — неа? Вон, понос, жидко совсем. Иди. Руки надо мыть перед едой.

Фокин разбирал запутавшиеся помочи.

— Господи, перекрутил-то! — вошедшая нянечка стала помогать ему. На горшках остались шестеро.

— Ну как, Алексеев?

Алексеев молча теребил сбившиеся на колени трусы.

Одна из девочек громко кряхтела, уставившись расширенными глазами в потолок.

Бритоголовый мальчик громко выпустил газы.

Людмила Львовна улыбнулась

— Вот, Алексеев, бери пример с Купченко!

Две девочки встали. Потом встал бритоголовый, потом еше один. Сосед Алексеева тужился, сцепив перед собой руки.

Людмила Львовна достала из кармана халата часы.

— Самая быстрая группа. Первая, так та сидит, сидит... Гершкович разревётся, как всегда... У тебя бак готов?

— А как же.

Нянечка открыла шкаф, вытащила большой алюминиевый бак с красной надписью:

ДЕТСАД N 146
ВНИИМИТ.
НОРМАТИВНОЕ СЫРЬЁ

Сосед Алексеева встал, с болтающимися у колен штанами проковылял с помоста:

— Я всё, Людмила Львовна.

— Ну, иди.

Вытянув руку, Алексеев ковырял застёжку сандалии,

— Что, один остался? — улыбнулась нянечка, снимая крышку с бака.

— А он всегда до последнего сидит.

Людмила Львовна зевнула, подошла к окну:

— Алексеев, у тебя мама во Внуково работает?

— Она инженер.

— Но во Внуково?

— А я не знаю. Она билеты проверяет.

— Ну так значит во Внуково.

— А я не знаю.

— Ничего ты не знаешь.

Нянечка вынула из шкафа ведро и крышку.

— Ну, что, не покакал, Алексеев?

— Так я ж не могу и писать и какать вместе.

— Тогда сиди.

Нянечка, придерживая содержимое горшков крышкой, сливала мочу в ведро, а кал вываливала в бак.

— Кто-то обманул, — Людмила Львовна заглянула в пустой горшок. — Кто же сидел здесь... Покревская, наверно.

— За всеми не усмотришь.

— Точно. Алексеев! Видишь, что ты мешаешь? Сколько можно ждать?

— Но я какать не хочу.

— Не будешь рисовать сегодня.

— А я и рисовать не хочу.

Людмила Львовна остановилась перед ним, вздохнула:

— Вставай.

С трудом отлепив зад от горшка, Алексеев встал.

В горшке желтела моча.

— Иди. Тошно смотреть на тебя. И чтоб к карандашам не притрагивался! Будешь цветы поливать.

Алексеев подобрал штаны, глядя на работающую нянечку, стал застёгиваться.

Нянечка выплеснула мочу из его горшка в ведро:

— Так и не выдавил ничего, сердешный.

Людмила Львовна заглянула в бак:

— Тогда минут через десять я первую приведу.

— Ладно.

Алексеев издали посмотрел в бак и вышел за дверь.

— Прелесть какая, — Марина провела рукой по Викиной груди, — действительно стоит. Чудо.

Голая Вика сидела на тахте, прислонившись к стене и жевала яблоко. Марина лежала навзничь головой у неё на коленях:

— Ты как кинозвезда.

— Кинопизда.

Вика хохотнула, большая грудь ее дрогнула.

— Серьёзно... смотри... сначала плавно, плавно, а потом раз... и сосочек... прелесть...

Рука Марины скользнула по груди, коснулась соска и стала ползти по складкам живота:

— И пупочек прелесть... аккуратненький... не то что у меня..

— У всех одинаковые.

— Неправда.

— Да ну тебя! Ну, морда там, ну грудь — ясно, но пупки-то у всех одинаковые! Плесни немножко...

Марина приподнялась, взяла со стола бутылку, налила в стакан.

Из-за голубой ночной лампы вино казалось фиолетовым.

Марина отпила глоток и протянула Вике:

— Пей.

Вика обеими руками приняла стакан, медленно выпила, поморщилась:

— Портвин он и есть портвин. Чем дальше, тем хуже.

— Не нравится?

— Нет. Хуйня, честно говоря. Ну да я сама виновата. За дешовкой погналась.

Вика стряхнула с живота яблочное семечко. Марина подвинулась к ней, поцеловала в уголок губ. Вика повернулась. Они обнялись. Стали целоваться. Потом упали на кровать.

Марина оказалась сверху. Целуя плечи и грудь Вики, она стала ползти вниз, но Вика приподнялась:

— Маринк, слушай, давай попозже... я что-то не отойду никак. Не хочется что-то...

Марина оперлась руками о тахту, поцеловала Вику в живот:

— Ваше слово — закон, мадам. Может кофейку выпьем?

— Давай.

Они встали, прошли на кухню. Марина задёрнула шторы, зажгла свет.. Вика села за стол, зевая, посмотрела на отделанный деревом потолок:

— Симпотная кухонка.

— Нравится?

— Ага.

— Это муж покойный.

— Он что — умер?

— Разбился.

— Давно?

— Шесть лет назад.

— Тебе с ним хорошо было?

— По-разному.

— Ласковый был?

— В постели?

— Ага.

— Да нет, что ты. Разве мужчины могут быть ласковы. Он весёлый был. Хозяйственный. А ласковым — никогда...

— Эт точно. Я весной с одним попробовала и опять то же самое. Лишь бы засунуть. А потом спать.

Марина понимающе кивнула, стала заваривать кофе. Вика легко шлёпнула ее по заду:

— А у тебя попка ничего. Беленькая, безволосая...

— Тебе волосатые не нравятся?

— А кому нравится? Я с армянкой одной рискнула переспать, так плевалась потом. У тебя вон какая чистенькая...

Вика быстро раздвинула маринины ягодицы и поцеловала сначала между, потом их:

— Сладкий кусочек... булочки...

Марина улыбнулась, поставила полную турку на огонь:

— Слушай, Вика, а ты тогда в троллейбусе точно знала, что я лесби?

— Ну, как же точно можно... ведь не написано...

— Но что-то чувствуется, правда? Какие-то волны, поля...

— Конечно. Ты так посмотрела быстро, ну я и подумала.

— Я флюиды испускала. Волны любви.

— А я подошла тогда и грудью, помнишь, оперлась о руку твою. Ты ее на поручне держала. Думаю, если уберёт, значит пустой номер.

— А я прямо затряслась вся! Переволновалась страшно! Я красная была?

— Немного. Такая розовенькая, симпатичная. Юбочка клетчатая.

— А ты тоже мне сразу понравилась. Высокая, стройная...

— А потом народу всё меньше и меньше. Конечная, а в салоне четверо. Ты да я, да два мудака каких-то. И ты про две копейки спросила.

— Всё-таки Бог есть, правда? Это ж не случайность!

— Чёрт ее знает. А может — случайность.

— Нет, это закономерно все. Любимые должны быть вместе.

Кофе закипел, Марина быстро сняла турку с огня, разлила по чашкам:

— Вообше так здорово, когда с новой любимой, правда?

— Ещё бы. В новинку. Слаще. У меня вон одна живет изредка, ну как бы постоянная. Но надоедает всетки. Ссоримся часто. А до неё тоже была одна. Лариска. Старше меня лет на семь. Так мы с ней поругались здорово. У неё одно на уме — свечку суй ей и клитор соси. Одновременно чтоб. Я говорю — на хуя тебе я тогда? Найди мужика, он хуй вместо свечки засунет. Она обиделась.. но попочку твою я сегодня помучаю.

— А я твою грудь. Пей, прелесть моя.

Они взяли чашки.

Марина подвинула вазочку с вареньем:

— Бери.

— Нет, я так люблю.

Склонились над чашками.

Длинные Викины волосы поползли с плеч. Придерживая их, она отхлебнула и Марина отхлебнула из своей:

— Оля-ля... арабик, аромат...

— Это что, сорт такой?

— Ага. На Кировской покупала.

— Развесной?

— Ага.

— Здорово. Пахнет сильно.

— Его не бывает что-то последнее время.

— Редко?

— Ага. Пей с конфетой.

— Я не люблю сладкое.

— Ну, как хочешь. А я люблю.

Марина развернула конфету.

Вика подула на кофе, подняла голову:

— Маринк, а что это над раковиной висит?

— Ааааа,— улыбаясь, Марина отправила конфету в рот, — угадай.

Вика встала, подошла к раковине. Над ней висело сооружение из двух небольших, обтянутых марлей колб. На горлышке нижней поблескивало металлическое кольцо, от него тянулась вниз полупрозрачная трубка. Из трубки в раковину капала мутно-коричневая жидкость.

— Чёрт ее знает, — Вика откинула назад волосы, — поебень какая-то...

Марина встала, подошла к ней, обняла:

— Детка, этот аппарат собирал академик. Мой дедушка. Не чета нам с тобой. Так что немудрено, что ты не понимаешь.

— Ну а зачем он тебе?

— Ты в институтах не училась?

— Конечно. Чего я там не видела.

— А ты кем работаешь?

— Соками торгую.

— А я преподаю в МГУ.

— Ни хуя себе! Ты что, профессор?!

— Нет. Старший преподаватель плюс младший научный сотрудник.

— Ни хуя себе! Во влипла я!

— Так вот... — Марина провела пахнущими кофе губами по смуглому Викину плечу, — аппарат этот для обработки нормы.

— Правда?

— Да.

— Здорово...

— Это мой дедушка сделал. Он химик был. Ты норму пробовала хоть раз?

— Однажды рискнула. У Зинки Лебедевой кусочек отщипнула.

— То-то, киса. А я регулярно. Двенадцать лет. Но благодаря моему гениальному дедушке, она уже ничем не пахнет. Ясно?

— Ясно. Молодец дедуля. И долго так висеть ей?

— Сутки. Норму с вечера намочишь в крутом таком содовом растворе, размягчишь, чтоб кашицей стала. А потом в аппарат. Туда мела, соляной кислоты и немного едкого натра. Вот. В горячей воде час, а потом над раковиной. А через сутки она отвисится, колбы разъединяю, там внутри формочка стеклянная, такая же, как норма — квадратная... формочки — плюх...— Марина провела рукой по Викиному животу, погладила гладко выбритый лобок: — И милости просим. Такая же норма.

— А не вредная она после всех этих кислот?

— Нет, что ты. Они нейтрализуют. Ничем не пахнет. Как глина.

— Но тогда может лучше делать из чего-нибудь?

— Нет киса. Это не то.

Прижавшись к ней, Марина гладила ее гениталии.

— Почему не то?

— Потому что это не норма. Это подделка. А за подделки у нас... прелесть какая,... как ракушечка раскрывается... за подделки у нас не милуют. А тут все в норме. В норме..

Они обнялись. Целуя Марину, Вика потянула ее за руку:

— Пошли, пошли скорей.

— Что, наконец захотелось, киса? — таинственно засмеялась Марина. — Пошли...

Миновав тёмный коридор, они оказались в комнате.

Вика быстро легла на тахту, подложила под зад подушку, но вдруг приподняла голову:

— Слушай, Маринк, но после аппарата-то все равно ведь говно? Ведь правда? Или другое что-то получается?

Марина осторожно ложилась на нее валетом:

— Да нет. Конечно говном остается. Тут, как ни перегоняй, ни фильтруй все равно. Из говна сметану не выгонишь...

— Это точно.

Марина опустилась на Вику, провела руками по расслабившимся бёдрам любовницы, погладила колени:

— Но ты на этот счет не беспокойся, киса. Тебе ведь всё равно не жевать.

Вика улыбнулась в темноте и, недолго поискав, нашла губами в нависших над лицом гениталиях набухший влажный клитор Марины.

Ключи запутались в скомканном носовом платке.

Людмила Ивановна вытянула их за потёртый плетеный ремешок, отперла нижний замок, потом верхний.

Вошла. Положила сумочку на высокую тумбочку в прихожей, покосилась на себя в зеркало. Подкрашеная чёлка растрепалась, цветастый шарф слишком сильно выглядывал из-за воротника пальто.

Разделась, скинула туфли и босиком прошла на кухню.

Пластмассовый приёмник трансляции оказался привернутым не до конца, комариный голосок диктора передавал последние новости.

Людмила Ивановна повернула ручку. Голос окреп, заполнил кухню.

Сваренный утром суп стоял на плите. Кран по-прежнему тёк, вода проложила по эмали ржавую дорожку.

Людмила Ивановна открыла холодильник, достала масло, кусок колбасы и яйцо.

Диктор кончил перечень международных событий и более спокойным голосом заговорил о спорте. Людмила Ивановна зажгла две горелки, поставила суп и пустую сковородку,на которую бросила масло.

За окном послышалось хлопанье крыльев. Голубь сел на подоконник, посмотрел на Людмилу Ивановну. Она улыбнулась голубю и пошла в комнату. Телефон стоял на диване. Гвоздики в зелёной вазе были всё также свежи. Людмила Ивановна набрала номер, поправила волосы:

— Привет... Почему так быстро? Аааа... И успел? Молодец. А я только что. Ага. Приплелась. А у нас собрание было. Какое, какое... профсоюзное. Вот, вот. Правда? Ну, ты гигант. Тебе? А ты? Правда? Ну, слушай! Просто гений! Супермен. Да. Ага. Да, после, конечно... Да... Да... Гвоздики твои целы до сих пор. Смотрят на меня. Стоят, как миленькие. И такие красивые. Ну... конечно, конечно... Не хвались. Это грузин надо благодарить, не тебя. Как за что? За то, что вырастили, срезали, привезли. Продали. Да. Да, именно. Нэ сажал, нэ пахал, только кушат любишь. Вот, вот. Не-а. Подумаю. Нет, ну его. Чего смотреть, Саша, милый. Любовь на фоне производства меня не волнует. Я ей на работе сыта. Ага. Можешь понимать в прямом. Да! Именно! Куй железо, пока горячо. Да, не отходя от кассы. В кассе? Ну, ты хулиган... Ну, слушай... прекрати... Сашка! Хам ты форменный... в кассе! О, Боже! Там у нас такая секс-бомба сидит! Микулина Антонина Павловна. Мечта папуаса. Семь на восемь. Да. Да. Не-а, не пойду. Устала я, Сашенька. Годы не те, чтоб прыгать. Ага. А я не прибедняюсь. Что? А где они? Да? И когда? Завтра? Чудесно. Сегодня? Ну, давай, если хочешь. Ну... если будешь вести себя хорошо. Может пущу. Да! А может выгоню. Ты хулиганишь последнее время. Кусаешься. У меня синяк до сих пор, между прочим. Да, да. А я не пью, Саша. С тех самых. Ага. Ну, если очень попросишь. Да. Ладно. Может отопру. Не-а. Шаром покати... Ой! У меня же масло там! Горит! Сашка! Целую! Давай! Бегу!

Людмила Ивановна бросила трубку, побежала на кухню.

Масло отчаянно кипело, подгорая по краям сковороды. Суп тоже кипел.

Людмила Ивановна выключила суп, покрошила колбасу, разбила яйцо которое почти тут же свернулось.

Вместо диктора пел Лев Лещенко.

— Погоду опять прослушала... — она налила супу в тарелку, осторожно донесла, поставила на стол. Сковородку на керамическом кружке поставила рядом. Достала из буфета хлеб, отрезала. Села, зачерпнула суп, тряхнула головой:

— Господи... а норма-то... ёксель-моксель...

Побежала в коридор, достала из сумочки норму, на кухне разорвала целофановый пакетик, вытряхнула светло-коричневое содержимое на тарелку. Суп дымился рядом. Яичница остывала, пузырьки масла сновали медленней. Людмила Ивановна отделила ложкой кусочек нормы, отправила в рот и тут же заела супом. Прожевала хлебца. Потом отделила кусок побольше, положила на яйцо и перемешала с желтком.

— А посолить забыла, рохля...как всегда...

Встала, достала соль в деревянной плошке. Посолила яичницу. Суп был слишком горячий. Людмила Ивановна положила в него оставшуюся норму, отодвинула тарелку и принялась за яичницу.

Колбаса хорошо прожарилась, похрустывала на зубах.

Лещенко весело пел о лесорубах. Голубь все еще сидел на подоконнике, пугливо косился сквозь стекло.

Разделавшись с яичницей, Людмила Ивановна стала хлебать остывший суп. Светло-коричневая масса нормы разбухла, податливо развалилась на комки. Суп был грибной.

— Иван Трофимыч! — оглядываясь на вход, ученики сгрудились возле Самотеева. — Барвицкий идёт!

Иван Трофимович удивленно рассмеялся:

— Быть не может! Да вы что? Он же восемь лет со мною не здоровается.

— Идёт, идёт! Я в раздевалке видел.

— И я.

— С женой?

— Один, Иван Трофимыч.

— Не верится что-то... разыгрываете, небось?

— Да что вы! Вон, смотрите!

Барвицкий вошел, с порога прищурился на развешаные картины. Переложив гвоздики в левую руку, достал удостоверение, показал седоволосой старушке-билетёрше.

Иван Трофимович покачал головой:

— Чудны дела твои, Господи...

Улыбаясь, Барвицкий осмотрел три висящие рядом с входом картины, обошел группу столпившихся возле «Дороги жизни» и, ища глазами, двинулся к Самотееву.

Иван Трофимыч шагнул из толпы учеников навстречу.

Барвицкий был в элегантном сером костюме, остренькая седенькая бородка упиралась в бежевую водолазку, очки радостно поблёскивали.

Переговаривающиеся ученики смолкли, повернулись.

Барвицкий подошел к Самотееву:

— Поздравляю, Ваня.

— Спасибо, Феликс.

— Все — потрясающе. Просто глаза открыл мне.

— Да что ты, что ты... так, работа, как работа...

— Нет, Ваня. Это не просто так. Потрясающее искусство... И вот, пусть оно будет так же вечно и живо, как эти цветы... также свежо... Он протянул гвоздики.

— Спасибо, Феликс, спасибо...

Часто заморгавший Самотеев взял цветы и побледнел, замерев над ними. Гвоздики были пластмассовые. Барвицкий усмехнулся:

— Козьма Прутков сказал, — если хочешь быть гением — будь им. Будьте гением, Иван Трофимович. Ваши картины в Лувр просятся. В галерею Тейт. В Прадо! Экий матёрый человечище! Посмотрите на него, как он скромен и возвышен!

Дрожащие пальцы Самотеева мяли пластиковые стебли:

— Негодяй... гадина...

Он шагнул в Барвицкому, но тот боком заспешил к двери:

— Малюй дальше, лакировщик! Бабу с веслом еще не написал? Пионера с горном? Трудись!

Самотеев шел на него:

— Сволочь...

Барвицкий лавировал между онемевшими посетителями:

— Золотые рамки не заказал еше?

Самотеев кинул в него гвоздики.

Со слабым треском они попадали на пол.

— Он мне еще в Суриковском завидовать начал, — со вздохом проговорил Иван Трофимыч, разрезая норму вдоль, — хотя он был намного талантливей. Особенно в рисунке. На третьем курсе мы в Ялту на практику поехали, море писали. Ну и три моих этюда в пример поставили. А раньше только он в фаворе был. Ну и началось...

Самотеев посыпал обе половинки зеленью, сложил и стал есть.

Горохов и Старостин сидели напротив.

— А потом в Союз меня раньше приняли. И первая персональная тоже у меня раньше, чем у него была. Он там был, придрался к пустяку и наговорил гадостей, как сегодня. Патологически завистливый человек. И по-моему не совсем нормальный уже. На творчестве это быстро сказалось. Пишет ужасно. Он хотел тоже Горького написать, как и я. Но что из этого вышло — вы видели, наверно.

Горохов кивнул.

— И сейчас...гвоздики эти, — Самотеев грустно улыбнулся. — А я тоже хорош... расстроился, орал что-то. Надо было просто посмеяться. А вышло, что он надо мной посмеялся...

— Да что вы, Иван Трофимыч, это он над собой посмеялся. Лицо свое показал. У него и учеников не осталось.

— Да я слышал.

— Крылов ушел, Дроздецкий тоже, Рая Гликман ушла...

Самотеев кивнул:

— Ну и поделом ему. Сам виноват.

— Сам.

— Сам, конечно.

Самотеев отправил последний кусочек в рот и вытер слегка запачканные руки салфеткой.

— Тёть Кать, а вы? — Георгий остановил у рта вилку с насаженным опенком.

— Кушай, кушай, я после — улыбнулась Екатерина Борисовна.

— Да чего ж после, я что, как хам есть буду, а вы смотреть?

— Ешь, Жора, я не хочу, ей-богу. Я в четыре отобедала.

Георгий сунул в рот опенок, отломил хлеба:

— Все равно неудобно как-то.... у нас вон никогда поодиночке не садятся. И в Астрахани, и здесь — всё равно. Всем семейством.

— Так у вас же семья — восемь человек! А я одна на весь этаж.

— Как на весь?

— Так на весь. Зворыкины заграницей.

— Это переводчик который?

— Да. А Мамонтовы с юга не вернулись ещё.

— Ясно...

Георгий налил вторую стопку, выпил.

Екатерина Борисовна поставила перед ним сковороду жареной картошки:

— Вот, наворачивай. Норму как следует заесть надо. Что б ни запаха, ничего... Отец мой покойный квасом запивал. А после водки и поест поплотней...

Георгий принялся за картошку.

Екатерина Борисовна взяла со стола пакетик из-под нормы, скомкала, кинула в мусоропровод.

Чайник закипел, вода побежала из-под крышки.

Екатерина Борисовна выключила его.

— Тёть Кать, а тетя Наташа с вами до последнего жила? — не поднимая головы спросил Георгий.

— До самой больницы. Потом-то три месяца в больнице и всё. Быстро у неё. Рак, он быстрый.

Она вздохнула, вытерла руки о фартук и села напротив.

Георгий налил стопку:

— Я вот одного понять не мог — как это она снайпером, на фронте... Маленькая такая.

— Да. А тогда она вообше крохотной была, тонюсенькая. В сорок втором провожали ее, прям как девочка. Две косички и шинель до пят. Ревела я тогда белугой...

— И она девяносто два фрица ухлопала?

— Да. Девяносто два. Офицеров штук двадцать. Одного, говорит, не то майора, не то подполковника. С крестом, старого такого. Грузного. В грудь ему пустила, а он будто пьяный — улыбнулся и сел. Сидит и улыбается. А потом повалился.

— А вернулась в сорок пятом?

— Да.

Георгий выпил, закусил опятами.

— Я вот, тёть Кать, до сих пор жалею, что не видел, как вот она там с наградами в кителе. Ну она ведь на День Победы одевала?

— Одевала. А ты правда не видел?

— Ни разу!

— И наград не видел?

— Только на похоронах. Несли когда. А так — нет.

Екатерина Борисовна встала, пошла в комнату:

— Идём покажу.

Георгий проглотил опёнок, двинулся за ней.

Екатерина Борисовна открыла старый платяной шкаф, сдвинула в сторону висящие на плечиках платья и пальто, вынула обёрнутый марлей китель:

— Держи.

Георгий принял вешалку, Екатерина Борисовна сняла марлю.

Китель был увешан медалями. На правой стороне лепились два ордена.

Георгий присвистнул:

— Здорово.

Екатерина Борисовна поправила завернувшийся борт и отошла, сложив руки на животе:

— Вот, Жора. Китель Наташин.

Георгий рассматривал медали. Пахнуший нафталином китель качался у него в руках:

— За победу... За Берлин... а это... Варшава... а ордена.. ух ты... Красной Звезды и Красного Знамени. Здорово.

Он потрогал китель:

— И что она капитаном вернулась?

— Капитаном. Чуть майора не дали.

— А ушла?

— Лейтенантом, кажется. Сразу после училища.

Екатерина Борисовна взяла у него китель, поднесла к окну. Георгий провел ладонью по линялой спине и задержал руку.

— А это что... внутри там что-то...

— Аааа... — она улыбнулась, сунула руку за отворот, — Это норма Серёжина...

Она осторожно вынула из внутреннего кармана кителя грубый бумажный пакет, передала Георгию.

На пакете было оттиснуто красным:

НОРМА

Пакет был надорван. Георгий заглянул внутрь:

— Норма... надо же...

Екатерина Борисовна вздохнула:

— Да. Это в сорок третьем. Когда убили его под Сталинградом, то есть не убили, ну, ранили тяжело, а в госпитале он и умер. А друг его, Иванютин и передал Наташе. Они ведь с ней перед самой войной расписались. А норму он Наташе передал, Иванютин. Еще карточки остались, письма. И норма. Вот...

Она положила китель на диван и стала укутывать марлей.

— А можно норму посмотреть, тёть Кать ? — Георгий вертел в руках пакет.

— Смотри, чего там... Он вытряхнул норму на ладонь. Она была чёрная и твёрдая.

— Да... во какая...

— Не то что теперь, правда?

— Конечно.

— Теперь и пакетик аккуратненький, жаль выкидывать, и сама-то свежая, как масло.

Георгий разглядывал норму:

— Тёть Кать, а интересно, кто им нормы поставлял тогда? В войну?

Екатерина Борисовна понесла спелёнутый китель к шкафу:

— Да по-разному. Детдома эвакуированные, детсады. А иногда и просто — тыловики.

— Понятно.

Георгий постоял, потом качнул плечами:

— Тёть Кать, а вот если... ну... а вот нельзя немного попробовать ? Все таки ж интересно... какая она была...

Екатерина Борисовна повернулась, подумала и кивнула:

— Да попробуй. Чего уж там. Ножом отщипни маленько, да попробуй... А вообше-то погоди, она ведь засохла вся. Её над паром надо, или в кипяток.

— Точно! Я кусочек отломлю и в кипяток!

Минут через сорок Георгий осторожно подвёл ложку под разбухший кусочек нормы и вынул его из помутневшей воды.

Екатерина Борисовна мыла тарелки.

Георгий понюхал кусочек, лизнул:

— Что-то запаха никакого, тёть Кать...

— Милый мой, так сколько времени прошло. Ещё бы.

Георгий отправил содержимое ложки в рот, пожевал и проглотил.

Екатерина Борисовна, вытирая сковороду, смотрела на него:

— Ну, как?

Георгий пожал плечами:

— Не знаю... что-то непонятное. Пересохла, конечно, странный вкус...

Екатерина Борисовна усмехнулась;

— Какой странный? Такая же норма.

— Не совсем. Привкус какой-то. Непохожий...

— Ну так мы и жили непохоже, что ж удивляться. Вы ж над модами нашими смеетесь, а они-то как раз и возвращаются. Вот как.

— А я никогда не смеялся. Просто привкус странный.

— Бог с ним, с привкусом. Главное — норма.

— Открой, хоть окно, что ли! — Денисов зло посмотрел на жену. — Вонища, чёрт знает..

Светлана Павловна отодвинула тюлевую занавеску, стала открывать окно. Денисов склонился над нормой, понюхал:

— Господи... мерзость какая... откуда они такую вонючую берут..

— Это из интерната Первомайского, откуда еще..

— Гадость какая... чёрные комки какие-то...

— Ты нос зажми, да проглоти. В первый раз что ль ешь...

Из окна потянуло гарью.

Светлана Павловна села на диван, взяла вязание.

Денисов зажал нос, быстро запихнул норму в рот и стал натуженно жевать.

Норма не помещалась во рту, лезла из губ. Денисов вдавил ее ладонью назад, глухо икнул, вскочил и наклонился над столом. Его вырвало нормой и только что съеденным обедом.

— Боже мой! Женя! — Светлана Павловна бросила спицы. — Ну что ты!

Денисов сплюнул, тяжело выдохнул, отходя из залитого рвотой стола:

— Фуууу... сука... гадина...

— Иди воды попей! Куда ты торопился-то?! Зачем всю?!

— Да отстань ты!

— Пополам бы разрезал, да съел.

— Отстань.

Он скрылся на кухне.

Светлана Павловна подошла к столу, подняла край скатерти, с которой текло на пол, загнула и положила на лужу.

Тарелка, ложка, роговые очки Денисова и свежая «вечерка» были залиты розоватой, остро пахнущей жижей. Куски нормы торчали из нее.

— Борщ такой.. курятина... всё пропадом...

Она осторожно подняла очки, стряхнула.

Денисов вышел из кухни, вытирая рот полотенцем.

— Что ж теперь делать? — спросила жена, уходя мыть очки.

— Сухари сушить,— огрызнулся Денисов и тяжело опустился на диван.

Задетый им клубок покатился по полу.

Жена вернулась, положила очки на тумбочку. Денисов угрюмо посмотрел и отвернулся.

— Ну что, не выкидывать ведь, Жень?

— Давай выкидывай.

— Ну чего ты злишься? Что, я виновата?

— Я виноват! Накормила обедом, тоже мне...

— Так ты ж сам просил!

— Просил, просил... ничего я не просил. Суешь вечно...

— Просил, не ври!

— Ладно, отстань.

— Ну что отстань? Что с нормой делать?

— Что хочешь, то и делай.

Помолчали.

Потом Светлана Павловна вздохнула, сходила за чистой тарелкой, выбрала на нее куски нормы и унесла на кухню.

Денисов сидел, играя вторым клубком.

Светлана Павловна вымыла под краном разваливающиеся куски, сложила в тарелку и, вернувшись, поставила на диван рядом с Денисовым:

— Вот и делай, что хочешь.

Денисов равнодушно посмотрел на норму.

Светлана Павловна принесла таз и тряпкой стала сливать в него рвоту:

— Целый день с двенадцати готовила, старалась... на тебе... чего, спрашивается, торопился?

Денисов тронул пальцем лежащую на тарелке норму, брезгливо поморщился:

— Слушай, унеси ее к чёрту.

— А есть?

— Пушкин съест.

— Женя, ну хватит тебе.

Убрав рвоту, она подняла клубок, забрала другой у Денисова и села вязать.

Он встал, включил телевизор.

Шла программа «Время». Диктор рассказывал о ливанских сепаратистах.

Денисов повернул ручку. По четвертой программе шел спектакль «Лес». Карп выносил Несчастливцеву рюмку водки. Играющий Несчастливцева Ильинский потопал ногами, что-то станцевал и выпил рюмку.

Денисов усмехнулся и снова переключил на «Время».

Женщина-диктор, чуть склонив завитую голову говорила о новом премьер-министре Индии.

Денисов сел на диван.

Жена вязала, изредка поглядывая в телевизор.

Международные события кончились, и оба диктора, чуть улыбаясь, заговорили о новом театральном сезоне в Москве.

— Надо бы Сотсковой позвонить, — не поднимая головы, проговорила Светлана Павловна.

— Насчет билетов?

— Ага. Сто лет в театре не были.

— Позвони.

Денисов выбрал из тарелки небольшой кусочек и сунул в рот.

На экране появилось лицо Ефремова.

Светлана Павловна улыбнулась:

— Слушай, а он на Лёвку всё-таки здорово похож.

— Скорее Лёвка на него, — отозвался Денисов, нашаривая новый кусочек.

Новицкий засмеялся, открыл заварной чайник и помешал в нем ложечкой:

— Да нет, Саша, это разные величины. И разрабатывали они противоположные идеи.

Аккуратов подвинул ему свой стакан:

— Вот уж идеи-то совсем рядом лежат.

— Совсем не рядом. Пикассо всю жизнь утверждал кисть художника в качестве волшебной палочки. Достаточно коснуться чего угодно — холста, железа, глины, бронзы и все сразу приобретает статус абсолюта, а Дюшан в своих реди-мейд показал, что нас уже окружают в повседневной жизни произведения искусства. Унитаз, колесо, фотографии семейные. Все это достойно выставки.

Новицкий налил в стакан чаю и поставил чайник на стол.

Аккуратов принял стакан, подул и отхлебнул:

— Но это же очень близко, рядом почти. Пикассо было достаточно кисти, а Дюшану — выбора. Художественного вкуса.

— Абсолютно неверно! Дюшан, выставляя унитаз, пыль или фотографии, показал, что такое искусство в целом. О каком художественном вкусе может идти речь? Наоборот, он всячески доказывал, что художественный вкус тут неуместен. Произведение искусства это то, что может быть рассмотрено. Не важно кем и когда, и с какой целью изготовлен предмет. Он переводится в область эстетического и становится экспонатом. Гениальная формула. Почти за пятьдесят лет до концептуализма. А Пикассо выводил другую — всё к чему прикоснулся художник — произведение искусства.

— Но есть ли следы прикосновения? А? Ах нет! В том-то и отличие Дюшана от Пикассо. Для Дюшана принцип художественной избирательности был упразднён, а для Пикассо он оставался в силе.

Новицкий распечатал пакетик с нормой и, не вынимая её, стал отковыривать чайной ложечкой и есть.

Аккуратов пил чай с баранками:

— Но все-таки вначале был Пикассо, потом Дюшан. И влиял-то первый на второго, а не наоборот.

— Я этого не оспариваю. Пикассо на всех повлиял. Весь русский авангард — отзвук его разработок. Малевич сам признает это. Да и остальные тоже. Самое удивительное, что он-то себя считал вполне традиционным классиком! То есть полагал, что делает в принципе то же самое, что Леонардо и Рафаэль. Но они-то сами были творцами, жизнедателями, а не полагались только на волшебную палочку.

— Ты хочешь сказать, что за Пикассо трудился его метод?

— Несомненно. Это тот показательный случай, когда видно насколько изобретатель ничто по сравнению со своим открытием.

— Да ну, что ты говоришь! Пикассо блестяще рисовал, поразительно чувствовал цветовое равновесие. Так о Дюшане можно сказать, а не о Пикассо. Пикассо доказал, что он гений, что он может всё. Все. Абоолютно. Не было техники, не было направления, которого он бы не освоил. Он был и дадаистом и фовистом, и сюрреалистом, и кубистом, наконец...

— И ни в одном из этих направлений не приблизился к уровню отцов-основателей. Ты посмотри — Брак и Пикассо. Кто работал добросовестней, чище? Брак! Матисс и Пикассо? Матисс! Ну, Пикассо сюрреалист вообще жалкий случай. Пикассо— скульптор — тоже! Пикассо комплексный художник, его работы надо рассматривать в целом, в це-лом! И картины, и скульптуры, и графику, и куклы, и изделия все свезти в один музей, специально для них устроенный, чтобы рассматривать в целом. Только тогда он потрясает. И вовсе не знанием пластики и цветового равновесия, а ме-то-дом. Метод открыт, заклинание найдено и нет преград никаких. Сегодня кубист, завтра абстракционист...

— Но это же надо уметь.

— Не более того, что умеет хороший художник. Ты думаешь Матисс хуже Пикассо рисовал? Лучше! Посмотри его академические работы, графику. Но он, как червяк полз в одном направлении и был в сущности блестящим старым мастером.

— А Пикассо, значит мастером не был!

— Не был.

— Глупости. Был он мастером, и ещё каким.

— Пикассо сделал гораздо больше, чем рядовой мастер. Он изменил принципиально сложившийся в девятнадцатом веке эстетизм, научил художников свободе, подлинной свободе. Подобного действительно никто не сделал... это, дорогой мой, и есть подлинное, не на что не по... фу, чёрт, что это?

Новицкий пугливо отстранился от ложечки, провёл рукой по губам и, открыв рот, вытянул из него длинный волос с приставшими крошками нормы.

Аккуратов допил чай, смахнул капли с бороды, усмехнулся:

— Сюрприз.

— Ниточка Ариадны. Длинный, чёрт...

Двумя пальцами Новицкий снял с волоса крошки, отправил в рот. Потом скатал волос в чёрный комочек и кинул прочь.

Комочек неслышно упал на пол.

— А может тогда ко мне на хазу? — Васька достал горсть мелочи, стал искать двушку.

— А что, у меня хуёвей, что ль? — улыбнулся Милок. — Такая же двухкомнатная.

— Ну, у тебя сосед...

— Да какие соседи, ты что? Это ты с Гришкой путаешь. У меня отдельная давно.

— Аааа... Что-то я... действительно...во, две двушки... звони... или может мне?

— Давай я. Я ж её лучше знаю.

— Вон автомат освободился.

Подошли к крайнему автомату, из которого выбежал худощавый парень.

— Чо, не работает, пацан? — окликнул его Милок.

— Работает.

Зашли в будку, Васька притворил дверь.

Милок достал записную книжку, раскрыл:

— Так... Лэ... Лена.

Васька вставил монету, передал Милку трубку.

Милок набрал номер, откашлялся.

Монета провалилась. Милок прикрыл трубку ладонью:

— Але! Это кто? Лена? Леночка, привет! Это Толя говорит. Как дела-то? Да? Обидно... А чего ж ты в четверг не сказала? Не знала.. ну, ничего. Завтра, так завтра. Да. Ага. Серьезно? Ясно. Слушай, а как ее зовут? Рая? Хорошее имя. Ну, ладно. Значит завтра в семь? В семь. Да... конечно, о чем ты говоришь... Ладно... От Василия привет. Ага. Ну, будь...

Он повесил трубку.

Васька мял в губах незажженную папиросу:

— Динамо?

— Ага. Подружка не может сегодня.

— Ёпт... так и думал. А послезавтра мне к семи на работу.

— Ну, что ж поделаешь. Они тоже не привязанные...

Вышли из будки, закурили.

Милок сплюнул:

— Ничего. Слаще ебать будет. Никуда не денутся.

— Да это понятно. Просто сегодня я б на завтра не суетился. А завтра хуже...

Сошли с платформы, двинулись вдоль полотна.

Васька достал из авоськи две нормы:

— Бери, сжуем по дороге.

Распечатали, стали жевать, перемежая с курением.

Милок усмехнулся:

— А Райку эту я знаю, наверно.

— Знаешь?

— Ну, видать-не видел, но знаю. Ленка давно рассказывала, я щас вспомнил. Она с ней одно время в столовой вместе работала. Райка в ГУМе в сортире фарцевала помадой да колготками. Вот. И мусор замел ее однажды. Такси подогнал и в отделение повез. А ночь уже. Они на заднее сиденье сели. Едут, а Райка, хуяк, руку ему на колено. Едут, ничего. Она дальше. Он сидит, как ни в чем не бывало. Она ему ширинку расстегнула, головой на колени легла и давай хуй насасывать.

— Ёпт!

— Отделение где-то рядом было, а он шоферу говорит — по Садовому. Ну и пока они кругаля давали, она уж молофьи наглоталась вдоволь. Раза два кончил.

— Вафлистка, бля...

— Ага. А потом он адрес ее узнал и на своей на казенной с приятелем подваливал. Ебли ее по-разному и катались так же вот. Вобще культурно отдыхали.

— Сообразительные, бля. Только так и врезаться можно.

— Да нет. Один ведёт, а другой сзади с ней. А ей хоть бы хуй. Стакан ебанула и море по колено.

— Отчаянная баба. Люблю таких. С ними хоть сопли на кулак мотать не надо... А как внешне, ничего?

— Ленка говорит — ничего...

Милок дожевал норму, выбросил пакетик.

Васька остатки своей швырнул в канаву:

— Один песок, бля. На зубах так и скрипит...

— А у меня ничего вроде...

— Так ты из интерната получаешь, еще бы...

Спускаясь по лестнице, Соня взяла Василия под руку:

— Вообще, говорят, это у них лучший спектакль.

— Что, лучше «Гамлета»?

— Лучше, конечно! Сашка говорит, они там все почти заняты и выкладываются будь здоров!

Василий придержал дверь подъезда, Аня прошла.

Он вышел следом.

Аня огляделась, сунула руки в карманы пальто:

— Уже темно...

— А долго спектакль идет?

— Не знаю. Кажется, три отделения.

— Долго.

— Там, Сашка говорил, время мгновенно летит.

— Высоцкий играет?

— Нет, кажется. Там Смехов, Славина, ну и все остальные.

— Демидовой нет?

— Не знаю.

Перешли через улицу.

Аня махнула рукой в сторону парка:

— Давай тут пройдем? Короче ведь.

— А куда спешить? У нас час в запасе.

— Там лучше.

— Пошли.

Обогнули угловой дом, вышли к парку.

Возле светящегося пивного киоска толпились несколько человек.

Аня подняла липовую ветку с четырьмя желтыми листьями, помахивая ей, пошла чуть впереди Василия:

— Вообше у них с «Мастером» сложности были. Им денег не выделили и они весь реквизит из разных спектаклей взяли. Из «Час пик» — маятник, из «Гамлета» — занавес, из «Зорь» — машину.

Василий улыбнулся, выташил из кармана норму и стал распечатывать:

— Так это окрошка получается.

— Вась! Ну ты же не видел ещё, а критикуешь.

— Я еще не критикую... А кто Маргариту играет?

— Шацкая. Она там голая на балу сидит.

Василий вынул часть нормы из пакетика, откусил, усмехнувшись

— Да... ради этого стоит пойти.

— Дурачок ты, — Аня бросила ветку. — Люди новое делают, а ты издеваешься.

— Этому новому, Анечка, уже почти полвека. «Таганка» для нас новой кажется потому, что мы больше ничего не видим. Только наше полное невежество позволяет нам называть их — авангардом.

— Чьё это наше?

— Наше. «Таганка» мимикрирует под авангард, в сущности оставаясь вполне обычным культурно-просветительным заведением. Все их формальные приёмы затасканы и не новы. То, что разрабатывал Мейерхольд полвека назад, они берут на вооружение. А сегодняшний авангард, милая моя, авангард в полном смысле слова, это прежде всего вопрос содержания. И это новое содержание сразу диктует новую форму. Тут обратная связь. А у них содержание советское.

— Ну, это ты слишком...

— По-моему «Таганка» из всех наших театров самый рутинный. Она научилась готовить соус, под которым всё пойдет на ура. Даже «Малая эемля».

Аня взяла его под руку:

— Ты, Васенька, у меня сегодня шибко злой и шибко умный.

Василий умехнулся, скомкал пакетик из-под нормы:

— Я, Аня, злым бываю, только когда не поем вовремя...

— А умным?

— Когда ты мне в попку даешь.

— Хам...

— Здесь, что ли? — таксист сбавил скорость.

— Ага, тут, — Заяц поспешно докурил сигарету, приоткрыл треугольное окошко и выбросил. — Щас свернем, тут недалеко. Километра два.

— А что там, поселок?

— Не поселок, а городок.

Свернули с шоссе, поехали медленней.

Дождь по-прежнему шел, «дворники» монотонно размазывали капли по стеклу. Узкая, плохо заасфальтированная дорога стелилась под фары. Мелькавшие справа кусты кончились, из темноты выплыли два кургузых стога.

— Что тут, поля что ли?

— Ага. Совхоз, ясное дело, — Заяц расстегнул молнию куртки и усмехнулся. — Ели убрали в этом году.

— Что, дождь мешал?

— А им всегда что-то мешает.

— Точно. Я вон как к тетке ни поеду, все у них или картошка померзнет, или телята подохнут.

— Далеко тётка живет?

— Под Курском.

— Порядочно...

— Ага. А то однажды ферма сгорела. Двое мужиков напились и сожгли. И сами сгорели... слушай, ну где твой городок-то?

— Да вот щас поворот... Ну-ка притормози, не проехать бы...

Шофёр затормозил, Заяц быстро сунул руку за отворот куртки, повернулся к нему и ударил кастетом в висок.

Голова шофёра стукнулась о стекло.

Заяц ударил снова. Шофёр ткнулся лицом в руль.

Неловко размахнувшись, Заяц ударил его торцом кастета по затылку и потянул к себе.

Голова таксиста бессильно болталась. Заяц потянул сильнее. Обмякшее тело повалилось ему на колени. Содрав с руки кастет, он перевалил таксиста к себе. А сам, перебравшись через него, сел за руль, выправил сползшую с дороги машину и погнал дальше.

Метров через триста чернотой встал по бокам дороги высокий еловый лес, показался поворот.

Заяц свернул, выключил фары и тихо поехал по грунтовой дороге.

Шофёр неподвижно лежал рядом — ногами и задом на сиденье, головой на полу.

Проехав немного, Заяц свернул на поляну, провел машину меж двумя елями и остановился за кустами.

Помедлив минуту, вышел, осмотрелся и, обойдя волгу, выволок шофёра. Достав фонарик, посветил. Остекленевшие глаза таксиста были полуприкрыты, в волосах поблёскивала кровь.

Заяц обшарил его карманы, вынул деньги, зажигалку, ключи. Деньги спрятал, зажигалку и ключи зашвырнул в лес.

Потом, подхватив труп подмышки, поволок.

Мелкий дождь продолжал моросить, с потревоженных кустов текла вода.

Ноги таксиста волочились по переросшей мокрой траве.

Заяц ткнулся задом в ствол ели, выругался и, подтянув таксиста под раскидистый куст, бросил. Руки трупа раскинулись в траве. Заяц выпрямился и несколько раз ударил его ногой в голову. Потом расстегнул ширинку и помочился.

С ели слетела какая-то птица, захлопала тяжёлыми крыльями. Сторонясь кустов, Заяц вернулся к волге, включил свет в салоне. Он достал из кармана кастет, повертел перед глазами. Кастет оказался чистым.

Заяц открыл бардачок, вытащил пачку документов, поднёс к глазам:

— Монюков... Виктор Иванович... так... девятый таксопарк...

Полистав документы, Заяц сунул их обратно, вытащил оттуда же грязную тряпку, плюя на нее, вытер кровь с сиденья, выбросил в окно.

Возле ручки скоростей на пластмассовой коробке с мелочью лежала смятая фуражка таксиста.

Заяц поднял ее. Из фуражки с шуршанием выпал пакетик с недоеденной нормой. Заяц повертел в руках норму, понюхал:

— Вон что, бля...

Положил пакетик в фуражку и швырнул за окно. Потом завёл мотор, задом вырулил на проселочную, проехал, оглядевшись, свернул на шоссе и погнал, включив фары.

Дождь перестал.

У поворота на Минское шоссе встретился грузовик. Пригнувшись к рулю, Заяц вырулил на Минское и понёсся к Москве.

В коробке с мелочью лежало круглое карманное зеркальце. Придерживая руль, Заяц поднял его, посмотрел на себя. Из зеркальца глянуло широкоскулое небритое лицо с небрежно зашитой заячьей губой.

— Так может убрать второй абзац? — спросил Куликов, снимая очки.

— Да нет, Алексей Михалыч. Тут убирай, не убирай, ничего же не изменится, — поморшился Бондаренко. — Я же говорю, он прочёл когда главу, вообще, говорит, а нужна ли она?

— Ну, это не разговор.

— Тем не менее...

— Тогда все менять, всю фабулу, что ли? Это же немыслимо.

— Мыслимо, немыслимо... — пробормотал Бондаренко, посмотрел на часы: — Ой, ёй, ёй... засиделись мы с вами.

Часы показывали десять минут седьмого.

— Ну, а что ж делать?

— Не знаю. Я б на вашем месте всё-таки поработал над главой. Целиком.

— А смысл? Это же меняет содержание романа. Что ж, Борисова выкидывать, а Елецких из простых инженеров в зам. нач. цеха переводить?

— Ну, зачем такие крайности. Дело не в том, кем работает Елецких, а как он к завкому и парткому относится.

— Но он не может иначе, Виктор Юрьевич! У него ведь характер такой! Начальник литейного цеха делает приписки, а ОТК ему потворствует!

— Правильно, но почему Елецких не пойдёт сразу в партком и громко не расскажет обо всем?

— Да потому что рыцарь-одиночка он! Молодой специалист, без малого год на заводе! У него за плечами десятилетка и СТАНКИН! Тем более он ведь ещё не член партии. Во второй части он вступает, но сейчас он совсем по-другому подходит к производственным проблемам. Я же сам таким был, когда на Кировском начинал...

— Но он и в бюро комсомола не сказал ничего. Сразу кинулся на Еремина. Я не говорю, что он не имеет право ударить очковтирателя, безусловно имеет, но ковбои нам ведь не нужны.

— Виктор Юрьич, но не все сразу, пойдет он в партком и в...

Дверь скрипнула, вошла Графт, улыбаясь, положила толстую папку на стол Бондаренко:

— Извините. Вот, это Баруздин. Еле доволокла. За недельку одолеешь?

— Побачимо, — Бондаренко ответно улыбнулся, кивнул на ее шаль: — Что, мёрзнешь?

— А у нас весь конец мёрзнет.

— Так вроде не холодно еще.

— Тем не менее.

Графт поправила шаль и вышла.

Куликов барабанил по столу.

Бондаренко вздохнул:

— Знаете что, Алексей Михалыч, давайте так договоримся. Вы всё менять не будете, но поработаете над сценой с Ереминым и над разговором в раздевалке... Беркутову причешите, пожалуйста, что это, ей-богу, публичный дом в общежитии... это не надо... Договорились ?

— Попробую.

— Дня за четыре успеете?

— За недельку.

— Ладно. Вот. А тогда уж мы по второму заходу к шефу...

Бондаренко выдвинул ящик стола, достал завёрнутую в бумагу норму и стал есть, держа перед собой. Отвислые щёки его ритмично задвигались

Куликов убрал рукопись в портфель, встал:

— Тогда я в четверг звоню вам.

— Да можете сразу приезжать утречком. Я буду.

— Ладно, — Куликов подошел к двери, обернулся, — вы вот норму едите, а я вспомнил, как мы с Чеготаевым пришли в «Новый мир». К Твардовскому. Он при нас норму вытащил, тогда они ведь поменьше стали, так вот, норму, значит, вытащил и бутылку с коньяком. Нам по стопке налил, а сам раз куснёт — стопку опрокинет, другой и снова стопку. Так полбутылки выпил.

Бондаренко улыбнулся, закивал:

— Да я знаю. У нас ребята тоже видели не раз. Он ведь её всегда на работе ел.

— Домой не возил?

— Никогда. Да что Твардовский, Гамзатов вон вообше ее на шампур, вперемешку с шашлыком. Жарит и ест, Хванчкарой запивает.

— Восточный человек, — Куликов засмеялся, взялся за ручку, — ну так до четверга?

— До четверга. Всего доброго.

— До свидания, Виктор Юрьевич.

— Только не оправдывайся ради Бога, — Лещинский поднял две ладони и поморщился.

— Да я не оправдываюсь, Леонид Яковлевич, — устало улыбнулся Калманович, — Просто, действительно, я ведь первый раз с ним...

— Ради бога, Саша. Ты же знаешь, я этого не выношу.

— Ну, не буду, не буду.

— Что за женская черта такая? Если бы да кабы. Давай посмотрим лучше... а который час-то..

— Понятия не имею.

Лещинский заглянул под манжет:

— Восемь, без пяти. Давай, расставляй.

Калманович подошел к своей кровати, вынул из-под подушки небольшую коробку с шахматами.

Лещинский снял пиджак, бросил на свою кровать и потянулся, потирая лоб:

— Уаааххаааа...

Калманович вытряхнул шахматы на стол, стал расставлять.

В дверь постучали.

— Милости просим, — негромко отозвался Лещинский.

Вошел Зак с двумя бутылками «Байкала»:

— Ну, как у вас-то? Как отложили? Я даже не посмотрел.

— Без пешки герой.

— Серьёзно?

— Очень... Саш, где стаканы?

— У меня в тумбочке.

Лещинский достал два стакана

— Только два.

— Да пейте, я после, — Зак отодвинул стул, сел рядом с Калмановичем. Тот уже расставил позицию и, почесывая переносицу, смотрел на доску.

Лещинский открыл бутылку, налил два стакана, протянул один Калмановичу:

— Пей.

Зак одел очки.

Лешинский отпил из своего стакана.

Минуту молчали, глядя на доску. Лещинский махнул рукой:

— Труба.

Зак покачал головой:

— Знаешь, где-то ничья, по-моему... у чёрных король отстал.

— Да труба, чего тут.

— Труба, если на е7 взять, после шаха.

— А что ты не брать предлагаешь?

— Но другого-то нет. Ничего нет. Так сразу он слонов разменяет и пошла пехтура....

— А так что? Коня отдал, а он конём g6, потом через е5 на с6.

— Ну и что? А Саша на е6 уйдет.

— Правильно, — Калманович быстро передвинул фигуры, убрав белого коня с доски. — Вот. А потом через d5 встану на е4 и всё!

Лещинский поставил свой стакан на стол:

— Слушайте, ну что вы дурака валяете! Зачем ему прыгать на с6, это же глупо! Коня изолировать и время терять. Он на е7 его оставит! А сам пешкой вперед!

Он сильно стукнул пешкой по доске:

— Хотя, постой... но тогда ты полное право имеешь слоном ба-бах, — он двинул слона.

— Конечно, — Зак двинул короля, — ушёл, ты королём на е6, он снова, ты снова, он снова. Так ничья, конечно. Но он может рискнуть вот как, друзья мои, — Зак двинул чёрного короля на b7 — а коня не тронет.

— А я тогда всё равно на е6... на е5, и пошел к пешке.

— Да, пешка берётся.

— Берётся. Тогда ничья.

— Ничья. Смотри-ка. А я труба говорил, — Лещинский отпил из стакана.

— Погоди радоваться. Мамонт придумает что-нибудь.

— Вообще тут путаная игра, — Калманович снова восстановил первоначальную позицию.

— А кто напутал? Я что ли? — усмехнулся Лещинский. — Сто раз тебе говорил — не играй разменный вариант с ним, он эндшпиль играет лучше, он этим и дорогу себе в первую лигу пробил!

— Но надо же отшлифовывать, Леонид Яковлевич...

— Вон он тебя и отшлифовал! Белыми на ничью еле тянешь.

— Леня, ну хватит, чего ты навалился на него, — Зак открыл вторую бутылку, налил ему в стакан и отпил сам из горлышка, — Агзамов опытный мастер. Я с ним на первенствах четырежды играл и только раз выиграл. Остальные все вничью. Ему б пораскованней играть, давно б гроссом стал.

Лешинский махнул рукой:

— Саша в сто раз талантливей, вот что обидно! Эти Агзамовы, Кременецкие, Платоновы, это же серятина — пресерятина! Их бить надо нещадно, ты же без пяти минут гроссмейстер! И попал в лигу. Не экспериментируй с дебютом и на эндшпиль не надейся, они же по тридцать лет за доской сидят, у них опыта больше. Но они в мительшпиле слабее тебя. Ты на голову выше их. Вспомни, как ты с Талем и Белявским в Риге разделался. У тебя остро-комбинационный дар, а они тактики. Вспомни, он ведь, несмотря на свои пешки сдвоенные, фигуры менять торопился, на эндшпиль работал! И с полным основанием. А ты, вместо того, чтоб навязывать ему свою игру, всю партию под него свел.

— Ну, что теперь говорить, Леня, — Зак достал сигареты, закурил. — Конечно ему разменный еще рановато играть. Там и мительшпиля-то как такового нет, — дебют и сразу эндшпиль. Тут надо всю партию сразу видеть. Фишер любил разменный играть, ну так он всё видел сразу... Но давай ничью поточней поищем.

Калманович снова поставил позицию.

Лещинский сел напротив, хрустнул пальцами:

— Так. Ну, давайте от печки. Коня не брать, во всех случаях. Раз. Если он конём на g6, тогда понятно — король е6 и через е5 на е4 и ничья. Пешка не убежит.

— Не убежит.

— Если он коня оставит и пешкой вперед, тогда шах, он ушел, ты королём, он пешкой, слоном к пешке. Вроде все в ажуре.

— По-моему, тоже, — Зак, потер подбородок, вздохнул. — Ладно, вот что. Давайте пару часов перекурим, а на сон грядуший еще посмотрим. И утречком на свежую голову. Он взял шахматы и, осторожно неся перед собой, поставил на шкаф. Лещинский вытянул из лежащей на столе пачки сигарету, закурил. Калманович допил остаток «Байкала».

Зак подошел к окну, открыл, расстегнул ворот рубашки и снял галстук:

— Признаться, я сегодня не ел совсем. Утром позавтракал и всё.

— Я тоже, — отозвался Лещинский и вдруг присвистнул. — Слушайте, деятели, а нормы?

Зак повернулся, присев, испуганно рассмеялся:

— Матерь Бозка! И я забыл совсем!

Лещинский подошел к шкафу, открыл, вытащил портфель и вытряхнул на стол три нормы — две полные и одну кандидатскую:

— Обалдели совсем..

Зак сел за стол, поморщился:

— Завтра опять изжогой мучиться... а мне с Тукмаковым играть...

— Ладно, не канючь, — Лещинский распечатывал нормы

Калманович, зевая, следил за ним:

— И я забыл.

— Тебе простительно.

Разобрали распечатанные нормы, стали есть, не вынимая из целофана.

Жуя, Зак пробормотал,

— Эти, пожалуй, ничего ещё.

Лещинский закивал:

— Ну, на первую лигу они подвезут, а как же... На высшую в прошлом году из вцспэсовского детсада прислали, как гусиный паштет была.

Калманович понемногу откусывал от своей нормы и быстро жевал:

— Леонид Яковлевич, а правда, что Ботвинник, когда в Англии был на турнире, сам себе нормы готовил?

— Правда. Только не нормы, а одну норму.

— И он сам вылепил?

— Да.

Калманович улыбнулся:

— Кирилл Яковлевич, а помните, вы начали рассказывать, ну про Веру Менчик каламбур...

Зак хмыкнул:

— Про Веру Менчик, которая обожала разменчик на с6 в испанской? Как ты сегодня, да?

— Да нет, ну там с фамилиями шахматистов...

Зак жуя, забормотал:

— Значит, у Веры Менчик с Капабланкой вышел маленький Романновский. Зашли они к Корчмарю, выпили несколько Рюминых Кереса, поели Ботвинника и закусили Цукертортом. Капабланка, надо сказать, был очень Смыслов в Люблинских делах. Поиграв на Гармонисте, он повалил Веру на Рагозина и стал говорить, как он ее Любоевич. Несмотря на то, что Вера была очень Чистякова и Боголюбова, она пообещала быть с ним Ласкер. Но, как известно, Вера Менчик была слишком Богатырчук и у них с Капабланкой ничего не Левенфишло.

Калманович рассмеялся:

— Здорово!

Улыбаясь, Лещинский скомкал свой пакетик:

— Там в середине что-то было, ты пропустил.

— Может быть, конечно.

Калманович смеялся, качая головой:

— Ничего не Левенфишло!

— Именно, — серьёзно проговорил Зак и двумя пальцами отправил в рот отвалившийся кусок нормы.

Дверь приотворилась.

Осокин вошел, улыбаясь, коснулся усов:

— Разрешите, товарищи?

Сидящие за длинным столом переглянулись.

Коньшин удивленно приподнялся:

— Коля? Мать честная, откуда?! Ребята, это ж наш бывший секретарь!

Он рассмеялся, вышел из-за стола и крепко потряс руку Осокина:

— Здорово! Ну и ну! Сто лет у нас не был. Забыл совсем.

Собравшиеся смотрели на них.

— Все новые, — выглянул Осокин из-за плеча Коньшина, — и ни одного знакомого....

— А ты как думал! Умираэт старый члэн, растёт новий поколэн!

Сидящие за столом засмеялись.

Коньшин повернулся к ним:

— Вот, товариши комсомольцы, познакомьтесь. Это бывший наш секретарь комитета комсомола, ныне секретарь парткома опытного завода прядильно-ткацких машин товарищ Осокин.

— А мы знакомы, что ты так официально! — улыбаясь, проговорила Храмцова. — Здравствуй, Коля, ты меня и не заметил.

— Ну вот, Анечка, здравствуй. И знакомая нашлась... Здравствуйте, товариши.

Члены бюро откликнулись вразнобой.

— Ну что, товарищи, по-моему мы всё решили на сегодня? — спросил Коньшин, придерживая за руку Осокина. — С редколлегией всё ясно, а вечер, это, Саша, ты своих культмассовиков раскачивай.

— Конечно, — кивнул головой Рудаков.

— Ну, тогда до новых встреч, — улыбнулся Коньшин. — Седьмого собираемся.

— Во сколько?

— Как всегда в шесть. А Туманяну, Вера, ты передашь.

— Конечно, обязательно.

— Ну, тогда всё.

Вставая, задвигали стульями.

Коньшин кивнул Осокину:

— Пошли ко мне.

Они обогнули стол и вошли в небольшой кабинет с широким столом, зелёным сейфом и ленинским портретом на стене.

— Нуууу... всё по-прежнему, — Осокин опустился в красное кресло. — Только Ленина сменил.

— Да, этот красивей, кажется. Я такого в немецком журнале видел. Это фотографика называется.

— Я знаю. У меня брат такие фото делает...

Коньшин сел на свое место, шлёпнул по столу ладонями:

— Ну, рассказывай!

— С директором лады. С профкомом тоже. Ну, а остальные примыкают.

— Молоток! — расхохотался Коньшин. — Надо в книгу афоризмов занести! Ты там который год? Второй?

— Второй. И здесь четыре, да?

— И на «Ильиче» полтора.

— Аааа... да, да, да. Я забыл. Там ты вроде замещал. Да?

— Да, замещал... Но ты все что-то обо мне да обо мне. Как у вас-то?

— Альма матер? По-разному. Хлопочем.

— Желдев здесь остался?

— Тут. Куда он денется. На рыклинской кафедре. Скоро защищается.

— Быстро.

— Ну, у него ничего не залежится.

— А Бармина?

— Ушла во ВНИИБТ.

— Простым инженером?

— Она в профкоме там.

— А Витька?

— Гнедышев?

— Да.

— У нас тоже. На ПМ.

— Молодец. Как это он переквалифицировался?

— Долго ли. Он же учился хорошо.

— Ну, а ты когда отчалишь?

— С аспирантурой закончу и уйду.

— Точно?

— Точно. Хватит.

— Это года через два?

— Наверно... — Коньшин достал сигарету, протянул Осокину.

Закурили.

Осокин полез в боковой карман, достал желтенькую пачку жвачки и пакет с нормой.

— Съем-ка у тебя. А то домой не скоро.

— У вас сегодня?

— Да.

Осокин кинул ему жвачку.

— Спасибо. Английская?

— Штатовская.

Коньшин стал распечатывать жвачку, Осокин — пакетик с нормой.

— Сто лет не жевал.

— Ну вот и попробуй.

— Мятная вроде...

Стали жевать каждый свое.

Осокин уверенно кусал от нормы, Коньшин гонял во рту жвачку.

Позвонил телефон.

Секретарь поднял трубку:

— Коньшин... Внизу? Хорошо. Я Лебединскому передам щас. Спасибо. Положив трубку, он встал:

— Автобус с реквизитом пришел. Я щас скажу там...

— А что за реквизит?

— Кумач, краски, подрамники для лозунгов.

— Аааа....

Анна Степановна развернула «вечёрку» и показала головой:

— Ииии... вот и на нашей улице праздник... Мишок! Таблицу напечатали.

— Щас тыщу погасим, мам, — Михаил вышел из соседней комнаты, заглянул в газету. — Это что, пятидесятый год?

Анна Степановна сощурилась.

— Без очков не вижу... принеси-ка очки... да! И шкатулку с комода.

— Щас, мам.

Она отодвинула в сторону сахарницу, чашку с недопитым чаем, расстелила газету на столе.

Михаил принёс очки и небольшую резную шкатулку.

— Поставь на стул, — Анна Степановна одела очки.

Михаил поставил, открыл.

Конверт с облигациями лежал внизу.

— Пятидесятый, — склонилась над газетой Анна Степановна. — Ну, давай посмотрим. Я сначала, а ты проверишь.

Михаил вынул облигации из конверта.

— Там разложено по годам.

— Вот пятьдесят пятый, пятидесятый... вот, мам....

Она взяла облигации, слюня палец, отделила первую:

— Так, значит, пятидесятый, давай сначала двухсотрублевые.. Ноль восемьдесят, пятьсот сорок шесть...

— Ноль восемьдесят... восемьдесят три....

— Ноль восемьдесят три... шестьсот... четыреста...

— Попала! Четыреста девяносто пять и по пятьсот семьдесят.

— Да. Есть одна.

— Двадцать рубликов.

— Погоди-ка, тут еще... ноль восемьдесят три пятьсот тридцать два.

— Ага! Откладывай сюда.

— Теперь ноль шестьдесят один, двести восемьдесят.

— Ноль шестьдесят... двести семьдесят пять... нет вроде...

— Как нет! Попали. Видишь, с семьдесят пять по девяносто пять.

— Точно! Молодец. Действительно есть... девяносто пять... Возьми.

Михаил отложил облигацию.

— Теперь.. ноль сорок один двести десять...

— Так, вот двести шестьдесят пять.. нет. Сто пятьдесят по сто девяносто пять... нет...

— Нет. Оставь ее.

— А это какие?

— Это сторублевки.

— А что это написано?

— Это дедушка твой так расписывался. Это ведь его. Из последнего драли.... А это бабушкина... А вот и мои... тоже... девятьсот рублей получала... А в год больше тыщи выдирали. Так. Вот эти проверили.

— А маленькие?

— После. Давай. Ноль девяносто один.. девяносто..

— Девяносто один двести.. сорок... нет что-то.

— А вот... двести шестьдесят... нет, проскочили. Немного совсем.

— Рядом почти.. Ещё две большие?

— Ага. Смотри сам, ты счастливый.

— Ну-ка. Ноль двести пять четыреста тридцать. И эта четыреста тридцать семь... Есть! Четыреста десять по четыреста девяносто пять.

— Ну! Девать некуда будет. Давай маленькие.

— Маленькие... А красивые они...

— Толку что... Смотри вот эти. Они все подряд идут.

— Точно... Ноль шестьдесят три сто девяносто девять... так.. так... есть! Все, наверное. Четыре все.

— Ну, Мишка, молодец!

— Возьми. А эти какие?

— Это пятьдесят первый.

— Большая пачка.

— Большая... дедушка, бабушка и я. Втроём.

— А дяда Костя?

— Ну, он ведь только в пятьдесят седьмом приехал. А его облигации у Надежды Ивановны. Он вообше их выбрасывать хотел. В шестьдесят восьмом, переезжали когда, он брать не хотел. На помойку, говорит, выкину. Надя еле уговорила.

— У нас Бахмин рассказывал, один на помойке чемодан нашел целый. С облигациями.

— Да. Многие выбрасывали. Думали, что теперь фиг получат. Особенно после реформы. Я вон прошлый раз гасить ходила, а одна старушка говорит, я, говорит, под обои их клеила. А сейчас уже не отдерёшь.

— Конечно. Тоже догадалась... это ещё обиднее, чем на помойку...

— Это что, мы пятьдесят четыре рубля погасили?

— А что, мало?

— Да, ничего... А подумать, Миш, так что б им, например, весной взять и объявить, мол, приходите и всем погасят за пятидесятый год. И номеров никаких и волокиты.

— Да у нас, мам, всё через жопу, — Михаил убирал оставшиеся облигации в шкатулку. — А с другой стороны, знаешь, многие старики газет не выписывают, лежат дома. Может парализованные. Глядишь и забудут. А государству выгода.

— Да. Разве что ради этого... Слушай, ты норму собираешься есть, или нет? Вторые сутки на окне лежит.

— Щас, мам. Меня просто вчера мутило. Мы с Андрюшкой в пивбаре были, а там креветки какие-то сомнительные. Я щас съем.

— Давай, давай, А то забудешь. Так и до завтра останется.

— Да чего тут, долго ли... — он взял лежащую на бумаге норму и, откусывая, побрел в комнату.

— Сестра! — донеслось из распахнутой двери палаты.

Зоя нехотя встала.

Сидящая рядом Клава пила чай:

— Чего он орёт? Кнопка не работает, что ль?

— Да это безрукий тот...

— Аааа...

Сунув руки в карманы узенького белого халата, Зоя прошла по коридору, завернула в палату. Краюхин лежал в полумраке, положив забинтованные култышки поверх серого одеяла.

— Что случилось? — тихо спросила Зоя.

— Сестра... вот... это...

— Утку, что ль?

— Ага.

Нагнувшись, Зоя вынула из-под его кровати пластмассовое судно, сунула ему под одеяло..

Краюхин заворочался.

— Через пять минут приду.

Зоя вышла, прикрыла дверь следуюшей палаты.

Клава допила свой чай и читала, полулежа на кушетке.

Зевнув, Зоя опустилась на стул:

— Клав, я не помню, Седых кололи?

— Кололи, ты что.

— А у меня перепуталось всё...

— Устала?

— Немного есть.

— Ну, ляг поспи, я посижу.

Клава встала, Зоя легла на кушетку, постанывая, вытянулась:

— Оооо, Господи... да, там, не забыть, утка у этого...

— Безрукого?

— Да.

— Щас пойти?

— Пойди, я только подложила.

— Слушай, Зой, а как это он умудрился?

— Руки?

— Да.

— А он на стройке работал, он плотник, кажется. Ну и на пятом этаже доски они вдвоём несли. Стопку досок. А там идти можно было в обход по настилу и по прямой, прямо по стене. Они по стене пошли.

— Это он сам рассказывал?

— Нет, Гликман. Вот. Пошли, значит, и... оооуyааа... — Зоя зевнула, — и оступился кто-то. Полетели с пятого этажа. Приятель его доски отпустил и вниз. Насмерть. А этот в доски как-то инстинктивно вцепился и вместе с ними. А они, как веер распустились. И он, как будто на парашюте. Ногу только вывихнул.

— А руки?

— И руки. Когда он упал, доски от толчка сложились, ну, как ножницы, и руки в них попали. И отсекло напрочь.

— Да. Хорошо хоть сам цел остался.

— Конечно. Да ещё один в палате лежит. Совсем рай...

— А соседа перевели, что ль?

— Выписали вчера... Ну, Клав, я подремлю немного...

— Дреми.

Клава встала, прошла к палате Краюхина, заглянула:

— Ну, как? Можно выносить?

— Можно, — слабо отозвался Краюхин.

Клава сунула руку под одеяло, нашупала потеплевшее судно, вытащила.

На дне было немного желтоватой мочи.

Клава шагнула к двери, но Краюхин приподнял голову:

— Сестра.. там я вспомнил... вот..

— Что?

— Да там у меня в брюках, в кармане была...

— Что?

— Норма. Нам раздали тогда. Она ведь так и лежит там...

— Ну и что?

— Да съесть ведь надо.

— Сейчас?

— Ну, а что. И так два дня прошло. А я только вспомнил...

— Ну, что, принести, что ль?

— Принеси.

— Ваша как фамилия?

— Краюхин.

Держа перед собой судно, Клава вышла.

Опорожнив его в туалете, она, вернувшись, сунула его под краюхинскую кровать, потом пройдя по коридору и перегнувшись через спящую Зою, сняла ключ гардероба с гвоздя.

Зоя вздохнула и улыбнулась во сне.

Спустившись на первый этаж, Клава прошла мимо двух спящих в коридоре сестёр, отперла гардероб, зажгла свет.

Три мыши спрыгнули со стола приёмщицы и бросились под шкафы.

Клава выдвинула ящик стола, достала пухлую книгу учёта, села на расшатанный стул:

— Краюхин... два дня назад.... так... Краюхин... где же... — она листала коричневые страницы. — Вот... Девяносто семь.

Подошла к девяносто седьмому шкафчику, открыла. На гвозде висел ободранный ватник, покрытый засохшей грязью и кровью. Рядом висели такие же ватные брюки. Коричневые от земли сапоги стояли внизу.

Клава сунула руку в карман брюк и сразу под пальцами зашуршал пакетик нормы. Она вытянула его. Норма была сильно расплющена.

Клава убрала книгу в стол, погасила свет, вышла, заперла дверь. Одна из спящих сестер подняла голову:

— Клав, ты?

— Я. Спи, чего беспокоишься.,.

— А я думала звонят... — забормотала сестра.

Помахивая ключом и нормой, Клава поднялась по лестнице.

Зои на кушетке не было.

Клава вошла к безрукому.

Тот по-прежнему лежал на спине. Клава помахала пакетиком:

— Нашла.

— Ну и хорошо...

— Оставить вам?

— Оставь... а вообще... как же... как... я ж теперь.... как есть-то... Голос его задрожал.

— Да вы не беспокойтесь, — Клава опустилась на край его кровати, — у нас такие сейчас протезы делают. Ну совсем, как руки. Вам радоваться надо, что вы живы. Товарищ погиб ведь, да?

— Гриша. Да. Разбился, говорят. А я вот цел...

— Ну вот. А норму я вам помогу съесть.

Она разорвала пакетик и, отломив кусочек уже подсохшей нормы, протянула Краюхину. Он открыл рот, принял кусочек и стал медленно жевать.

— Так что вы не падайте духом. По-моему лучше руки потерять, чем ноги. Протезы одели и все. И никаких костылей...

Она снова сунула в рот кусочек.

Краюхин молча жевал.

Сзади вошла Зоя:

— Вот ты где. А меня разбудили, черти.

— Кто?

— Якишин. Заорал, как резаный.

— А я не слышала. Я в гардероб ходила.

— Хорошо, что не слышала.

— Уколола?

— Уколола. Спит, как сурок.

Часть вторая

Нормальные роды
нормальный мальчик
нормальный крик
нормальное дыхание
нормальная пуповина
нормальный вес
нормальные ручки
нормальные ножки
нормальный животик
нормальный сон
нормальное сосание
нормальная моча
нормальный кал
нормальный подгузник
нормальная пеленка
нормальное одеяло
нормальные кружева
нормальная лента
нормальная бутылочка
нормальное молоко
нормальные колики
нормальная коляска
нормальный воздух
нормальные сосны
нормальное небо
нормальный ветер

нормальный песок
нормальный скрип
нормальное солнце
нормальное бельё
нормальные облака
нормальные ползунки
нормальная каша
нормальная соска
нормальный сок
нормальные весы
нормальный балкон
нормальная погремушка
нормальная распашонка
нормальные пинетки
нормальный чепчик
нормальная тесемка
нормальное яблоко
нормальные перевязочки
нормальные ноготки
нормальные гуни
нормальная рвота
нормальная ванна
нормальная водичка
нормальное мыло
нормальная губка
нормальное полотенце
нормальная температура
нормальная игрушка
нормальная кошка
нормальные колечки
нормальный мяч
нормальное ползанье

нормальные коленки
нормальное падение
нормальные помочи
нормальные шаги
нормальные сандалии
нормальные камешки
нормальная бабушка
нормальная трава
нормальный жук
нормальный червяк
нормальный одуванчик
нормальный кузнечик
нормальная ссадина
нормальные слезы
нормальная панамка
нормальная кофточка
нормальная песочница
нормальная формочка
нормальное ведёрко
нормальный совок
нормальная машина
нормальные качели
нормальная черешня
нормальная клубника
нормальный арбуз
нормальный укроп
нормальный суп
нормальная ложка
нормальная чашка
нормальное молоко
нормальный чай
нормальная конфета

нормальное печенье
нормальный папа
нормальный самолет
нормальный дождь
нормальный зонтик
нормальный снег
нормальный дым
нормальный мороз
нормальное окно
нормальные санки
нормальная шубка
нормальная шапка
нормальные варежки
нормальные калоши
нормальный шарф
нормальная собака
нормальные снежки
нормальные лыжи
нормальные сосульки
нормальное горло
нормальный кашель
нормальный озноб
нормальный градусник
нормальная постель
нормальный доктор
нормальный стетоскоп
нормальная ложечка
нормальный аспирин
нормальная машина
нормальный чай
нормальная подушка
нормальные сны

нормальный страх
нормальный горшок
нормальные носки
нормальные горчичники
нормальная книжка
нормальные карандаши
нормальная бумага
нормальный домик
нормальный человечек
нормальный танк
нормальное сражение
нормальная весна
нормальные ручейки
нормальная грязь
нормальный детсад
нормальная воспитательница
нормальная столовая
нормальные котлеты
нормальный компот
нормальные раскладушки
нормальные обручи
нормальная прогулка
нормальные игры
нормальный праздник
нормальные флажки
нормальная музыка
нормальный Ленин
нормальные песни
нормальный танец
нормальные стихи
нормальные подарки
нормальные родители

нормальные ботинки
нормальные штаны
нормальный подзатыльник
нормальная осень
нормальная форма
нормальная школа
нормальный букет
нормальный ранец
нормальная учительница
нормальный класс
нормальная парта
нормальная тетрадь
нормальная ручка
нормальные палочки
нормальные кружочки
нормальные косички
нормальная перемена
нормальный дежурный
нормальный пример
нормальная задача
нормальные чернила
нормальный Вова
нормальный Серёжа
нормальный Миша
нормальный Витя
нормальный Петя
нормальный Андрей
нормальная двойка
нормальная тройка
нормальная четвёрка
нормальная пятёрка
нормальная единица

нормальный кол
нормальная арифметика
нормальное чистописание
нормальная клякса
нормальная промокашка
нормальный ластик
нормальная Светка
нормальные леденцы
нормальный коржик
нормальный бублик
нормальный бутерброд
нормальная физкультура
нормальный зал
нормальный физрук
нормальный журнал
нормальный мяч
нормальная эстафета
нормальные трусы
нормальная сменка
нормальный турник
нормальное воскресенье
нормальный двор
нормальные ребята
нормальный футбол
нормальный проход
нормальный финт
нормальная пенка
нормальные кеды
нормальный удар
нормальная девятина
нормальный пас
нормальный счёт

нормальный Сега
нормальный Колян
нормальный Жук
нормальная Утка
нормальный Жека
нормальная чеканочка
нормальная рогатка
нормальный фонарь
нормальный сосед
нормальный отец
нормальный ремень
нормальные слёзы
нормальный угол
нормальные задачки
нормальный угольник
нормальный круг
нормальная окружность
нормальная биссектриса
нормальный катет
нормальная гипотенуза
нормальное равенство
нормальное тождество
нормальное подобие
нормальный икс
нормальный игрек
нормальный зет
нормальная алгебра
нормальная физика
нормальная химия
нормальный опыт
нормальная колба
нормальный водород

нормальный кислород
нормальная вода
нормальная кислота
нормальная щелочь
нормальный натрий
нормальный магний
нормальный марганец
нормальная бомбочка
нормальный взрыв
нормальный дым
нормальные спички
нормальный самопал
нормальное попадание
нормальный хоккей
нормальные коньки
нормальная клюшка
нормальная шайба
нормальный лед
нормальный «Спартак»
нормальный бросок
нормальный гол
нормальные щитки
нормальный вывих
нормальная больница
нормальная боль
нормальный гипс
нормальный костыль
нормальный телевизор
нормальный фильм
нормальный шпион
нормальный разведчик
нормальные конфеты

нормальные фантики
нормальные марки
нормальный альбом
нормальная серия
нормальный блок
нормальные колонии
нормальная фауна
нормальная флора
нормальный спорт
нормальный магазин
нормальный обмен
нормальный полтинник
нормальный рубль
нормальное мороженое
нормальные Сокольники
нормальные аттракционы
нормальная карусель
нормальные ребята
нормальная тетка
нормальная сумочка
нормальные деньги
нормальный свист
нормальный атас
нормальная дера
нормальные сигареты
нормальная затяжка
нормальная тошнота
нормальный Рыба
нормальная голубятня
нормальный туман
нормальный дутыш
нормальный почтарь

нормальный рынок
нормальный мужик
нормальный пацан
нормальная пятёрка
нормальный мент
нормальное отделение
нормальный участковый
нормальная мать
нормальная пощечина
нормальная ругань
нормальный побег
нормальный Славик
нормальный маг
нормальные битлы
нормальные роллинги
нормальные пласты
нормальные колонки
нормальное стерео
нормальный эффект
нормальная цветомузыка
нормальные джины
нормальная вечеринка
нормальные девки
нормальная Светка
нормальный танец
нормальные сигареты
нормальный портвейн
нормальный смех
нормальный шейк
нормальные губы
нормальный разговор
нормальный Соловьев

нормальная драка
нормальная кровь
нормальный платок
нормальная разборка
нормальный завуч
нормальный классрук
нормальная Жирная
нормальный дневник
нормальная четверть
нормальное полугодие
нормальный год
нормальный аттестат
нормальное ПТУ
нормальные занятия
нормальный станок
нормальная резьба
нормальные фаски
нормальная расточка
нормальный резец
нормальный патрон
нормальные танцы
нормальный ансамбль
нормальный ударник
нормальный вермут
нормальная герла
нормальная подруга
нормальный Рудик
нормальный дом
нормальная квартирка
нормальные кудряшки
нормальное сухое
нормальные бокалы

нормальные шторы
нормальный блюз
нормальный лифчик
нормальная грудь
нормальные трусы
нормальные руки
нормальные слёзы
нормальные уговоры
нормальный поцелуй
нормальная кровать
нормальные ноги
нормальный стон
нормальный шепот
нормальная сперма
нормальная простыня
нормальные глаза
нормальная усталость
нормальный хуй
нормальное завтра
нормальный завод
нормальный мастер
нормальный наладчик
нормальный сменщик
нормальный цех
нормальная норма
нормальные детали
нормальный фартук
нормальная стружка
нормальный заусенец
нормальный медпункт
нормальная перекись
нормальный бинт

нормальные рукавицы
нормальный перерыв
нормальная столовая
нормальный борщ
нормальное пюре
нормальная подлива
нормальный компот
нормальный Антон
нормальный аванс
нормальное кафе
нормальная компания
нормальная Люда
нормальное вино
нормальный разговор
нормальное мороженое
нормальное такси
нормальная общага
нормальная лимитчица
нормальный вахтер
нормальная комната
нормальная койка
нормальный засос
нормальная ебля
нормальное утро
нормальный прогул
нормальное пиво
нормальная вобла
нормальный парень
нормальный телефон
нормальные джины
нормальная фирма
нормальный размер

нормальный батник
нормальная стрижка
нормальные друзья
нормальная гитара
нормальная песня
нормальный вечер
нормальная скамейка
нормальное винище
нормальная прошвырка
нормальная кодла
нормальный прикол
нормальная мочиловка
нормальные менты
нормальный отрыв
нормальный фингал
нормальный папаша
нормальный пиздёж
нормальные слова
нормальный понт
нормальная самостоятельность
нормальное достоинство
нормальный август
нормальный отпуск
нормальные башли
нормальные робя
нормальные девки
нормальный плацкарт
нормальные Гагры
нормальное море
нормальная погода
нормальная вода
нормальные ласты

нормальная маска
нормальная вишня
нормальные шашлыки
нормальные чебуреки
нормальная хванчкара
нормальное пиво
нормальная Тоня
нормальный вечер
нормальная палатка
нормальная ночь
нормальные цикады
нормальные груди
нормальные подмышки
нормальный оргазм
нормальный кайф
нормальные горы
нормальный восход
нормальная лодка
нормальные спасатели
нормальный мотор
нормальные лыжи
нормальное катание
нормальное ныряние
нормальные крабы
нормальные карты
нормальная водка
нормальные помидоры
нормальный лук
нормальный торч
нормальный город
нормальный пляж
нормальные бабы

нормальные креветки
нормальная ханка
нормальный дупель
нормальные размудя
нормальный ужер
нормальная блевотина
нормальный вырубон
нормальный отруб
нормальное состояние
нормальная неделя
нормальный месяц
нормальный скорый
нормальное купе
нормальная Москва
нормальный дождь
нормальный вокзал
нормальная осень
нормальная куртка
нормальная повестка
нормальные проводы
нормальная стрижка
нормальная армия
нормальный карантин
нормальная присяга
нормальная форма
нормальный прапор
нормальный сержант
нормальная казарма
нормальные сапоги
нормальные портянки
нормальный кросс
нормальные мозоли

нормальная жажда
нормальная выкладка
нормальный строй
нормальный воротничок
нормальная ушанка
нормальная шинель
нормальный подъём
нормальный автомат
нормальный шомпол
нормальная ветошь
нормальное масло
нормальные пуговицы
нормальные крючки
нормальные складки
нормальный гуталин
нормальный спортзал
нормальный турник
нормальный конь
нормальные брусья
нормальный канат
нормальные мышцы
нормальный пот
нормальная усталость
нормальная честь
нормальные стрельбы
нормальные мишени
нормальные гильзы
нормальный прицел
нормальная бдительность
нормальная благодарность
нормальная каша
нормальное масло

нормальная вилка
нормальный чай
нормальный сахар
нормальные политзанятия
нормальный долг
нормальная верность
нормальное мужество
нормальная доблесть
нормальный героизм
нормальная самоотверженность
нормальная самоотдача
нормальная самодисциплина
нормальная выносливость
нормальная стойкость
нормальная исполнительность
нормальная смекалка
нормальная сообразительность
нормальная честность
нормальная преданность
нормальная бескорыстность
нормальная убежденность
нормальная непримиримость
нормальная нетерпимость
нормальная заинтересованность
нормальная самоволка
нормальный забор
нормальная улица
нормальный магазин
нормальные поллитра
нормальный Кешка
нормальный Серега
нормальный батон

нормальные сырки
нормальный подъезд
нормально пошла
нормально закусили
нормально вышли
нормально прошли
нормально запили
нормально покурили
нормальная поверка
нормальный отбой
нормальная подушка
нормальная отрыжка
нормальный сон
нормальная тревога
нормальное пробуждение
нормальная голова
нормальные веки
нормальные портянки
нормальные пальцы
нормальные пуговицы
нормальное опоздание
нормальный наряд
нормальная кухня
нормальные котлы
нормальные повара
нормальные половники
нормальные дуршлаки
нормальная картошка
нормальная кожура
нормальное ведро
нормальная вода
нормальная спина

нормальный позвоночник
нормальная поясница
нормальная табуретка
нормальная швабра
нормальный пол
нормальная плитка
нормальная чистота
нормальная быстрота
нормальная грязь
нормальный мусор
нормальные миски
нормальные кружки
нормальные ложки
нормальная струя
нормальная ночь
нормальная зевота
нормальная картошка
нормальная табуретка
нормальное ведро
нормальная вода
нормальный подъём
нормальный кросс
нормальная поверка
нормальная линейка
нормальный воротничок
нормальный сержант
нормальный наряд
нормальная кухня
нормальная картошка
нормальная табуретка
нормальное ведро
нормальная поясница

нормальная швабра
нормальный обед
нормальные миски
нормальные кружки
нормальные ложки
нормальная струя
нормальный пар
нормальная кожа
нормальные ноги
нормальные локти
нормальные колени
нормальный пот
нормальный отбой
нормальный подъем
нормальная линейка
нормальная зарядка
нормальный кросс
нормальный наряд
нормальная хуйня
нормальные будни
нормальные трудности
нормальная воля
нормальный характер
нормальная дружба
нормальный старик
нормальная лычка
нормальный год
нормальные молодые
нормальное чмо
нормальный фуфель
нормальный земляк
нормальная шестерка

нормальная тесная
нормальная взъебка
нормальная шерсть
нормальное уважение
нормальный спорт
нормальный бицепс
нормальный уголок
нормальный пистолетик
нормальный переворот
нормальное солнышко
нормальный кульбит
нормальный шпагат
нормальный пудовик
нормальный двухпудовик
нормальный разряд
нормальная мышца
нормальные сборы
нормальные учения
нормальная четкость
нормальная слаженность
нормальное соперничество
нормальное соревнование
нормальное противостояние
нормальная пыль
нормальная жара
нормальная фляга
нормальная скатка
нормальная лопата
нормальный калашников
нормальные рожки
нормальный подсумок
нормальный противогаз

нормальная атака
нормальное ура
нормальный привал
нормальный перекур
нормальный лейтенант
нормальная шутка
нормальное качество
нормальные ребята
нормальный строй
нормальный марш
нормальный запевала
нормальная песня
нормальный значок
нормальное повышение
нормальный отпуск
нормальный городок
нормальное кино
нормальное мороженое
нормальный музей
нормальный патруль
нормальные увольнительные
нормальные улыбки
нормальное возвращение
нормальный доклад
нормальный вечер
нормальное отделение
нормальная зелень
нормальное обучение
нормальное наказание
нормальный авторитет
нормальная неторопливость
нормальные полуслова

нормальные полувзгляды
нормальная шуточка
нормальная ржачка
нормальные разговорчики
нормальная муштра
нормальное послушание
нормальный престиж
нормальные сапоги
нормальный срок
нормальное время
нормальный дембель
нормальный кайф
нормальный чемодан
нормальный поезд
нормальный буфет
нормальный понт
нормальный коньяк
нормальный шницель
нормальный чай
нормальное купе
нормальные соседи
нормальный пиздёжь
нормальные салаги
нормальное пивко
нормальная понтяра
нормальный отдых
нормальная жизнь
нормальные предки
нормальный костюм
нормальная Москва
нормальная дискотека
нормальные кореша

нормальные девчата
нормальный парк
нормальные качели
нормальный засос
нормальные записи
нормальные группы
нормальная вертушка
нормальный усилок
нормальная моща
нормальная громкость
нормальные динамики
нормальный забой
нормальный запил
нормальный лидер
нормальный вокал
нормальный орган
нормальный уют
нормальные картинки
нормальные курсы
нормальный двигатель
нормальный поршень
нормальный шатун
нормальное зажигание
нормальная смесь
нормальный карбюратор
нормальный фильтр
нормальный бензобак
нормальный инструктор
нормальное вождение
нормальные успехи
нормальная практика
нормальный автопарк

нормальный автобус
нормальный учебный
нормальный самостоятельный
нормальная работа
нормальная зарплата
нормальный маршрут
нормальные остановки
нормальная загруженность
нормальный обзор
нормальный режим
нормальный опыт
нормальная легкость
нормальная небрежность
нормальная лихость
нормальная точность
нормальный ништяк
нормальная Марина
нормальный магазин
нормальные родичи
нормальный достаток
нормальное предложение
нормальная свадьба
нормальный ресторан
нормальный костюм
нормальная фата
нормальные друзья
нормальные подруги
нормальные фужеры
нормальное шампанское
нормальные свидетели
нормальный поцелуй
нормальные папы

нормальные мамы
нормальные бабушки
нормальный дедушка
нормальные музыканты
нормальный вокал
нормальные подарки
нормальные поздравления
нормальные танцы
нормальный упивон
нормальная чайка
нормальная комната
нормальная ночь
нормальная девочка
нормальная грудь
нормальная фигурка
нормально попоролись
нормальный сон
нормальное утро
нормальное кофе
нормальная суббота
нормальная житуха
нормальные условия
нормальные средства
нормальная сберкнижка
нормальная обстановка
нормальный сервант
нормальный шкаф
нормальные соседи
нормальная кухня
нормальная любовь
нормальная семья
нормальная жена

нормальный обед
нормальный ужин
нормальный завтрак
нормальный стимул
нормальные квартальные
нормальный план
нормальная тринадцатая
нормальный стаж
нормальный километраж
нормальная прибавка
нормальные ремонтники
нормальный парк
нормальное начальство
нормальные люди
нормальная табельщица
нормальные рейсы
нормальная конечная
нормальное домино
нормальный стол
нормальный Вася
нормальный пузырь
нормальный розлив
нормальное настроение
нормальное пополнение
нормальный отгул
нормальное дежурство
нормальный субботник
нормальный воскресник
нормальный холодильник
нормальный характер
нормальный малый
нормальная беременность

нормальный ценник
нормальный выход
нормальный свитер
нормальные гости
нормальная дулька
нормальное отношение
нормальная дача
нормальная трансмиссия
нормальный минет
нормальный батя
нормальная охота
нормальный пентюх
нормальные поездки
нормальная розетка
нормальные волосы
нормальный пиздабол
нормальные гвозди
нормальная Риточка
нормальный домкрат
нормальный туалет
нормальный пробег
нормальные запчасти
нормальный хлеб
нормальная хреновина
нормальные праздники
нормальное зарево
нормальный задник
нормальный сынок
нормальный штифт
нормальный ветерок
нормальное болото
нормальный кран

нормальные связи
нормальная музыка
нормальные кантики
нормальное чтение
нормальная трахалка
нормальный мореплаватель
нормальный Райкин
нормальный факт
нормальное второе
нормальная обида
нормальный заяц
нормальный Виктор
нормальный дежурный
нормальный вал
нормальный министр
нормальный видок
нормальный шнур
нормальная задница
нормальный отряд
нормальный хозяйственный
нормальный Станислав
нормальный ветрище
нормальный замот
нормальный круг
нормальное поражение
нормальные обезьяны
нормальная Мальта
нормальный топор
нормальная слабость
нормальное ремесло
нормальный карандаш
нормальный Простаков

нормальный театр
нормальные канадцы
нормальный ученичок
нормальный ножище
нормальный шуруп
нормальный расклад
нормальный змий
нормальные выродки
нормальная целина
нормальная вечёрка
нормальный райком
нормальные старики
нормальная спинка
нормальное марево
нормальное большинство
нормальный холодец
нормальные веки
нормальная коса
нормальные деточки
нормальный Саратов
нормальный ёбарь
нормальная осока
нормальный штамп
нормальный Сталинград
нормальные руки
нормальная техника
нормальный грохот
нормальная Васницкая
нормальный дымок
нормальный чужак
нормальное железо
нормальное расстегивание

нормальная записка
нормальная точилка
нормальные евреи
нормальный танк
нормальная дубрава
нормальная Америка
нормальное происшествие
нормальный бросок
нормальный Чехов
нормальная коробка
нормальная слабость
нормальные шпоры
нормальный патефон
нормальный Гриша
нормальный отголосок
нормальный мистер
нормальные задние
нормальная рябь
нормальная пара
нормальный ствол
нормальная вершина
нормальный приварок
нормальная акушерка
нормальное курево
нормальный ебальник
нормальная невидимость
нормальный приказ
нормальная лестница
нормальное ошеломление
нормальный глоток
нормальный Гершкович
нормальные близлежащие

нормальный учет
нормальный камешек
нормальный козырь
нормальная жестокость
нормальные расходы
нормальная блядище
нормальный Котлов
нормальное бряцание
нормальное отнятие
нормальный Петро
нормальная нефть
нормальный фланг
нормальное прикосновение
нормальная пыльца
нормальное стечение
нормальный кулачище
нормальный Кенигсберг
нормальное единство
нормальный эффект
нормальная память
нормальное меньшинство
нормальная Волга
нормальный рывок
нормальная метель
нормальный кактус
нормальный подлокотник
нормальное придыхание
нормальная смола
нормальный старпом
нормальная комета
нормальный тиранозавр
нормальный хуй

нормальное существование
нормальный презент
нормальная Танечка
нормальные пасатижи
нормальная нелепость
нормальные квазары
нормальный пляж
нормальная сивуха
нормальная Родина
нормальный колчан
нормальные занятия
нормальное сопротивление
нормальная простота
нормальное солнце
нормальная десница
нормальный пепел
нормальный космолет
нормальный Иващенко
нормальное затемнение
нормальная распущенность
нормальный осколок
нормальный горизонт
нормальный Вашингтон
нормальная каретка
нормальный выебон
нормальный маршал
нормальные туземцы
нормальный Сарочь
нормальный пердёжь
нормальные нелепицы
нормальные бомбы
нормальное условие

нормальная саранча
нормальное вскрытие
нормальный прицеп
нормальное предательство
нормальная ягодка
нормальная маменька
нормальный якут
нормальное затмение
нормальное горе
нормальный Гершензон
нормальная пора
нормальная нянечка
нормальные жуки
нормальный господин
нормальный вскрик
нормальное сношение
нормальный Котенька
нормальные изумления
нормальный стеклярус
нормальный хуесос
нормальная курица
нормальные беседы
нормальная область
нормальное здоровье
нормальная плотность
нормальный шалфей
нормальный укус
нормальное стремление
нормальная муха
нормальная нежность
нормальный Джапур
нормальное веление

нормальный управдом
нормальная эпидерма
нормальная тяга
нормальное предопределение
нормальная потливость
нормальные яички
нормальная дверь
нормальная свекровь
нормальная метла
нормальные французы
нормальный майор
нормальная пиздища
нормальное промедление
нормальный Ворошилов
нормальная зорька
нормальные кучера
нормальный транзистор
нормальные холмы
нормальный оператор
нормальный Хлестаков
нормальные трубы
нормальные муравьеды
нормальный трамвай
нормальное золотце
нормальное темя
нормальные черенки
нормальные кнопки
нормальный петит
нормальные барабанщики
нормальная сисяра
нормальное извещение
нормальная молитва

нормальное отдохновение
нормальные секунды
нормальное семейство
нормальная олифа
нормальная Сонечка
нормальные педерасты
нормальное почёсывание
нормальный сюртук
нормальный звукоряд
нормальное удовольствие
нормальный пахан
нормальные губки
нормальный пентюх
нормальные православные
нормальное восхождение
нормальные кичики
нормальный йог
нормальная дура
нормальный кусок
нормальное угождение
нормальный аппаратчик
нормальные поебушки
нормальная комедия
нормальные метростроевцы
нормальная десперссия
нормальный молот
нормальные китобои
нормальное прощение
нормальная тяжба
нормальное воссоединение
нормальный одиночка
нормальный протон

нормальный купчик
нормальное наводнение
нормальный Владивосток
нормальная Таня
нормальное фразёрство
нормальные снимки
нормальная сечка
нормальные поросята
нормальный Кремль
нормальные триоды
нормальные сеялки
нормальное убийство
нормальный слив
нормальная хунта
нормальная дичь
нормальный кабель
нормальные сапожки
нормальная готовальня
нормальный кооператив
нормальный октаэдр
нормальный подстаканник
нормальное предуведомление
нормальный клитор
нормальный гнев
нормальный выключатель
нормальный контрабас
нормальная Серебрякова
нормальное причастие
нормальный телефон
нормальное опровержение
нормальные планеты
нормальный геммарой

нормальный кубик
нормальная брюнетка
нормальные выборы
нормальные стрельбы
нормальное убожество
нормальный логарифм
нормальное безумие
нормальный Пресли
нормальные соты
нормальный чернокожий
нормальное заступничество
нормальная икона
нормальный цветок
нормальное бродяжничество
нормальные взаимоотношения
нормальный гудок
нормальная сволочь
нормальный крикет
нормальная антенна
нормальный циклон
нормальный короед
нормальный пупс
нормальные метрономы
нормальный ясень
нормальный астероид
нормальные колени
нормальные чашки
нормальный кивер
нормальный шмоняра
нормальное электричество
нормальный атташе
нормальный волк

нормальный куколь
нормальное дифференцирование
нормальный Торжок
нормальное законодательство
нормальный Рихтер
нормальный крючок
нормальный цимес
нормальное панибратство
нормальный Рим
нормальные суставы
нормальное явление
нормальный таракан
нормальная свобода
нормальные крекеры
нормальный хам
нормальный Васнецов
нормальный убой
нормальные фисташки
нормальное улучшение
нормальная тяга
нормальные лесбиянки
нормальный печник
нормальное приземление
нормальная серьга
нормальные подследники
нормальная белизна
нормальное ханжество
нормальная губка
нормальные кружки
нормальная капуста
нормальная лысина
нормальный пасечник

нормальный рубль
нормальные батареи
нормальная видимость
нормальное подножие
нормальная кузница
нормальные Вешняки
нормальный передовик
нормальные модницы
нормальный жираф
нормальная отвертка
нормальный Одоевский
нормальные голоса
нормальная жопочка
нормальная капель
нормальные чапаевцы
нормальный манеж
нормальное преувеличение
нормальный турнепс
нормальный клозет
нормальная акварель
нормальный креп
нормальный бук
нормальная горчица
нормальные Святки
нормальное Преображение
нормальные заморозки
нормальный скобарь
нормальное самбо
нормальный Мосх
нормальное побуждение
нормальная находка
нормальные гамаши

нормальное мытьё
нормальная трясогузка
нормальная медь
нормальный аппетит
нормальное попрание
нормальное козлоёбство
нормальная рекомендация
нормальная половина
нормальный хлор
нормальный марксизм
нормальные маляры
нормальный курс
нормальное выпрямление
нормальное лишение
нормальная пленка
нормальная эгоистика
нормальный гемморой
нормальный отдых
нормальные анализы
нормальные внуки
нормальная пенсия
нормальный миокардит
нормальные головокружения
нормальные шлепанцы
нормальный протез
нормальные пломбы
нормальные выделения
нормальное обследование
нормальный уролог
нормальный проктолог
нормальное пальпирование
нормальный рецепт

нормальная аптека
нормальный валидол
нормальный амидопирин
нормальная ношпа
нормальный аллохол
нормальная бессоница
нормальный радедорм
нормальный кашель
нормальное утро
нормальная мокрота
нормальные разговорчики
нормальные воспоминания
нормальное почесывание
нормальная Лида
нормальные ватрушки
нормальная забота
нормальные носки
нормальная заплата
нормальное молочко
нормальное тепло
нормальная грелка
нормальная одышка
нормальный этаж
нормальный валокордин
нормальный сырничек
нормальная Катя
нормальные ветераны
нормальный Петрович
нормальный Семеныч
нормальный бодрячок
нормальная спина
нормальный дождь

нормальная подушечка
нормальный Вовка
нормальный пластырь
нормальная диета
нормальные сорванцы
нормальная кухня
нормальное пюре
нормальное раздражение
нормальный крик
нормальный визг
нормальные слезы
нормальные гадины
нормальная тварь
нормальный паразит
нормальное унижение
нормальная стерва
нормальная блядовня
нормальные истязатели
нормальное неуважение
нормальное пренебрежение
нормальное равнодушие
нормальный клоп
нормальный хлорофос
нормальная вонь
нормальная прогулка
нормальный дворик
нормальная лавочка
нормальные валенки
нормальные старушки
нормальная Акимовна
нормальный Федот
нормальный контролёр

нормальная контузия
нормальный маргарин
нормальный корвалол
нормальная посылка
нормальная сгущёнка
нормальная воболка
нормальные шашки
нормальная дамка
нормальные поддавки
нормальный ВТЭК
нормальное заключение
нормальный терапевт
нормальный отоляринголог
нормальный сосед
нормальная Машка
нормальные вареники
нормальная сметанка
нормальный творожок
нормальная ложечка
нормальный платочек
нормальный кал
нормальные родственники
нормальный сиропчик
нормальная ватка
нормально пописал
нормальные подарочки
нормальная подагра
нормальный миновазин
нормальная простыночка
нормальные ладошечки
нормальная гадина
нормальный городок

нормальные люди
нормальный телевизор
нормальный бандюга
нормальный волосочек
нормальный сырок
нормальная ряженка
нормальная хохотушка
нормальная повязка
нормальный винтик
нормальный зайчишка
нормальные тараканчики
нормальная Оленька
нормальный пирожок
нормальная начиночка
нормальное яичко
нормальные фантики
нормальные медали
нормальный орденок
нормальный церроз
нормальные фотографии
нормальный потничок
нормальный сухарик
нормальный дурак
нормальные пятки
нормальный замочек
нормальный Васятка
нормальные провалы
нормальная Ниночка
нормальный котик
нормальный костюм
нормальный нафталин
нормальная перхоть

нормальный юбилей
нормальные заслуги
нормальное поздравленьице
нормальный стол
нормальные сослуживцы
нормальный Витька
нормальные стаканчики
нормальная водка
нормальный салатик
нормальная салфетка
нормальный отдых
нормальный пердёжь
нормальный диванчик
нормальный курослеп
нормальный сахарок
нормальные боли
нормальные крики
нормальная докторша
нормальные санитары
нормальные носилки
нормальная машина
нормальные медсестры
нормальная палата
нормальный укол
нормальное пробуждение
нормальные помутнения
нормальный хирург
нормальный зонд
нормальная кровища
нормальная каша
нормальная отрыжка
нормальные инъекции

нормальное обмывание
нормальный главврач
нормальная дежурная
нормальное судно
нормальная клеёнка
нормальное посещение
нормальный совет
нормальные антибиотики
нормальные сульфамиды
нормальная водянка
нормальный прокол
нормальный нашатырь
нормальный профессор
нормальное мочегонное
нормальный консилиум
нормальное решение
нормальный срок
нормальная ответственность
нормальная операционная
нормальный специалист
нормальный наркоз
нормальная операция
нормальное состояние
нормальное давление
нормальный пульс
нормальное дыхание
нормальная фибрилляция
нормальный адреналин
нормальная кома
нормальный разряд
нормальное массирование
нормальная смерть

Часть третья

«О, Русь, жена моя!»
Александр Блок

Спаси, Господи, люди Твоя и
благослови достояние Твое,
победы на сопротивныя
даруя, и Твое сохраняя
Крестом Твоим жительство.
*(Тропарь Кресту и
молитва за отечество).*

Едва неказистая пегая лошадёнка, с чавканьем вытаскивая из грязи мосластые ноги, выволокла поскрипывающую телегу на большак, как небритый возница, придержав поводья, обернулся к Антону:

— Ну вот. А тутова через поле, и всё. Рукой подать.

Антон спустил вниз онемевшие ноги, обутые в невысокие резиновые сапоги, снял с телеги чемоданчик и, рассеянно скользнув рукой в прохладный карман плаща, зачерпнул горсть монет:

Спасибо. Спасибо тебе...

— Да не за что. Чего уж там, — усмехнулся мужик и вздохнул, подставляя коричневую ладонь с узловатыми пальцами.

Монеты, коротко звякнув, скрылись в ней, лошадь лениво дернула, забирая вбок, скаля жёлтые зубы и тряся гривой, Антон попятился от облепленного грязью колеса, поправил выбившееся кашне.

— Тутова рукой подать! — крикнул мужик, чмокая и тыча пальцем в густой, обложивший всё вокруг туман.

— Я знаю, — тихо самому себе пробормотал Антон, перешёл большак и ступил в жнивье. Оно было мокрым, буровато-коричневым и слабо шуршало о сапоги.

— А там правей забирайте! Правей! — снова крикнул мужик, погоняя лошадь и теряясь в тумане.

Антон улыбнулся, сдвинул пропитавшуюся влагой шляпу на затылок и неторопливо зашагал, покачивая чемоданчиком.

Поле уходило вдаль, растворяясь в тумане, а он, густой как молоко, парил над всем, тянулся, переходя в мутно-серое небо. Пахло сыростью, подгнившим сеном и осенью — той самой, знакомой до боли, бесповоротно наступившей, холодящей виски и пальцы, легким ознобом затекающей в широкие рукава плаща, перекликающейся унылыми голосами невидимых птиц.

Чемоданчик еле слышно поскрипывал, ритмично покачиваясь в руке, жнивьё тут же счистило с сапогов дорожную грязь. Антон оглянулся, пошёл правей и увидел овраг, явственно проступивший справа сквозь туман.

Он лежал — все тот же, широкий, с пологими, сплошь поросшими склонами, — лежал забитый густым-прегустым кустарником; и торчало всё то же сухое дерево и чернели три пня, и виднелся чуть поодаль, вот он, камень — огромный, намертво вросший в землю.

Антон подошел к краю.

Овраг простирался перед ним.

— Господи, как зарос... — пробормотал, улыбаясь, Антон и, нашаривая в карманах папиросы, осторожно ступил на камень.

Он, казалось, стал меньше, еще сильнее утонув в земле. Его серая шершавая поверхность сильно поросла мхом, а из-под скругленного края тянулась вверх маленькая корявая берёзка в руку толщиной. Ее пожелтевшие, еще не опавшие листья неподвижно замерли, блестя влагой.

Антон закурил, жадно втягивая в лёгкие горький, трезвящий голову дым.

Овраг... Он стал еще шире, но как он зарос! Откуда взялись эти густые кусты, крепко сцепившиеся толстыми ветками? Тогда их не было и в помине, внизу росла высокая трава, журчал, изгибаясь, узкий ручей, качались редкие головки камыша...

— Как зарос... — снова повторил Антон, спрыгнув с камня, двинулся по краю.

Папироса потрескивала, дым тянулся за сутуловатой спиной Антона, слоился под полями шляпы.

Овраг стал расширяться, мелеть, кусты полезли наружу, вскоре обступили, поплыли справа и слева, а под ногами захрустела трава — густая, высокая, пожелтевшая, нещадно мочащая серые шерстяные брюки. Антон кинул окурок в куст, глянул вправо и вдруг, — толкнуло в сердце, заставив забиться чаще: тропинка. Заросшая, еле угадываемая в некошенной, сожженной солнцем и измочаленной дождями траве, она вела в туман, изгибаясь знакомыми с детства изгибами, звала за собой, тянула и манила.

Он зашагал быстрее, переставая чувствовать усталость двухдневного пути, мокрые колени и озябшие руки.

Прошлое — гибельно-сладкое, горьковатое, оживало с каждым шагом, вырастая из тумана, поднимаясь слева — тёмным еловым бором, справа — тремя густыми липами, а посередине, посередине...

Антон замедлил шаг.

Дом.

Всё тот же.

Их дом. Его дом. Дом детства. Дом юности.

Крыша, крытая длинной щепой, две трубы — одна короче другой, тёмные окна. Сад непомерно разросшийся. И бор. И липы...

Он остановился, медленно растегивая плащ и отводя кашне от горла.

— Боже мой...

С липы снялась сорока, спланировав, полетела низом, треща и посвёркивая белыми подкрыльями на тёмном фоне бора.

Антон постоял минуту и медленно двинулся к дому. А дом — приземистый, обветшалый, кирпичный — стал плавно приближаться, разворачиваясь, поражая страшно покосившимся крыльцом и чёрными глазницами окон.

Заросшая дорожка кончилась и под ногами ожили гнилые доски провалившегося крыльца. Пожухлая крапива пробивалась сквозь них. Сдерживая дрожь озябших рук, Антон толкнул дверь. Заскрипев, она поплыла в темноту, стукнулась о стену, открыв тёмное пространство, дохнувшее сыростью и гнилью брошеного погреба.

Антон вступил в сени и похолодел: не было знакомого прерывистого скрипа толстых половиц. Лишь беззвучно прогнулись они — мягкие, полусгнившие.

В темноте он нащупал медную холодную ручку, потянул.

Сверху что-то посыпалось на шляпу, дверь поддалась. Он шагнул через поросший крохотными грибами порог и оказался в горнице.

Мутный свет лился через разбитые стёкла, освещая осыпавщуюся печь, провалившийся пол, кучу трухлявого хлама в углу, ржавую кровать, ржавую посуду.

Страшная печать времени потрясла Антона. Он замер, не в силах пошевелиться, и долго стоял, пока губы не разлепились, прошептав:

— Здравствуй, дом...

Здесь пахло прелью, травой и обвалившейся штукатуркой.

Антон поставил чемоданчик, снял шляпу и двинулся в следующую комнату. Её отделяла массивная дубовая дверь с красивым рельефом.

Он толкнул её.

Она заскрипела, но совсем не так, как прежде, а протяжнее, ниже, слабее.

Команта. Его комната.

Мутные потеки на потрескавшихся стенах. Выбитое окно. Зато плафон цел — милый зелёный плафон. И стол цел. И даже не мокрый, несмотря на коричневую лужу посередине пола. И подковы на правой стене целы. И ключик с замысловатой бородкой...

Дверь в кабинет отца.

Такая же дубовая, с рельефом и медной ручкой в виде львиной головы. Антон потянул за ручку.

Осевшая дверь не поддавалась. Он потянул сильнее, потом дёрнул.

Она распахнулась.

Полумрак. Сырость. Размеренная капель с потолка.

Широкий двухтумбовый стол. Книжные полки, угнетающие своей непривычной пустотой. Разбитые настенные часы с вылезшим из корпуса маятником. Опрокинутый венский стул.

Антон поднял его, поставил на мокрый пол, смахнул с сиденья капли и сел. В доме было тихо, только с потолка размеренно капало: кап, кап, кап...

В углу росли все те же маленькие грибки с жёлтенькими шляпками.

Он посмотрел в верхний правый угол и встретился глазами со строгим новгородским Спасом. Лик его был сумрачен, складки хитона и рука с двуперстием еле различались, но глаза глядели всё так же пристально, брови плавно изгибались, маленькие строгие губы многозначительно сжались.

«Он говорит глазами», — вспомнил Антон фразу отца. — «В конце семнадцатого века написан Он и с тех пор уста Его молчат. Молчат, как тогда. Перед Пилатом».

Отец опустил руку на плечо двенадцатилетнего Антона, потеребил реденькую бородку, тихо добавил:

— Спроси Его, что есть истина.

Антон шепотом произнес, глядя в глаза Спаса:

— Что есть истина?

И черные очи под спокойными дугами бровей ясно ответили:

— Аз есмь.

Тогда это поразило Антона до глубины души и он впервые ощутил в себе чудотворные ростки веры...

Антон встал, подошел к иконе, поднял руку и осторожно коснулся облупившегося темно-вишневого хитона Христа. Пальцы почувствовали прохладную шершавость.

Приблизившись, он поцеловал икону...

Спас. Отец протирал его, моча ватку в широкогорлом пузырьке. От ватки пахло чем-то остро-сладким.

А пузырек всегда стоял вон там, на книжной полке, поблескивая зелеными боками на фоне темно-коричневых корешков богословских трудов Московской патриархии.

Антон подошёл к полкам, положил руку на вспучившееся от влаги дерево. Здесь справа когда-то блестели золотыми корешками Библия, Апостол, Добротолюбие, сборники катехизисов, кондаков и акафистов. Ниже стояли тома «Истории» Карамзина, сочинения Соловьёва, труды Леонтьева, Хомякова, Аксакова, Пушкина, Гоголя, Лермонтова, Тургенева, Толстого, Достоевского, Белинского, Некрасова, Писемского, Островского. И все они — тяжёлые, в красивых тисненых переплетах — были «с ерами и ятями», — как, посмеиваясь в подкрученные усы, говаривал покойный отец.

Да. Отец любил их — эти потёртые увесистые книги с пожелтевшими, но твердыми страницами.

Летом он читал их в саду, уютно усевшись в просторном китайском шезлонге с палевыми драконами на прочной матерчатой спинке. Ветер пошевеливал листвой разросшихся яблонь, голубоватая ажурная тень ползла по отцовскому нанковому плечу, колеблясь на широких полях соломенной шляпы.

Шестнадцатилетний Антоша, примостившись рядом на жирной блестящей траве, мастерил похожий на журавля планер, обтягивая крылья громко хрустящей калькой.

Вдруг отец поднимал голову, коротко вздыхал и проговаривал:

— Антоша, минуту внимания. Вот, послушай-ка...

Антон поворачивался к нему, отец прижимал страницу костяным ножичком и читал ровным мягким голосом:

«Событие, которое произошло осенью 1380 года на поле Куликовом, стало живым символом русского народа и его истории. “С войны не бегают, а сражаются до последнего издыхания, чтобы получить доблестный конец” — учит признанный всем православным народом оптинский старец иеросхимонах Амвросий, выражая этими словами общецерковное сознание во взгляде на войну физическую, и вместе — на брань духовную, которые взаимосвязаны по существу. Быть Церкви в стороне от этих событий — значит уйти с поля брани. Вот почему Христос Спаситель на замечание Своих учеников: «Здесь два меча», — сказал: «Довольно». И русские верующие люди достаточно глубоко восприняли этот Евангельский урок истории, передавая последующим поколениям опыт брани наших предков, и прежде всего — брани духовной. Никогда в истории человечества кровь православных христиан не проливалась напрасно, особенно во время ключевых исторических событий, каким была Куликовская битва за свободу народов земли. На поле Куликовом встретились не просто русская сила с силами орды. Произошло столкновение благодатной духовной силы, осенённой благословением Божьим, с поганью и нечистью, воплотившей в своем пафосе разрушения и порабощения зловещий лик Сатаны. Он-то и был повержен тогда, благодаря духовному мужеству русских людей, возложивших себя на алтарь Добра и Света во имя грядущих поколений православных». Он замолкал, сдержанно улыбаясь, выпрямлялся, насколько позволял деликатно поскрипывающий шезлонг и привычно быстрым движением снимая с переносицы свое золотое пенсне «мотылёк»:

— Замечательно. Правда?

— Правда, — кивал головой притихший Антон.

— Действительно, это не просто битва. Это... это... — отец замирал, держа перед собой пенснэ и тихо добавлял, — Это крестная жертва русского народа...

Что-то зашуршало в углу.

Серая, похожая на тряпочку мышь спокойно пробежала по плинтусу и юркнула в дыру.

Антон подошел к отцовскому столу, подвинул стул и сел, положив руки на огрубевшую, вспучившуюся местами поверхность.

Когда-то здесь стоял массивный чернильный прибор, хрустальные кубики-чернильницы которого так красиво разлагали солнечный луч на яркие радуги, а чуть левее лежал календарь, стояла фарфоровая вазочка для карандашей и высокий трехсвечный шандал. Отец зажигал его росными августовскими вечерами, когда отключали свет. Прикуривая от свечи, отец чуть склонял на бок свою красивую, рано поседевшую голову, брал папиросу большим и указательным пальцами, выпускал дым, оттопыривая нижнюю губу..

Антон посмотрел вверх. Яичную желтизну елового потолка сменил серый налет. По углам виднелись заросли паутины. Он протянул руку, подставил ладонь под капель. Холодные увесистые капли стали разбиваться о пальцы, обдавая лицо водяной пылью.

«А ведь здесь жили, — подумал Антон. — Жили люди. Сидели на этом стуле. Разговаривали. Смеялись. Пили чай из широких чашек с синими розами на фарфоровых боках. И одним из этих людей был я»...

— Я, — произнес он, поднося к глазам мокрую руку.

«Те же пальцы, те же линии жизни, сердца, ума. Те же волосы, рот, глаза»...

Он встал, с трудом разгибая уставшие ноги, прошёл в горницу, взял саквояж, толкнул дверь.

Туман заметно поредел, послеполуденное солнце выглядывало из-за белёсых облаков. Слабый ветерок обвевал лицо осенней сырой прохладой.

Антон обогнул дом и вышел в сад.

Как он разросся!

Там где когда-то торчали редкие веточки посаженных отцом яблонь, теперь стояли толстые деревья с раскидистыми кронами и бугристыми стволами. Вишня, кусты роз, крыжовник, смородина, жасмин, сирень — все сцепилось, переплелось ветвями, проросло крапивой, чертополохом, лопухами и лебедой.

Он смотрел, не узнавая ничего, не веря своим глазам.

В саду, поражавшем местных мужиков своей ухоженностью, а приезжих интеллектуалов — изысканностью, теперь царил хаос. Это был кусок леса, самого настоящего молодого леса.

Антон покачал головой, разглядывая все вокруг. Так хозяин, встретив через много лет в лесной чащобе своё некогда домашнее животное, с удивлением узнает в его диких повадках следы тех, когда-то милых сердцу черт, и странное, противоречивое чувство овладевает им.

— Невероятно... — пробормотал он, покачивая головой.

На месте грядок со спаржей и лионской клубникой кустился непролазный бурьян, тропинка, ведущая на пасеку, терялась в нем. Он шагнул вперед, с трудом продираясь сквозь влажные ветки, двинулся туда, где выглядывали из высокой пожелтевшей травы крыши пчелиных домиков, издали казавшиеся такими же прочными и ладными, как тогда. Но чем ближе приближался он к ним, тем быстрее и бесповоротнее рассыпалась иллюзия: улья стояли насквозь гнилые.

Подойдя к ним, Антон поразился стойкости их трухлявых стенок, коснулся рукой и домик тут же рухнул, мягко развалился, крыша опрокинулась, обнажилось изъеденное насекомыми нутро.

Склонившись над этой печальной грудой, Антон стал трогать прелые доски, и вдруг от них поплыл запах. Тот самый — невероятный запах пасеки. Антон замер. В нем, этом запахе — теплом, живом и родном — вспыхнули, ожили и встали во всей полноте давно забытые картины юности: потянулся горьковатый слоистый дымок из прокопчённого носика дымаря, запахнулась пола белого испачканного прополисом халата, отцовские руки осторожно сняли крышку с улья, откинули покоробившуюся холстину, дымарь хрипло и часто задышал, рамка с треском полезла из обоймы, ползающие по ней пчёлы нехотя снялись.

— Держи-ка, — отец передал Антону тяжелую раму, солнце сверкнуло в полуполных ячейках сотнями янтарных искорок.

А потом — плавные провороты медогонки и тягучий блеск мёда, сползающего по жестяным стенкам, и тонущие в нем пчёлы, и опьяняющий запах, и вынутое из пальца жало, еще содрогающееся в своём слепом желании...

— Смотри, Антон, — говорил отец, поднося к его лицу пустую рамку. — Смотри, какое совершенство, какой апофеоз разума, гармонии и красоты. И это чудо архитектуры построено какими-то бессловесными насекомыми, какими-то крохотными пчёлками. А их ульи! Ведь по сути все утопические идеи Кампанеллы, Фурье и Мора воплощены вот в этих неказистых на вид домиках. В них идеальный порядок, ни на минуту не останавливается многоплановая работа, каждая пчела делает свое дело, да и как делает!

Он замолкал, разглядывая рамку, потом добавлял тихим убежденно-спокойным голосом:

— Мне кажется, Антоша, что природа, как чистый феномен, дана людям для осмысления нашего грехопадения, дана как пример полной невинности, а значит и совершенства. Она, всеми своими листочками, цветами, птицами и насекомыми словно говорит нам: смотрите, люди, как хорошо живется без греха, смотрите, какими вы были до грехопадения, до того, как отпали от Бога...

И снова, помолчав, вставлял рамку на место:

— Пока жива природа, будет жить и совесть человечья...

Антон любил есть мёд «с пару», как говорила баба Настя, готовившая им еду и следившая за хозяйством.

Глиняная чашка мёда стояла на столе, молоко лилось в высокий граненый стакан, свежеиспеченный ржаной хлеб нехотя впускал в себя нож, похрустывая теплой корочкой.

— Ешь, милая, ешь на здоровице, — протяжно выговаривала баба Настя, смахивая морщинистой рукой молочные капли с узкогорлой крынки и улыбаясь сухоньким морщинистым ртом.

Антон принимал стакан, обмакивал дышащий теплом русской печи хлеб в мёд, ловил ртом. Рот тут же сводило истомой, он требовал молока, и оно приходило — теплой, той самой, ни с чем не сравнимой парной теплотой, оно перемешивалось с мёдом и хлебом, оно опьяняло, кружа голову, сводя скулы, оседая на юношеских усиках нежным белёсым налетом...

Он оглянулся и улыбнулся радостно: цел! Цел пасечный столик с двумя коротенькими лавочками, только оброс со всех сторон кустарником и крапивой, поэтому и не бросился в глаза.

Антон подошёл, смахнул со стола опавшие листья, поставил саквояж, сел. Лавочка сильно накренилась, но выдержала. Он потрогал прилипший к доскам лист вишни и снова улыбнулся.

На этом крепеньком столике обрезали рамки, счищая воск в широкую чашку, мастерили маточники, накатывали вощину. Сюда отец ставил холщовую роевню, полную шевелящихся и глухо гудящих пчёл.

Антон тихо вздохнул и опустил голову на скрещенные руки...

Однажды крик босоного деревенского мальчишки «рой уходит!» заставил их вскочить из-за накрытого обеденного стола. Отец стремительно вытер усы салфеткой и побежал на пасеку, Антоша и баба Настя бросились за ним.

Рой сидел на старой яблоне, сидел неудобно, наверху, облепив копошащейся массой разлапистую ветвь.

— Стремянку, Антоша, быстро! — сердито крикнул отец, бросаясь в сарай за роевней и дымарём.

Топча лионскую клубнику, Антон подхватил приставленную к другой яблоне стремянку, отец выбежал с роевней, бросил ее под яблоню, чиркнул спичкой, склонился над дымарём, ожесточённо суя в него бересту и стружку.

— Сеточки, сеточки-то, прости Господи! — баба Настя тянула им через куст тубероз сетки с цветастыми колпаками.

Антон надел, но отец раздражённо отмахнулся и, пыхая дымарём, блестя шёлковой жилеткой, уже карабкался наверх — к пчелиному месиву, готовому в любую минуту сняться, раствориться в высоком майском небе.

— Роевню! — потребовал отец и Антоша поднял её за края, подставил под рой.

— Правей, Антош, правей, — уже не так грозно пробормотал отец, окуривая пчёл, и тихо спросил: — Держишь?

— Держу.

— Руки береги, — поморщился отец от впившейся ему в щёку пчелы.

Антон загородил кулаки холстиной.

Дымарь полетел вниз, отец вцепился в ветвь и изо всех сил тряхнул. Пчёлы бурым дождем посыпались вниз в подставленную Антоном роевню, он ощутил их вес, десятки насекомых поползли по рукавам его рубашки.

Отец тряхнул ещё раз. Несколько новых комьев оказалось в роевне и тут же Антону обожгло плечо и шею.

— Ах ты... — дернулся он, стряхивая пчёл с рукава в роевню и запахивая её. Одна из пчёл впилась ему в руку. Он раздавил её, морщаясь и со свистом втягивая воздух сквозь зубы.

— Чертовка...

— Тяпнула? — поинтересовался отец, спокойно спускаясь по шатко стоящей стремянке.

— Ага, — Антон завязал роевню, подробно осматривая свои рукава.

— Меня тоже покусали, — отец поднял дымарь и, устало улыбаясь, потрогал щёку. — Завтра разнесёт.

— Што-то вы сеточку не надели! — покачала головой баба Настя, поправляя свой белый, сбившийся во время спешки платок.

Отец махнул рукой:

— Я в ней вижу плохо. И пенсне слетает... Завязал?

Он наклонился к роевне. По его переливчатой жилетке ползли две пчелы. Антон сбил их в траву.

— Ну, слава тебе, Господи, огребли, — перекрестилась баба Настя.

— Да, слава Богу, что не ушел, — добавил отец, подхватывая роевню. — А сидел-то как неловко — и не счистишь и трясти рискованно.

— Святая правда, — кивнула баба Настя, — Антоша подстановил-то как сподручно. Вдругореть и промахнулися б.

— Да, Антоша, молодец, — улыбнулся отец.

Антон мельком взглянул на его лицо с начавшей отекать щекой и ответно улыбнулся...

А поздно вечером, когда розоватая дымка на западе стала ослабевать, уступая место потемневшему небу, баба Настя расстелила на полу в горнице простыню. Отец развязал роевню и выпустил на неё вяло шевелившихся пчёл. Антон светил фонариком. Постепенно темная масса заполнила простыню. В луче фонарика пчёлы блестели, словно смазанные лампадным маслом и походили на жуков.

Поправив пенсне, отец склонился над ними.

Он всегда сразу находил матку — эту непропорционально длинную пчелу, давшую жизнь многотысячному месиву.

Тогда Антон смотрел на отца и вдруг подумал, что вот это родное сосредоточенное лицо с подвитыми песочными усами, реденькой бородкой и пенсне на узкой переносице не сможет остаться таким навсегда. Оно постареет, — думал Антон, — изменится бесповоротно и никогда больше не будет в нём именно этих черт. Они запечатлятся только в памяти, только в её бесконечных нетленных кладовых останется эта жизнерадостная чудаковатость русского интеллигента...

Внезапно подул протяжный ветер, принесший запах прелого сена.

На яблонях зашевелилась пожелтевшая листва, несколько листьев упало на стол.

Антон поднял воротник плаща, открыл саквояж.

В нём лежала бутылка водки и сапёрная лопатка с короткой ручкой.

Вынув лопату, он встал и пошёл в дальний угол сада.

Здесь трава и крапива были еще гуще и выше, а над пропадающими в них кустами смородины и крыжовника раскинула свои мощные ветви старая яблоня.

Он подошёл к ней, с удивлением отмечая, что не может найти почти никаких изменений в старом дереве. И сейчас и двадцать лет назад яблоня была всё такой же — раскидистой, толстоствольной, с множеством крепких веток, разросшихся обширной кроной.

Листва на ней местами пожелтела, крупные яблоки виднелись то тут, то там.

Под этой яблоней на мягкой траве когда-то лежало розовое китайское одеяло, на нём лежал Антон, а рядом сидела его мать — маленькая миловидная женщина с большими зелёными глазами, чёрной кудрявой гривой волос и красивыми тонкими руками, проворно нанизывающими на нитку шляпки белых грибов.

Она погибла, когда Антону исполнилось пятнадцать, погибла нелепо.

Чёрный мохнатый паучок с красными точками на спине оборвал жизнь молодой цветущей женщины, приехавшей в туркменскую пустыню с сейсмической партией.

Говорили, что она даже и не заметила укуса.

Под брезентовым тентом они — несколько молодых, сильно загоревших людей, ели сочные дыни и мелкий туркменский виноград, смеялись, откидываясь назад, так что слетали с голов широкие байковые шляпы. Мать откинулась так после очередной шутки очкастого бритоголового геофизика, упала навзничь и через минуту перестала жить. А они, досмеявшись, тем временем резали вторую дыню складным походным ножом, тянули Оленьке исходящий соком полумесяц. Оленька лежала неподвижно с открытыми глазами и улыбкой, замершей на обветренных губах...

Антон вошел под крону и погладил ствол яблони.

Кора была шершавой, грубой, глубокие трещины рассекали ее, и в них светилась молодая кожа старого, как жизнь, дерева. Как крепко оно держалось за землю! Как широко и просторно росли ветви! Сколько свободы, уверенности, силы было в их размахе! Каким спокойствием веяло, ой блядь, не могу, как плавно плыли над ним облака!

— «Милая, милая яблоня, — думал Антон, подняв голову и пытаясь охватить глазами всю крону разом. — Помнишь ли ты меня? Помнишь прикосновение моих детских пальцев, когда я впервые вскарабкался вот на эту развилку и, видя весь наш сад со всеми грядками, клумбами, кустами, радостно прокричал об этом матери! Помнишь, как вытягиваясь на тонких мальчишеских ногах с коричневыми бляшками ссадин, я срывал с тебя наливные яблоки? Или как читал, сидя вот здесь и облокотившись на твой ствол? А как искал я тени в розовую июльскую жару и находил ее здесь, под твоей кроной! Ты одаривала меня своей тенью — нежной, голубоватой, плавно скользящей по моим загорелым рукам»...

Он вздохнул, сорвал большое красное яблоко, рассеянно погладил им щёку и убрал в карман. Потом встал спиной к яблоне, так, что голова оказалась в развилке.

Старый липовый пень, поросший кустами, находился шагах в десяти. Прижав левую пятку к яблоне, Антон двинулся к пню, шёпотом отмеривая шаги:

— Раз, два, три, четыре, пять...

Пень приближался.

— Шесть, семь, восемь, девять...

Антон с трудом перешагнул через него и двинулся дальше:

— Десять, одиннадцать, двенадцать, тринадцать.

Он остановился по пояс в бурьяне и траве, воткнул лопату перед носком своего сапога:

— Так.

Через минуту модный плащ обнимал пень бессильно раскинувшимися бежевыми рукавами, а его худощавый хозяин, оставшись в сером свитере, энергично копал, приноравливаясь к коротенькой лопатке. Земля была, как и тогда — мягкой, податливой. Антон отбрасывал комья в сторону и они пропадали в обступающей крапиве.

Солнце полностью пробившееся сквозь поредевшие облака, ровно, по-осеннему осветило сад, заблестело в переполненных листвой лужах.

Не успел он вырыть и полуметровой ямы, как лопата звякнула обо что-то. Антон осторожно обрыл предмет и, опустившись на колени, вынул его из земли.

Это был небольшой железный сундучок. Улыбаясь и качая головой, Антон погладил его ржавую крышку, встал и, прихватив лопатку, направился к столику.

Поставив сундучок на стол, он сунул лезвие лопаты в щель между крышкой и основанием, нажал. Коротко и сухо треснул разломившийся замок, и крышка откинулась.

Внутри проржавевшего сундучка лежало что-то, завернутое в тонкую резину.

Облизав пересохшие губы, Антон вынул увесистую вещь и стал развязывать. Под резиной оказался крепкий домотканый холст. Дрожащие пальцы развернули его, и перед глазами Антона засверкала перламутровой инкрустацией арабская шкатулка отца.

От неожиданности рот Антона открылся, кровь прихлынула к лицу.

Он медленно приподнялся, держа перед собой шкатулку. Она была размером в две ладони — чёрная, с идеально ровными углами. На крышке и по бокам развёртывалась сложная арабская мозаика, — костяные семи и шестиконечные звезды вписывались в золотые кружочки, обрамлённые перламутровыми треугольниками, которые переходили в затейливый орнамент.

Это было как сон — яркий цветной сон давно забытого детства.

И словно боясь разрушить его, Антон всё смотрел и смотрел на шкатулку, не решаясь открыть её.

Она всегда хранилась в московском кабинете отца, на самой верхней книжной полке, за стеклом, на специально выделенном ей среди книг месте. Несколько раз отец показывал её из своих рук, но никогда шкатулка не открывалась перед детскими глазами Антона. Всегда, когда его настойчивые просьбы перерастали в хаотичное хватание отца за руки, отец, коротко рассмеявшись, поднимал шкатулку над Антошиной головой и укоризненно приговаривал:

— Ай, яй, яй, Антон Николаевич. Что за невыдержанность в ваши годы.

И добавлял со свойственной ему в такие минуты мягкостью:

— Я же сказал, Антоша, что интересно тебе будет посмотреть, когда подрастёшь. А сейчас тебе еще рано. Там ни оловянных солдатиков, ни Буратино нет.

И таинственная шкатулка чинно водворялась на место..

Сухой яблоневый лист, вертясь в воздухе, упал на плечо Антона, замершего со шкатулкой в руках.

Взявшись правой рукой за крышку, он осторожно открыл её.

Внутри шкатулки лежала связка пожелтевших бумаг, массивный золотой перстень, георгиевский крест и серебряный бокал.

Антон опустился на лавку, поставил шкатулку перед собой.

Сухой лист, сорвавшись с его плеча, упал в траву.

Антон взял в руки перстень. Он был увесистым, из золота с красноватым отливом. На перстне теснился вензель ФТ.

— Эф тэ... — прошептал Антон, надел перстень на безымянный палец правой руки, и странное волнение овладело им.

— Эф тэ... эф тэ...

Он в задумчивости трогал перстень, разглядывая его. Тонкая изящная работа, прошлый век...

Он вынул из шкатулки рюмку. На ее сильно потемневшем боку стоял тот же вензель.

Поставив рюмку на стол, Антон взял в руки георгиевский крест.

Солнце заиграло на нём, и вместе с искрами, вспыхнувшими на гранях, вспыхнуло в голове Антона давно забытое, слышанное в детстве: дедушка был георгиевским кавалером, воевал в армии Самсонова, был ранен в голову немецкой шрапнелью, демобилизован и умер через четыре года в заснеженном холодном Петрограде, оставив в наследство двадцатилетнему отцу три металлические коробки с уникальными хирургическими инструментами, коллекцию тропических жуков и огромную библиотеку.

— Дедушка... — пробормотал Антон, — Андрей Федорович, Андрей Федоров Денисьев... Но почему ФТ?

Положив крест рядом с бокалом, он взял перевязанные шёлковой лентой бумаги, развязал, развернул.

Одна из бумаг оказалась пожелтевшим письмом с обтрепанными краями. Антон стал читать, с трудом разбирая нервный почерк:

Друг мой, Александр Иваныч, вы знаете, как я всегда гнушался этими мнимопоэтическими профанациями внутреннего чувства, этою постыдною выставкою напоказ своих язв сердечных...

Боже мой, Боже мой, да что общего между стихами, прозой, литературой, целым внешним миром и тем... страшным, невыразимо невыносимым, что у меня в эту самую минуту в душе происходит — этою жизнию, которую вот уже пятый месяц я живу и о которой я столько мало имел понятия, как о нашем загробном существовании. И она-то — вспомните же, вспомните о ней — она — жизнь моя, с кем так хорошо было жить, так легко и так отрадно, она же обрекла меня на эти невыносимые адские муки.

Но дело не в том. Вы знаете, она, при всей своей поэтической натуре, или, лучше сказать, благодаря ей, в грош не ставила стихов, даже и моих — ей только те из них нравились, где выражалась моя любовь к ней —

выражалась гласно и во всеуслышанье. Вот чем она дорожила: чтобы целый мир знал, чем была она для меня — в этом заключалось ее высшее не то что наслаждение, но душевное требование, жизненное условие души ее...

Я помню, раз как-то в Бадене, гуляя, она заговорила о желании своем, чтобы я серьезно занялся вторичным изданием моих стихов, и так мило, с такой любовью созналась, что так отрадно было бы для неё, если бы во главе этого издания стояло её имя (не имя, которого она не любила, но она). И что же — поверите ли вы этому? — вместо благодарности, вместо любви и обожания, я, не знаю почему, высказал ей какое-то несогласие, нерасположение, мне как то показалось, что с её стороны подобное требование не совсем великодушно, что, зная, до какой степени я весь её («ты мой собственный», как она говорила), ей нечего, ей незачем было желать и еще других печатных заявлений, которыми могли бы огорчиться и оскорбиться другие личности. За этим последовала одна из тех сцен, слишком вам известных, которые всё более и более подтачивали её жизнь и довели нас — её до Волкова поля, а меня — до чего-то такого, чему и имени нет ни на каком человеческом языке... О, как она была права в своих самых крайних требованиях, как она верно предчувствовала, что должно было неизбежно случиться при моём тупом непонимании того, что составляло жизненное для неё условие! Сколько раз говорила она мне, что придёт для меня время страшного, беспощадного, неумолимо-отчаянного раскаяния, но что будет поздно. Я слушал и не понимал. Я, вероятно, полагал, что так как её любовь была беспредельна, так и жизненные силы её неистощимы — и так пошло, так подло на все её вопли и стоны отвечал ей этою глупою фразою: «Ты хочешь невозможного».

Теперь вы меня поймёте, почему не эти бедные ничтожные вирши, а моё полное имя под ними я и посылаю к вам друг мой, Александр Иваныч, для помещения хотя бы, например, в «Русском вестнике».

Весь ваш Ф.Тютчев

Ницца. 13 декабря.

Антон вздрогнул, прочитав подпись, и, не веря своим глазам, прочитал снова, шевеля пересохшими губами:

— Весь ваш... Ф.Тютчев... Ф.Тютчев... Ф.Т....

Антон перевёл взгляд на перстень. Рой мыслей хлынул ему в голову, и, словно сговорясь, резко подул ветер, зашелестел письмом, качнул ветви яблонь.

«Так значит — Тютчев», — думал Антон. — «Невероятно. Федор Иванович Тютчев. Великий поэт. Любимый поэт отца, любимый мой поэт, творчество которого сопровождало меня с детства. Оно вошло в мою жизнь так же легко и естественно, как лес, река, любовь. Но к кому это письмо? Наверно, к другу достаточно близкому. А друзей у Тютчева было много: Вяземский, Жуковский, Аксаков... Но интересно, о ком идет речь в письме? Не о последней ли любви Тютчева? Боже мой, как же звали эту женщину...»

Прижав руку с зажатым в ней письмом ко лбу, Антон закрыл глаза, вспоминая:

— Анисова... Демисова... простая русская фамилия... Боже мой... надо вспомнить...

— Денисьева!

Как только эта фамилия слетела с губ, Антон вздрогнул, словно поражённый ударом грома:

— Денисьева?! Но фамилия моего деда — Денисьев! Андрей Федорович Денисьев... Федорович! Андрей Федорович!

Антон безотчетно смотрел на пожелтевшую бумагу, испещрённую нервным неразборчивым почерком.

«Так значит мой дед — сын Тютчева?! Один из трёх детей Денисьевой? Но почему же я раньше, читая многочисленные биографии поэта, не обратил внимание на сходство фамилий? Почему никто не сказал мне об этом? Ни отец, ни мать, ни мачеха? Странно. Как всё это странно...»

Он провел рукой по лицу, словно ощупывая себя.

— Я потомок Тютчева. Его правнук. С ума сойти!

Нервно рассмеявшись, он сложил письмо, убрал в шкатулку, закрыл её. Потом взял другую бумагу, не менее пожелтевшую и ветхую, развернул и вздрогнул.

Посередине листа располагались четыре строки, написанные все тем же почерком:

Умом Россию не понять,
Аршином общим не измерить:
У ней особенная стать —
В Россию можно только верить.

Ф. Тютчев

Что-то странное произошло в душе Антона. Словно ярко вспыхнувший свет моментально осветил судьбы его отца, деда, прадеда, заставив их слиться воедино, зазвучать в сердце Антона. Он явственно почувствовал связь поколений, связь времён, связь живых людей, со всеми их привычками, страстями, особенностями, слабостями, достоинствами и недостатками.

Испарина покрыла его бледное лицо, сердце отчаянно билось.

Знакомые с детства строчки стояли перед глазами, звучали на фоне осеннего, залитого спокойным солнцем сада:

Умом Россию не понять,
Аршином общим не измерить:
У ней особенная стать —
В Россию можно только верить.

Как просто и ясно это было написано!

Как бесконечно глубока и непреложна была эта мудрость, и как трепетна и завораживающе притягательна эта тайна!

Антон смотрел на яблони, на крапиву с бурьяном, на гнилой повалившийся забор, и давно забытая фраза отца, оброненная более двадцати лет назад, пробудилась в памяти:

— Ты, Антоша, русский человек. Когда поймёшь и почувствуешь это, тебе станет не только легко, но чрезвычайно хорошо. Хорошо в полном смысле этого слова.

Тогда, в ранней юности, он не придал большого значения этим словам, но теперь он почувствовал их во всей полноте.

— Я русский, — прошептал он, и слезы заволокли глаза, заставив расплыться и яблони, и забор, и крапиву.

— Я русский. Я тот самый, плоть от плоти, кровь от крови. Я родился здесь на этой бескрайней и многострадальной земле, загадка которой вот уже несколько веков остается неразгаданной для холодного иноземного ума. Но умом-то Россию не понять. Только сердце и душа способны справиться с этой загадкой... И я... я часть этой земли, этой загадки, этого народа. Это для меня горят багрянцем замершие подмосковные рощи, хрустит под ногами крепкий январский снежок, шелестит на теплом майском ветру нежная береста, жужжат золотые бронзовки, сгибаются под увесистыми каплями полевые ромашки, шумит вековой, одиноко стоящий на краю леса дуб. Это для меня звенит колокольчик под валдайской дугой, сверкает неистовой синевой Байкал, осыпается снег с огромных таёжных кедров, кричат взмывающие в небо журавли...

Он смахнул слезы, взял бутылку и, помогая крепёжной булавкой георгиевского креста, открыл.

Водка наполнила серебряный бокал, Антон осторожно поднес его к губам.

«Тютчев пил из него», — подумал Антон и залпом осушил бокал. Водка обожгла рот, Антон вытер губы тыльной стороной ладони, вынул из кармана яблоко, откусил.

Оно было сочным, крепким, холодным и отдавало шампанским.

А солнце тем временем клонилось к закату, стремясь поскорее завершить не слишком долгий осенний день.

«Как быстро»... — подумал он, глядя на жёлтый диск, оседающий в сине-розовые облака. — «Почему раньше дни были такими бесконечными, долгими, полными, а сейчас летят, как шарики от пинг-понга. И все, как на подбор, — одинаковые, гладкие, круглые...»

Он поёжился, жалея, что оставил плащ на пне, налил ещё, выпил и жадно захрустел яблоком.

Две утки пролетели высоко над садом, стремительно сеча воздух остроконечными крыльями. Антон проводил их долгим взглядом, и вдруг фонтан ярких воспоминаний заставил его зажмуриться, качнуться, оперевшись лбом о кулак.

Ведь была ещё и охота. Та самая — древняя азартная страсть, сопровождающая род Денисьевых. Отец никогда не охотился в одиночку, поэтому каждая охота совпадала с приездом московских друзей. Чаще всего приезжал Виктор Терентьевич Пастухов — известнейший нейрохирург, балагур, гурман, охотник, коллега отца и соавтор по массивному двухтомнику в синем коленкоровом переплете с грозным названием «Хирургия головного мозга». Он привозил с собой столичные новости, кипу газет, армянский коньяк в серебряной фляжке, бельгийское богато гравированное ружье с порывисто выгнутой ложей и неизменную Мальву — стройную жесткошерстную легавую, длинную шею которой стягивал красивый чешуйчатый ошейник.

Солнце еще не показывалось над порозовевшим верхом бора, когда баба Настя, вынув из потрескивающей печи сковороду с яичницей, уверенно несла её к столу. За ним сидели, быстро завтракая, Виктор Терентич, отец и Антоша.

И в этой деловой торопливости, в небрежном соседстве лежащих на одном блюде огурцов, ветчины и яиц, в ловкости, с коей Пастухов расправлялся с горячей яичницей, был тот самый острый момент ожидания охоты, от которого сердце гулко стучало в виски, а во всем теле чувствовалась нарастающая готовность к волнующему событию.

Не успев начаться, завтрак заканчивался.

— Спасибо, Настюша, — проговаривал Виктор Терентич, вставая из-за стола и отирая полосатым платком усы, которые в отличие от пушистых отцовских росли над полными губами Пастухова узкой чёрной полоской.

Все трое — уже одетые, обутые должным образом, громко выходили на крыльцо, где возле разложенных ружей, патронташей, ягдташей и рюкзачка с провизией вертелись две собаки — черно-белая Мальва и светло-серый с коричневыми вкрапинами Дик — понтер Денисьевых.

Пока отец с Антоном подпоясывались пахнущими кожей патронташами, Виктор Терентич, резко топнув, досылал ногу в высокий болотный сапог, вынимал часы, отколупывал золотую крышечку:

— Тэкс, тэкс... двадцать минут пятого. Надобно поспешать, друзья-приятели...

На нем была потертая на локтях замшевая куртка, серые, заправленные в сапоги брюки, лёгкий свитер и щегольски заломленная на затылок вельветовая шляпа — тиролька. Отец одевался по-простому: тонкий мышиного цвета свитер, старый чесучовый пиджак, хромовые сапоги и бежевая фуражка.

Через несколько минут все трое уже шагали по обильно тронутой росой траве.

А еще через полчаса в просторных некошеных лугах, кое-где заросших кустарником, Мальва с Диком поднимали первый тетеревиный выводок. И начиналась охота.

Это было так прекрасно, так ослепительно, так будоражило молодую душу Антона!

Он налил ещё водки, выпил и, не закусывая остатком объеденного, начавшего коричневеть яблока, закрыл глаза.

И как только сомкнулись наливающиеся пьяной усталостью веки, снова встал, как живой, этот залитый восходящим солнцем прохладный зеленый мир: собаки азартно «работают», махая мокрыми хвостами, коротко отфыркиваясь, пропадая в густой траве, отец спешит за ними, высоко поднимая колени и держа ружьё наперевес; Виктор Терентич обходит куст, оглядываясь на Антона и делая ему энергичные жесты пальцем. Брови его поднялись, полные губы яростно шепчут: «Обходи правей!», сапоги поскрипывают, молодой тетеревёнок болтается у бедра, развернув крылья. И Антон обходит правей, не сводя глаз с мокрых блестящих спин собак. Колени его тоже успели намокнуть, плотные руки сжимают ружьё, ремень которого ритмично раскачивается.

Вдруг обе собаки замирают перед широким можжевеловым кустом, морды их вытягиваются. Мальва поднимает переднюю правую лапу, а молодой Дик просто стоит, поскуливая и натянувшись струной.

— Стоять! — одними губами говорит Виктор Терентич, осторожно приближаясь к собакам и через мгновенье останавливается, выдыхая:

— Пилль!

Дик и Мальва бросаются в куст, и он взрывается хлопаньем крыльев: толстая кургузая тетёрка свечёй подымается вверх, молодые веером разлетаются прочь.

Антон ловит одного из молодых на планку ружья, отчетливо видя его ослепительно белые подкрылья, и рвёт спуск.

Гремят, сливаясь, три выстрела и через секунду снова три.

Тетёрка делает кульбит в воздухс и вместе с отстреленным крылом и стайкой вышебленных перьев падает в куст, молодой тетеревенок после дуплета Антона пропадает в траве, подбитый отцом черныш бессильно планирует в березняк.

В ушах звенит, дым стелется над поляной.

Антон разламывает ружьё, вытаскивая гильзы. Курясь дымом, они падают к ногам.

— Ну вот, ёлочки точёные, — Виктор Терентич быстро перезаряжает и громко захлопывает затвор.

Отец, улыбаясь и щурясь сквозь пенсне, вытаскивает ножом плотно засевшую гильзу.

Вдруг собаки поднимают черныша чуть поодаль, ближе к березняку.

Он летит низом, сочно хлопая тяжёлыми крыльями, сверкая на солнце иссиня-чёрной лирой.

Антон вскидывает ружьё, чувствуя, что не видит ничего, кроме этих огромных крыльев, и стреляет.

Гремит его дуплет, слева вторит зауэр Пастухова, но черныш невредимо летит и исчезает в молодых берёзках.

Отец смеётся, вталкивая патроны в гнёзда. Виктор Терентич качает головой:

— Да... это вам не мозги пластать...

И тут же кричит на Мальву:

— Какого дьявола без стойки! Ну я тебе задам, собака ты эдакая!

Мальва обиженно машет хвостом.

— Витюш, это Дик сбаламутил, — поправляет пенсне отец, отправляясь на поиски сбитого черныша.

— Такого красавца стравили, — сетует Пастухов и с треском влезает в куст, нагибается над тетёркой.

Антон бежит к своему. Возле тетеревёнка вертится Дик, возбуждённо обнюхивая его.

— Тубо! — слишком строго прикрикивает возбуждённый Антон и Дик отходит, часто дыша, вываливает изо рта розовый язык.

Антон поднимает свой трофей. Птица кажется маленькой по сравнению с той, что была в воздухе. Теплое тельце еще содрогается в последних конвульсиях, перебитая лапка нелепо топорщится, на конце клюва и на голове проступает кровь.

Антон кладет тетеревёнка в ягдташ, перезаряжает и направляется к отцу смотреть черныша. Тот еще жив и вяло пошевеливает крыльями в отцовских руках.

Отец прикалывает его ножом через клюв, опускает головой вниз и несёт за ноги, широко шагая, придерживая другой рукой ремень висящего на плече ружья.

Пастухов тем временем, стоя в середине куста, встряхивает перед собой тетёрку:

— Толстуха-то однако... Смотри, Николай!

— Старка, — кивает головой отец и вопросительно смотрит на Антона. — Ну как, срезал?

— А как же, — нарочито небрежно отвечает Антон, поворачиваясь боком и показывая оттянутый ягдташ.

— Молодцом, — отец кивает, глаза его смотрят тепло и весело. — По чернышу поторопился наверно?

— Да нет, низко взял, — отговаривается Антон и вешает на плечо ружьё, кажущееся ему сейчас легче ореховой палки..

«Да. Все это было... было...»

Солнце давно уже скрылось за укутанным облаками горизонтом, прохладный ветер стих и не теребил больше Антоновы волосы.

Ровный вечерний свет распространился по саду. Казалось, он проистекал от этого белого беспредельного неба, что так свободно и легко висело над увядающими растениями и неподвижно сидящим человеком. Антон наполнил бокал, поднял, коснулся губами холодного тёмного края.

Водка спокойно и легко прошла через рот, и спустя несколько минут к разливающемуся по телу цепенящему теплу добавилась новая волна. Антон посмотрел на потемневшее дно бокала, где осталось немного водки, опрокинул его на ладонь и лизнул.

Водка. Горькая и желанная, обжигающая и бодрящая, крепкая и веселящая. Русская водка. Сколько родного, знакомого и близкого навсегда связалось с этим привкусом!

В нем и зябкий свист метели, и кружащиеся золотые листы, и монотонный перестук вагонных колес, и шумная круговерть свадьбы, и песня, безудержно рвущаяся из груди, и переборы гармони, и молчаливая тризна, и жаркие объятья, и чудачество, и разгул, и забытьё, и сбивчивое объяснение в любви, и долгий прощальный поцелуй... Антон вздохнул, чувствуя с какой лёгкостью хмель овладевает уставшим телом.

Отец ничего не пил, кроме водки. В обычные дни он выпивал рюмку за обедом и пару рюмок за ужином. В гостях и во время праздничного застолья он пил больше, но никогда не пьянел в прямом смысле этого слова. Просто щёки его краснели, в глазах появлялся тепловатый блеск, худощавое тело расслаблялось, становясь более подвижным, движения рук убыстрялись, убыстрялась и речь. Отец начинал говорить длинными ёмкими фразами, в которых с еще большей отчётливостью сквозили острота ума и четкая направленность мысли.

После той охоты обедали поздно — часа в четыре. Стол, как обычно с приездом гостей, вынесли в сад под старую яблоню.

Солнце припекало, дотягиваясь горячими лучами сквозь яблоневую листву.

Отец, сидящий за столом в просторной голубой рубахе, наполнил три узкие хрустальные рюмки. Через минуту они сошлись, прозвенев так, как звенят рюмки не в доме, а на природе — коротко и ясно.

Антон чуть пригубил. Отец и Виктор Терентич выпили до дна, потянулись к закуске.

Стол был прелестным: на сероватой льняной скатерти в центре стояла синяя вазочка с собранными Пастуховым васильками, рядом с ней — николаевский штоф, корзинка с домашним хлебом, тарелки с огурцами, помидорами, солеными грибами, ветчиной, редиской. А с края, на липовой дощечке — объёмистая деревянная супница, из-под расписной крышки которой пробивался пряный запах домашней лапши с гусиными потрохами.

Не было ни ветра, ни даже слабого ветерка: плодовые деревья, кусты, трава — всё стояло неподвижно, облитое жаркими лучами.

Отец и Пастухов вели один из своих неторопливых повседневных разговоров. Они говорили о крещении русских городов.

— И все-таки, Николай, по-моему Новгород крестили на год позже. В восемьдесят девятом, — убежденно проговорил Виктор Терентич, уверенно орудуя ножом и вилкой.

Отец отрицательно покачал головой:

— Нет. В тот же год. Вместе с Киевом. В восемьдесят восьмом.

— Да нет, я точно помню. Крестили и тут же собор заложили, тот самый, «о тридцати верхах».

Отец снова покачал головой:

— Нет, Витюш. С какой стати Новгороду креститься позже? Он же тоже был в ведении Владимира. Они приняли крещение в этот же год от Иоакима Корсунянина. Потом он стал первым новгородским епископом. После смерти канонизирован святым. И прислан был из Киева, сразу после крещения. И, между прочим, в Киеве основал первое на Руси духовное училище.

— Но я точно помню, что собор был заложен уже в восемьдесят девятом,— перебил его Виктор Терентич.

— Правильно, — отец отер усы лежащим у него на коленях рушником. — Ты имеешь в виду собор Софии. Заложен он был в восемьдесят девятом, а крещение произошло на год раньше.

— Точно? — вопросительно посмотрел Пастухов.

— Точно, — кивнул отец и, сняв крышку с суповницы, стал уполовником помешивать янтарную лапшу.

— Мне помнится, что собор был деревянный..

— Совершенно верно. Собор деревянный, а церковь Иоакима и Анны — каменная. Первая каменная церковь в Новгороде...

Отец поправил пенсне, ловко наполнил все три тарелки и помешав у себя ложкой, зачерпнул, подул, попробовал и проговорил:

— Изумительно...

Виктор Терентич, рот которого был уже переполнен, согласился энергичным кивком.

Антон глотал горячую жирную лапшу, стараясь не слишком явно показывать свой голод, проснувшийся в нём после выпитой рюмки. Лапша действительно была изумительной: в прозрачном, как слеза, бульоне, среди россыпи блесток плавали нежные полоски теста, а на дне тарелки меж треугольничков моркови виднелись коричневатые кусочки печени и сердца.

Отец наполнил рюмки, сощурясь посмотрел на яблоневые ветви:

— Вот что, друзья. Давайте-ка выпьем за русскую природу. За этот животворный колодец.

— Верно, — Виктор Терентич поднял рюмку. — Чтобы живая водица в нем не иссякла.

И тут же рюмки сошлись со всё тем же коротким звоном, быстро тающем в нагретом воздухе...

А вечером под той же яблоней, на той же скатерти шипел, курясь дымком, пузатый самовар с краником в виде петушиной головы и со впаянными в медный бок серебряными рублями.

Виктор Терентич, одетый в полосатую махровую пижаму, накладывал себе в розетку тягучее земляничное варенье, Антон прихлебывал душистый, сдобренный мятой чай, а отец говорил. Говорил, покусывая костяной мундштук, устало облокотившись на стол и глядя на залитый вечерней зарёй бор:

— Нет в мире ничего подобного русской иконе. По самобытности, по духовной просветлённости, по выразительности. И как далеко она стоит от византийской! Хоть русских иконописцев все время обвиняют в ученическом подражании византийцам. Это неверно. Русские люди абсолютно по-другому подходят к пониманию ипостаси Божьей. В русском образе отсутствует византийская психологическая напряжённость образа, его драматургия. Ему чужда, я бы сказал, вся эта византийская сложность трактовки ипостаси. Что характерно для нашего миросозерцания? Младенческая простота души. Путь русской души — путь краткий, незамутнённый. А Византия тяготела к тяжелым торжественным тонам. Русь к колориту относится совершенно иначе. Она любит чистые звучные тона. У Андрея Рублева они достигают наивысшего развития в сторону гармонизации тональности. Наша иконопись тяготеет к плоскостному стилю, избегает светотени. Как это верно. Боже мой, как это верно угадано!

Помолчав, он продолжал:

— Светотень порождает массу проблем. Не только живописных, но и проблем постижения образа Божьего. Она смешивает чувственное и духовное, земное и небесное, заставляет живописца каждый раз отделять одно от другого. Отделять мучительно, порой безрезультатно. Так не смогли справиться с этим Рафаэль, Леонардо и весь пантеон величайших западных художников, подлинных виртуозов кисти. А православный монах Рублев — смог. Смог... потому что была с ним благодать Божья. Вера, Надежда, Любовь...

Усы отца задрожали, сузившиеся глаза блеснули слезами.

Он медленно встал и перекрестился...

Антон щелчком сбил со стола яблочный огрызок и вылил в бокал остатки водки.

Вера, Надежда, Любовь... Любовь...

Он поднёс бокал к губам и замер в оцепенении от хлынувшего майского тепла, впущенного в горницу тонкой загорелой рукой. Другой она прижимала к юной груди узкогорлую крынку с молоком. Шагнула через порог, неслышно ступая босыми ногами и остановилась, обняв крынку, словно ребёнка.

Восемнадцатилетний Антон сидел в углу, зажав меж колен старинное шомпольное ружьё и тщетно стараясь оттянуть от полки запавший курок.

— Здравствуйте, — тихо проговорила она, глубоко и часто дыша, отчего её худенькие плечи чуть заметно поднимались.

— Здравствуйте, — Антон оставил в сторону тяжёлое ружьё.

Она была в легком ситцевом платье без рукавов, и первое, что тогда поразило Антона, — ее золотистый загар.

«Надо же в мае так загореть», — только и успел подумать он, вставая.

— А баба Настя дома? — спросила она.

Ее лицо, глаза, волосы, губы и плечи, легкая походка, тонкие руки и маленькие холмики грудей под цветастым ситцем — всё было одинаково очаровательно, молодо, свежо и гармонично этой самой гармонией, явление которой мы называем национальной красотой. В данном случае это была русская красота во всей своей полноте и притягательности.

Раньше Антон никогда не встречал эту девушку среди местных. И тем не менее городской быть она не могла, — деревенским был её протяжный выговор и весь облик выдавал деревенское происхождение.

Но красота! Удивительная, тонкая, полнокровная, она так поразила Антона, что он стоял, не отвечая, стоял, глядя на неё, забыв начисто всё.

— Так что, дома баба Настя? — её губы растянулись в застенчивой улыбке.

— Нет.. нет.. — пробормотал Антон, стряхивая оцепенение и добавил, пряча испачканные ружейной гарью руки за спину: — Её нет сейчас. Она куда-то вышла. А вы, вы проходите пожалуйста.

Но девушка, не переставая улыбаться, повела плечом:

— Да нет уж. Я вот молока принесла, как баба Настя просила. Она вчера-от заходила к нам по молоко.

— К вам? — переспросил Антон, чувствуя, что начинает густо и безнадёжно краснеть.

— Ага, — кивнула девушка, ставя молоко на стол. — Заходила по молоко. Теперь-от я вам буду носить, аль Кешка.

— А это... это, — смотрел Антон на крынку.

— Это утрешнее. Тётя Марья подояла и у погреб. У погребе стояло.

Она быстро провела освободившейся рукой по лбу, тряхнула головой, и за плечами качнулась толстая русая коса.

— Так что же, — проговорил он уже более спокойно, — баба Настя заплатила вам?

— Ещё вчерась, — улыбнулась девушка, — Уплотила за месяц вперед.

— Это хорошо. Так значит вы у тетки Марьи живете?

— Ага.

— А я вас на деревне никогда не замечал.

Она улыбнулась шире, обнажив ровные крепкие зубы:

— Конечно. Я ж с Ракитина.

— Из Ракитино?

— Ага. Папаня с братом у городе баню строить нанялися, маманя к Оленьке в Торжок подалась, а мы с Кешкой — к тете Марье.

— Значит вы ей родня?

— Родня, а как же. Племянники мы ей.

— Это хорошо, — проговорил Антон и замолчал, не зная как продолжить разговор.

Девушка взялась за ручку двери, толкнула, обернувшись произнесла:

— Ну, пошла я. Досвиданья вам.

— Аааа... — растерянно протянул он, не в силах оторвать взгляда от ее лица. — А как вас зовут?

— Таня, — ответила она, снова отводя рукой со лба русую прядь.

— А меня Антон, — сказал он и замялся, видя, что она по-прежнему молчит и улыбается, опустив ресницы.

— Ну я пошла, — повернулась она и шагнула за дверь.

Так в жизни Антона появилась Таня. Таня. Танечка. Танюша.

Они встречались в берёзовой роще, бежали, взявшись за руки к запруде, где, раздвинув камыши, торчал киль голубой отцовской лодки.

Антон за цепь подтягивал ее к берегу, подсаживал Таню, прыгал сам и отталкивался веслом от илистого берега.

Они плыли.

Пруд перетекал в неширокую реку, Антон грёб так, как всегда гребётся по течению — легко, свободно. Таня сидела напротив, крепко держась за борта и глядя на Антона своими карими глазами.

Вскоре река расширялась, обрастая по берегам ивняком и камышами, течение становилось медленнее, Антон бросал весла и, сложив руки на коленях, молча смотрел на Таню.

Она была прекрасна, эта стройная загорелая девушка, любящая его и любимая им.

А как прекрасна была их любовь — это чудо, расцветшее дивным живым садом в двух юных сердцах!

Как прекрасны были вечера с полосами тумана вдоль речных берегов, и речная тишь, и чистое вечернее небо, и далекий лай деревенских собак.

Антон причаливал к знакомому камню, они выбирались на берег и под раскидистыми ивами, чьи гибкие ветви так верно хранят вечернюю прохладу, он целовал Таню в мягкие податливые губы.

Кругом было тихо, окутанная туманом река неслышно несла себя к Волге, плескаясь доверчивой рыбой.

А губы любимой были горячими, нежными, желанными, ее руки дрожали, на шее билась крохотная жилка.

Антон целовал истово, жадно, а она вздрагивала, опустив ему на плечи покорные руки. Потом он подхватывал ее и нёс в поле по русому, золотому, как и ее коса, жнивью, она прижималась к нему и безмолствовала, чуть дыша.

Посередине поля стоял огромный стог сена, наплывающий на них как могучий корабль. Это был ковчег их любви, уносящий от всего земного, поднимающий к розовому вечернему небу, к искрам первых звёзд.

Здесь на душистом сене они любили друг друга — юные, страстные, искренние в своём первом чувстве...

Что может быть прекраснее первой любви? О каком другом чувстве можно писать так много и подробно и, в то же время, не сказать ничего? Неподвластно оно перу, бумаге и расчетливому писательскому уму, не держится в ровных типографских строчках, не живёт в толстых пропылившихся томах.

Так где же оно?

В глазах, в лицах, смотрящих друг на друга, в руках, сплетённых и не могущих разъединиться, в сердцах, бьющихся в едином порыве.

Как они любили!

Антон с трудом встал с покосившейся лавочки, оперся ладонями о стол.

Тогда они лежали рядом, глядя в бескрайнее ночное небо, ее рука была мягкой и спокойной, щека горячей, глаза влажно блестели в темноте.

— Антош, а что это за звёздочка?

Ее голос звучал тихо, от близких губ шло горячее дыхание.

— Где?

— А воон там, у ковшика, самая яркая.

— Это Полярная звезда.

— Полярная?

— Да.

Помолчав, она продолжала:

— Полярная... это значит чьего-то поля, так?

Антон улыбнулся:

— Ну, как тебе сказать. Если небо — это поле, то это — главная его звезда.

Она вздохнула.

— Да...

— Что?

— Как у Господа всё на местах-то...

Антон обнял ее, прижался губами к щеке и вдруг почувствовал солоноватый привкус слез.

— Что с тобой, Танюша?

— Да ничего... — улыбнулась она, неловко обнимая его за шею и притягивая к себе. — Это я так... от радости...

И добавила горячим шепотом:

— Люблю я тебя, соколик мой, больше жизни...

Антон взял ее лицо в свои ладони и стал покрывать поцелуями.

— Таня. Милая, добрая Таня...

Он тряхнул головой, словно пытаясь вместе с хмелем стряхнуть эти живые, мучительно родные картины юности.

Тогда, лежа в душистом сене, они не знали, что случится через неделю. Два юных влюбленных существа. Судьба безжалостно разъединила их, убив Татьяну молнией...

Хоронили ее всей деревней.

В переполненной сельской церкви пахло ладаном, свечами и деревенской толпой. Низенький седобородый отец Никодим неспешно помахивал кадилом и звук брякающей цепочки странно переплетался с пением немногочисленного хора...

Антон стоял за родственниками погибшей, неотрывно глядя в родное лицо, пугающее отрешенным спокойствием. Она лежала в просторном гробу, обтянутом черным коленкором, в синем некрасивом платье, с белым расписным венчиком на лбу. Четыре тоненькие свечки горели на углах гроба, хор пел «Вечную память»...

Левая рука ее была зеленовато-синей. Молния ударила в плечо...

Антон бросил пустую бутылку в кусты, убрал бокал, крест и письмо в шкатулку и подхватив ее, нетвердым шагом двинулся к поваленному забору.

«Как странно, Господи», — думал он: — «Вместе с этой девушкой погибла моя юность. Она кончилась тут же, кончился этот лесной рай, оборвалась золотая нитка. Но почему? Почему так безжалостна судьба? Почему только развалины встречают нас, когда мы возвращаемся в прошлое? Почему только слезы, холодные слезы текут по щекам, застилая глаза? Почему только горечь и боль пробуждаются в сердце?» Он шагнул через забор, прошел под липами.

Было уже темно.

Серые облака заволакивали небо.

«Вон липы, а вон рядом — сосна. А там что? Что это? Неужели те самые рябиновые кустики разрослись в такое дерево? Боже мой, как все изменилось... а где же дуб? Его нет...»

Он подошел к тому месту, где стоял могучий толстый дуб.

Вместе дерева из земли торчал низенький пень.

«Всё что осталось от тебя, милый мой дуб...»

Губы Антона дрожали, слезы текли по щекам.

Он двинулся дальше, сквозь кусты, валежник, меж темных обдающих сыростью деревьев. Вскоре они расступились и он оказался на берегу пруда.

«Здравствуй пруд. Ты все такой же — большой, просторный. Только ивняк стал гуще, да берега круче. А там на том берегу.. Боже мой...» Антон замер. Там в темноте вырисовывался контур их церкви — мертвой, полуразрушенной, несущей над мешаниной леса почерневший купол. Он смотрел на нее, не веря своим глазам.

«Боже, как страшно и безжалостно время. Что может устоять перед ним? Ничего! Всё прах, суета сует, как писал Екклессиаст. Всё канет в прошлое. Любовь, светлые надежды, радость только что открытого мира, грёзы юности...»

Церковь. Сколько радостного, родного и таинственного было связано с ней, с ее колокольней, притвором, кладбищем и колодцем. Там среди пестрой, по-пасхальному нарядной деревенской толпы, Антон первый раз в своей жизни совершил крестное знамение и замер с поднятой рукой, потрясенный новому, чудесному пробуждению души. Словно кто-то большой, мягкой и удивительно доброй рукой приотворил доселе закрытую дверь, впустив поток ярких лучей, осветивших Антона светом Истины и Благодати... Церковь. Его церковь. Тогда она была нарядной, с золотым куполом, белая, тонущая в цветущих яблонях... Белая лебедушка...

Антон вытер слезы, вздохнул и поднес к глазам шкатулку.

«Вот. Она рассказала мне о прошлом. Рассказала, что я — русский, что я — сын России. Милая моя... ты пролежала в земле двадцать лет, чтобы молча поведать мне про меня. Спасибо тебе...»

Он склонился и поцеловал холодную крышку.

«Умом Россию не понять... Да. Только сердцем. Сердцем понял я тебя, милая моя Родина. В сердце будешь ты у меня вечно.»

— В сердце будешь ты у меня вечно... — прошептал он и добавил: — Прими же от меня. Прими то, что не только мое, но и наше. Русское...

Размахнувшись, он бросил шкатулку в пруд.

С коротким всплеском она скрылась под темной поверхностью.

Он безотчетно стал стаскивать с себя одежду.

«Прими и меня, и меня прими...» — вертелось в воспаленной голове.

Раздевшись, он бросился в воду.

Она обожгла, тяжело раздвинувшись, потянула в черную глубину.

— Я с тобой, Таня... — шепнул Антон и нырнул.

Тьма надвинулась, обступила со всех сторон. Он повис в ней, чувствуя над собой давящую толщу.

И когда осталось только выдохнуть, чтобы никогда больше не увидеть оставшегося наверху мира, что-то сверкнуло в сознании ярким золотым светом, в ореоле которого ясно и близко возникло лицо монашенки, двадцать лет назад зашедшей в их дом.

То была простая русская женщина лет пятидесяти, всю сознательную жизнь проведшая в монастыре. Сидя в горнице и запивая ключевой водой сотовый мед, она неторопливо беседовала с юным Антоном о вере, а под конец сказала слова, которые сейчас вспыхнули огненными буквами среди беспросветного холодного мрака:

— Милый мой, мы-то ладно, пожили и хватит, а вот от вас судьба Рассеи зависит. Она на вас надеется, на молодых.

И словно кто-то протянул Антону ту самую большую и добрую руку, — тьма осталась внизу, он вынырнул и жадно вдохнул ночной воздух, опьянивший его своей пряностью и теплотой.

За секунды его погружения мир дивно преобразился: яркая полная луна сияла на небе, освещая все вокруг молочным светом, мертвые доселе деревья шевелили ветвями, кусты качались, теплый ветер скользил над прудом. А на том берегу... Антон не поверил, — сияла сказочно красивая, облитая луной церковь.

Нет, нет, вовсе не мертва была она! Все так же блестел купол, светилось здание и плыл над лесом крест.

Антон взмахнул руками и поплыл к ней.

И с каждым взмахом пробуждалось в нем что-то, что невозможно высказать, а можно лишь почувствовать в сердце.

Берег приблизился.

Антон вышел на берег. Мокрый, глинистый он лежал перед церковью и назывался Русская Земля.

Антон опустился на колени, коснулся ее рукой. Она была теплой, влажной, доверчивой и благодатной. Она ждала его, ждала, как женщина, как мать, как сестра, как любимая.

Он опустился на нее, обнял, чувствуя блаженную прелесть ее тепла. И она обняла его, обняла нежно и страстно, истово и робко, ласково и властно. Не было ничего прекраснее этой любви, этой близости! Это продолжалось бесконечно долго и в тот миг, когда горячее семя Антона хлынуло в Русскую Землю, над ним ожил колокол заброшенной церкви. Вот.

— Что — вот?

— Ну, всё, в смысле...

— Что, конец рассказа?

— Ага.

— Понятно... Ну, ничего, нормальный рассказ..

— Нормальный?

— Ага. Понравился.

— Ну, я рад..

— Только вот это, я не пойму..

— Что?

— Ну там в середине мат был какой-то...

— Аааа...

— Там что-то, блядь не могу и так далее. Не понятно.

— Ну это просто я случайно. Вырвалось.

— Как?

— Ну так... Знаешь, разные там хлопоты, денег нет, жена, дети...

— Аааа...

— Это я наверно вычеркну.

— Мне все равно...

— Нет, ну всё-таки...

— Мне вот еще чего... понимаешь, вот с кладом нормально, но скучновато. Тютчев там, все такое. Скучно как-то. Вот если б он чего другое нашел, вообще рассказ пошел по кайфу.

— Ну, может быть...

— Точно, ты только пойми правильно. Знаешь чего-нибудь такое вот, чтоб забрало. Понимаешь?

— Понимаю... что ж, может ты прав.

— Точно тебе говорю. Знаешь чего-нибудь интересное такое...

— Действительно...

— Ты просто в будущем подумай....

— А чего мне в будущем, давай-ка сейчас. Ты мне идею дал хорошую.

— Правда?

— Да. Вот как мы сделаем:

Через минуту модный плащ обнимал пень бессильно раскинувшимися бежевыми рукавами, а его худощавый хозяин, оставшись в сером свитере, энергично копал, приноравливаясь к коротенькой лопатке.

Земля была, как и тогда — мягкой, податливой. Антон отбрасывал комья в сторону и они пропадали в обступающей крапиве.

Солнце, полностью пробившееся сквозь поредевшие облака, ровно, по-осеннему осветило сад, заблестело в переполненных листвой лужах. Не успел он вырыть и полуметровой ямы, как лопата звякнула обо что-то. Антон осторожно обрыл предмет и, опустившись на колени, вынул его из земли.

Это был небольшой железный сундучок. Улыбаясь и качая головой, Антон погладил его ржавую крышку, встал и, прихватив лопатку, направился к столику.

Поставив сундучок на стол, он сунул лезвие лопаты в щель между крышкой и основанием, нажал. Коротко и сухо треснул разломившийся замок и крышка откинулась.

Внутри проржавевшего сундучка лежало что-то, завернутое в тонкую резину.

Облизав пересохшие губы, Антон развернул ее. Под ней оказался чехол из непромокаемой материи. Антон осторожно снял его и в руках оказалась свернутая трубкой рукопись с пожелтевшими краями.

Антон расправил пахнущие прелью листы и стал читать.

Падёж

Кто-то сильно и настойчиво потряс дверь.

Тищенко сидел за столом и дописывал наряд на столярные работы, поэтому крикнул, не поднимая головы:

— Входи!

Дверь снова потрясли — сильнее прежнего.

— Да входи, открыто! — громче крикнул Тищенко и подумал:

«Наверно Витька опять нажрался, вот и валяет дурака.»

Дверь неслышно отворилась, две пары грязных сапог неспешно шагнули через порог и направились к столу.

«С Пашкой наверно. Вместе и выжирали. А я наряд за него пиши.»

Сапоги остановились и над Тищенко прозвучал спокойный голос:

— Так вот ты какой, председатель.

Тищенко поднял голову.

Перед ним стояли двое незнакомых. Один — высокий, с бледным сухощавым лицом, в серой кепке и сером пальто. Другой — коренастый, рыжий, в короткой кожаной куртке, в кожаной фуражке и в сильно ушитых голифе. Сапоги у обоих были обильно забрызганы грязью.

— Что, не ждал, небось? — высокий скупо улыбнулся, неторопливо вытащил руку из кармана, протянул ее председателю — широкую, коричневую и жилистую:

— Ну давай знакомиться, деятель.

Тищенко приподнялся — полный, коротконогий, лысый, — поймал руку высокого:

— Тищенко. Тимофей Петрович.

Тот сдавил ему пальцы и, быстро высвободившись, отчеканил:

— Ну а меня зови просто: товарищ Кедрин.

— Кедрин?

— Угу.

Председатель наморщился.

— Что, не слыхал?

— Да не припомню что-то...

Коренастый, тем временем пристально разглядывающий комнату маленькими рысьими глазками, отрывисто проговорил сиплым голосом:

— Еще бы ему не помнить. Он на собрания своего зама шлет. Сам не ездит.

И, тряхнув квадратной головой, не глядя на Тищенко, повернулся к высокому:

— Вот умора, бля! Дожили. Секретаря райкома не знаем.

Высокий вздохнул, печально закивал:

— Что поделаешь, Петь. Теперь все умные пошли.

Тищенко минуту стоял, открыв рот, потом неуклюже выскочил из-за стола, потянулся к высокому:

— Тк, тк вы — товарищ Кедрин? Кедрин? Тк, что ж вы, что ж не предупредили. Что ж не позвонили, что ж...

— Не позвонили, бля! — насмешливо перебил его рыжий. — Пока гром не грянет — дурак не перекрестится... Потому и не звонили, что не звонили.

Он впервые посмотрел в глаза Тищенко и председатель заметил, что лицо у него широкое, белесое, сплошь усыпанное веснушками.

— Тк мы бы вас встретили, все б значит, подготовили и... да я болел просто тогда, я знаю, что вас выбрали, то есть назначили, то есть... ну рад я очень.

Высокий рассмеялся. Хмыкнул пару раз и рыжий.

Тищенко сглотнул, провел рукой по начавшей потеть лысине и зачем-то бросился к столу:

— Тк мы ж и ждали, и готовились...

— Готовились?

— Тк конечно, мы ж старались и вот познакомиться рады... раздевайтесь... тк, а где ж машина ваша?

— Машина? — Кедрин неторопливо расстегнул пальто и распахнул; мелькнул защитного цвета китель с кругляшком ордена:

— Машину мы на твоих огородах оставили. Увязла.

— Увязла? Тк вы б сказали, мы б...

— Ну вот что, — перебил его Кедрин, — мы сюда не лясы точить приехали. Это, — он мотнул головой в сторону рыжего, который подойдя к рассохшемуся шкафу, разглядывал корешки немногочисленных книг, —

мой близкий друг и соратник по работе, новый начальник районного отдела ГБ товарищ Мокин. И приехали мы к тебе, председатель, не на радостях.

Он достал из кармана мятую пачку «Беломора», ввинтил папиросу в угол губ и резко сплющил своими жилистыми пальцами:

— У тебя, говорят, падёж?

Тищенко прижал к груди руки и облизал побелевшие губы.

— Падёж, я спрашиваю? — Кедрин захлопал по пальто, но белая, веснушчатая рука Мокина неожиданно поднесла к его лицу зажженную спичку. Секретарь болезненно отшатнулся и осторожно прикурил:

— Чего молчишь?

— А он, небось, и слова такого не слыхал, — криво усмехнулся Мокин, — чем отличается падёж от падежа не знает.

Кедрин жадно затянулся, его смуглые щеки ввалились, отчего лицо мгновенно постарело:

— Ты знаешь что такое падёж?

— Знаю, — выдавил Тищенко. — Это... это, когда скот дохнет.

— Правильно, а падеж?

— Падеж? — председатель провел дрожащей рукой по лбу, — ну это...

— Ты без ну, без ну! — повысил голос Мокин.

— Падеж — это в грамоте. Именительный, дательный...

— До дательного мы еще доберемся, — проговорил Кедрин, порывисто повернулся на каблуках, подошел к шкафу:

— Чем это у тебя шкаф забит? Что это за макулатура? А? А это что? — он показал папиросой на красный шелковый клин, висящий на стене. По тусклому, покоробившемуся от времени шелку тянулись желтые буквы: ОБРАЗЦОВОМУ ХОЗЯЙСТВУ.

— Это вымпел, — выдавил Тищенко.

— Вымпел? Образцовому хозяйству? Значит ты — образцовый хозяин?

— Жопа он, а не хозяин, — Мокин подошел к заваленному бумагой столу, — Ишь, говна развел.

Он взял косо исписаный лист:

— «Прошу разрешить моей бригаде ремонт крыльца клуба за наличный расчет. Бригадир плотников Виктор Бочаров»... Вишь что у него... А это: «За неимением казенного струмента просим выдать деньги на покупку топоров — 96 штук, рубанков — 128 штук, фуганков — 403 штуки, гвоздей десятисантиметровых — 7,8 тоны, плотники Виктор Бочаров и Павел Чалый» И вот еще. Уууу.. да здесь много, — Мокин зашелестел бумагой, — «Приказываю расщепить казенное бревно на удобные щепы по безналичному расчету. Председатель Тищенко».... «Приказываю проконопатить склад инвентаря регулярно валяющейся верёвкой. Председатель Тищенко».... «Приказываю снять дёрн с футбольного поля и распахать в течении 16 минут. Председатель Тищенко».... «Приказываю использовать борова Гучковой Анастасии Алексеевны в качестве расклинивающего средства при постройке плотины. Председатель Тищенко». «Приказываю Сидельниковой Марии Григорьевне пожертвовать свой частно сваренный холодец в фонд общественного питания. Председатель Тищенко»... «Приказываю использовать обои футбольные ворота для ремонта фермы. Председатель Тищенко»... Вот, Михалыч, смотри, — Мокин потряс расползающимися листками.

— Да вижу, Ефимыч, вижу, — заложив руки за спину, Кедрин рассматривал плакаты, неряшливо налепленные на стены.

— Товарищ Кедрин, — торопливо заговорил Тищенко, приближаясь к секретарю. — Я не понимаю, ведь...

— А тебе и не надо понимать. Ты молчи громче, — перебил его Мокин, садясь за стол. Он выдвинул ящик и, после минутного оцепенения, радостно протянул:

— Ёоошь твою двадцать... Вот где собака зарыта! Михалыч! Иди сюда!

Кедрин подошел к нему. Они склонились над ящиком, принялись рассматривать его содержимое. Оно было ни чем иным, как подробнейшим макетом местного хозяйства. На плотно утрамбованных, подкрашенных опилках лепились аккуратные, искусно изготовленные домики: длинная ферма, склад инвентаря, амбар, мехмастерские, сараи, пожарная вышка, клуб, правление и гараж.

В левом верхнем углу, где рельеф плавно изгибался долгим и широким оврагом, грудились десятка два разноцветных изб с палисадниками, кладнями дров, колодцами и банями. То здесь, то там вперемешку с телеграфными столбами торчали одинокие деревья с микроскопической листвой и лоснящимися стволами. По дну оврага усыпанному песком, текла стеклянная речка, на шлифованной поверхности которой были вырезаны редкие буквы Р Е К А С О Ш Ь.

— Тааак, — Кедрин затянулся и, выпуская дым, удивленно покачал головой, — Это что такое?

— Это план, товарищ Кедрин, это я так просто занимаюсь, для себя и для порядку, — поспешно ответил Тищенко.

— Где не надо — у него порядок, — склонив голову Мокин сердито разглядывал ящик, — Ты что и брёвна возле клуба отобразил?

— Да, конечно.

— Из чего ты их сконстролил-то?

— Тк из папирос. Торцы позатыкал, а самоих-то краской такой желтенькой... — Тищенко не успевал вытирать пот, обильно покрывающий его лицо и лысину.

— Брёвна возле клуба — гнилые, — сумрачно проговорил Кедрин и, покосившись на серый кончик папиросы, спросил: — А кусты из чего у тебя?

— Тк из конского волосу.

— А изгородь?

— Из спичек.

— А почему избы разноцветные?

— Тк, товарищ Кедрин, это я для порядку красил, это вот для того, чтобы знать кто живет в них. В желтых — те, которые хотели в город уехать.

— Внутренние эмигранты?

— Ага. Тк я и покрасил. А синие — кто по воскресеньям без песни работал.

— Пораженцы?

— Да-да.

— А черные?

— А черные — план не перевыполняют.

— Тормозящие?

Председатель кивнул.

— Вишь, порасплодил выблядков! — Мокин в сердцах хватил кулаком по столу, — Михалыч! Что ж это, а?! У нас в районе все хозяйства образцовые! В передовиках ходим! Рекорды ставим! Что ж это такое, Михалыч!

Кедрин молча курил, поигрывая желваками костистых скул.

Тищенко, воспользовавшись паузой, заговорил дрожащим захлебывающимся голосом:

— Товарищи. Вы меня не поняли. Мы и план перевыполняем, правда на шестьдесят процентов всего, но перевыполняем, и люди у меня живут хорошо, и скот в норме, а падёж, тк это с каждым бывает, это от нас не зависит, это случайность, это нс моя вина, это просто случилось и все тут, а у нас и порядок и посевная в норме....

— Футбольное поле засеял! — перебил его Мокин, выдвигая ящик и ставя его на стол.

— Тк засеял, чтоб лучше было, чтоб польза была!

— Верёвкой стены конопатит!

— Тк это ж опять для пользы, для порядку...

— Ну вот что. Хватит болтать, — Кедрин подошел к столу, прицелился и вдавил окурок в беленький домик правления. Домик треснул и развалился. Окурок зашипел.

— Пошли, председатель, — секретарь требовательно мотнул головой.

— На ферму. Смотреть твой «порядок».

Тищенко открыл рот, зашарил руками по груди:

— Тк куда ж, куда я...

— Да что ты раскудахтался, едрёна вошь! — закричал на него Мокин. — Одевайся ходчей, да пошли!

Тищенко поежился, подошел к стене, снял с гвоздя линялый ватник и принялся его напяливать костенеющими, непослушными руками.

Кедрин сорвал со стены вымпел, сунул в карман и повернулся к Мокину:

— А план ты, Ефимыч, прихвати. Пригодится.

Мокин понимающе кивнул, подхватил ящик под мышку, скрипя кожей прошагал к двери и, распахнув ее ногой, окликнул стоящего в углу Тищенко:

— Ну, что оробел! Веди давай!

За дверью тянулись грязные сени, заваленные пустыми мешками, инвентарем и прохудившимися пакетами с удобрением. Белые, похожие на рис гранулы набились в щели неровного пола, хрустели под ногами. Сени обрывались кособоким крылечком, крепко влипшим в мокрую, сладко пахшую весной землю. В нее — черную, жирную, переливающуюся под ярким солнцем, по щиколотки вошли сапоги Тищенко и Кедрина.

Мокин задержался в темных сенях и показался через минуту, коренастый, скрипящий, с ящиком под мышкой и папиросой в зубах. Солнце горело на тугих складках его куртки, сияло на глянцевом полумесяце козырька. Стоя на крыльце, он сощурился, шумно выпустил еле заметный дым:

— Теплынь-то, а! Вот жизнь, Михалыч, пошла — живи только!

— Не говори...

— Природа — и та радуется!

— Радуется, Петь, как же ей не радоваться... — секретарь рассеянно осматривался по сторонам.

Мокин бодро сошел с крыльца и, по-матросски раскачиваясь, не разбирая дороги, зашлепал по грязи:

— Ну, что, председатель, как там тебя... Показывай! Веди! Объясняй!

Тищенко засеменил следом:

— Тк, что ж объяснять-то, вот счас мехмастерская, там амбар, а там и ферма будет.

Кедрин, надвинув на глаза кепку, шел сзади.

Вскоре майдан пересекся страшно разбитым большаком и Тищенко махнул рукой: повернули и пошли вдоль дороги, по зеленой, только что пробившейся травке.

Снег почти везде сошел, — лишь под мокрыми кустами лежали его черные ноздреватые остатки. Вдоль большака бежал прорытый ребятишками ручеек, растекаясь в низине огромной, перегородившей дорогу лужей. Возле лужи лежали два серых вековых валуна и цвела ободранная верба.

— А вот и верба, — Мокин сплюнул окурок и, разгребая сапогами воду, двинулся к дереву.

— Ишь, распушилась, — он подошел к вербе, схватил нижнюю ветку, но вдруг оглянулся, испуганно присев, вытаращив глаза — Во! Во! Смотрите-ка!

Тищенко с Кедриным обернулись.

Из прикрытой двери правления тянулся белый дым.

— Хосподи, тк что ж... — Тищенко взмахнул руками, рванулся, но побледневший Кедрин схватил его за шиворот, зло зашипел:

— Что, Господи? Что, а? Ты куда? Тушить? У тебя ж воооон стоит! — он ткнул пальцем в торчащую на пригорке каланчу, — Для чего она, я спрашиваю, а?!

Тищенко — таращa глаза, задыхаясь, тянулся к домику:

— Тк, сгорит, тк тушить...

Насупившийся Мокин крепче сжал ящик, угрюмо засопел:

— Эт я, наверно. Спичку в сенях бросил. А там тряпье какое-то навалено. Виноват, Михалыч...

Кедрин принялся трясти председателя за ворот, закричал ему в ухо:

— Чего стоишь! Беги! К каланче! Бей! В набат! Туши!

Тищенко вырвался и, сломя голову, побежал к пригорку, через вспаханное футбольное поле, мимо полегших на земле ракит и двух развалившихся изб. Запыхавшись, он подлетел к каланче, и еле передвигая ноги, полез по гнилой лестнице.

Наверху, под сопревшей, разваливающейся крышей висел церковный колокол. Тищенко бросился к нему и — застонал в бессилье, впился зубами в руку: в колоколе не было языка. Еще осенью председатель приказал отлить из него новую печать взамен утерянной старой.

Тищенко размахнулся и шмякнул кулаком по колоколу. Тот слабо качнулся, испустил мягкий звук.

Председатель всхлипнул и лихорадочно зашарил глазами, ища что-нибудь металлическое.

Но кругом торчало, скрещивалось только серое, изъеденное дождями и насекомыми дерево.

Тищенко выдрал из крыши палку, стукнул по колоколу; она разлетелась на части.

Председатель глянул на беленький домик правления и затрясся, обхватив руками свою лысую голову: в двери, вперемешку с дымом, уже показалось едва различимое пламя.

Он набросился на колокол, замолотил по нему, руками, закричал.

— Кричи громче, — спокойно посоветовали снизу.

Тищенко перегнулся через перила: Кедрин с Мокиным стояли возле лестницы, задрав головы, смотрели на него.

— Что ж не звонишь? — строго спросил секретарь.

— Тк языка-то нет, тк нет ведь! — забормотал председатель.

Кедрин усмехнулся, повернулся к Мокину:

— Вот ведь, Ефимыч, как у нас. О плане трепать, да обещаниями кормить — есть язык. А как до дела дойдет — и нет его.

Мокин понимающе кивнул, сплюнул окурок и крикнул Тищенко:

— Ну, что торчишь там, балбес? Слезай!

— Тк, горит, ведь...

— Мы что, слепые по твоему? Слезай, говорю!

Тищенко стал осторожно спускаться по лестнице.

Мокин, тем временем, подошел к большому деревянному щиту врытому в землю рядом с каланчой. На щите висели — огнетушитель, багор, ржавый топор и черенок лопаты. Под щитом стоял прохудившийся ящик с песком.

— Ишь, понавешал,— угрюмо пробормотал Мокин, поднатужился и вытащил из двух колец огнетушитель.

Кедрин подошел к щиту, брезгливо потрогал облупившиеся доски, вытер палец о пальто.

Тищенко, спустившись на землю, нерешительно замер у лестницы.

— Щас спробуем технику твою, — Мокин перевернул огнетушитель кверху дном и трахнул им по ящику. Послышалось слабое шипение, из черного, обтянутого резиной отверстия полезли пузыри, закапала белая жидкость. Мокин повернулся к Кедрину, в сердцах покачал головой:

— Вот умора, бля! Тушить, говорит, пойду! Он этим тушить собрался!

Секретарь сердито смотрел на шипящий огнетушитель:

— А потом объяснительная в райком — средств нет, тушить было нечем. И все шито-крыто. Сволочь...

Тищенко съежился, крепче ухватился за лестницу.

Внутри огнетушителя что-то мягко взорвалось, он задрожал в руках Мокина, из дырочки вылетела белая струя, ударила в щит и опрокинула его.

— Во стихия, бля! — ошалело захохотал Мокин и, с трудом сдерживая рвущийся огнетушитель, направил его на замершего Тищенко. Председатель упал сбитый струей, загораживаясь, пополз по земле.

— Смотри, Михалыч, вишь, закрывается! — кричал Мокин, поливая Тищенко. — Закрывается! Стыдно значит ему! А! Ох как стыдно!

Струя быстро стала слабеть, и вскоре иссякла. Мокин поднял огнетушитель над головой, размахнулся и с победоносным ревом метнул в стойку каланчи. Стойка с треском сломалась, вышка дрогнула. Мокин удивленно заломил кепку на затылок:

— Во, Михалыч, как у него понастроено. Соплёй перешибешь!

Тищенко — мокрый, выпачканный землей, стонал, тыкался пятернями в скользкую глину, силясь приподняться.

Секретарь брезгливо посмотрел на него, чиркнул спичкой, прикуривая:

— Ну, соплёй — не соплёй, а голыми руками — это точно.

Он шагнул к вышке, схватился за стойку и начал трясти ее. Мокин вцепился в другую. Вышка заходила ходуном, с крыши полетели доски, посыпалась труха.

— Ну-ка, Михалыч, друж-ней! Друуж-ней! — Мокин уперся ногами в землю, закряхтел. Раздался треск — стойка Мокина переломилась и каланча, едва не задев председателя, медленно рухнула, развалилась на гнилые брёвна.

— Ну вот и проверили на прочность, — тяжело дыша, проговорил Мокин. Кедрин вытер о полу выпачканные трухой руки, прищурился на громоздящиеся брёвна.

Председатель стоял, опустив мокрую голову. С мешковатого ватника капала грязь и вода.

Кедрин сунул руки в карманы:

— Ну, что, брат, стыдно?

Тищенко еще ниже опустил голову, всхлипнул.

— Даааа. Дожил ты до стыда такого. Тебе какой годто?

— Пятьдесят шестой, — простонал председатель.

— А ума — как у трехлетнего! — Мокин, склонившись над макетом, что-то рассматривал.

— Точно, — сощурившись, Кедрин выпускал дым, — и кто ж тебя выбрал такого?

— Нннарод...

— Народ? — Секретарь засмеялся, подошел к Мокину:

— Ну как с таким говорить?

— Да никак не говори, Михалыч. Оставь ты этого мудака. Лучше мне помоги.

— А что такое?

— Да вот, недолга, — сдвинув кепку на затылок, Мокин скреб плоский лоб. — Не пойму я одного. У нас каланча со щитом упали, а тут они — стоят себе целехоньки. Что ж делать?

Кедрин присел на корточки, наморщил брови.

От крохотной каланчи на крашеные опилки падала треугольная ребристая тень. Рядом стоял красный щит. На нем можно было разглядеть микроскопический огнетушитель, багор, топор и даже черенок лопаты.

Кедрин долго сидел над планом, задумчиво попыхивая папиросой, потом порывисто встал и по-чапаевски махнул рукой:

— А ну-ка вали их, Петь, к чёртовой матери! Молиться на них что ли?

— Точно! — Мокин нагнулся и щелчком снес сначала каланчу потом щит. Красный огнетушитель запрыгал по макету, скатился на полированную поверхность реки.

— А вот тут мы тебя и к ногтю, падлу! — ощерился Мокин и ловко раздавил его выпуклым прокуренным ногтем.

Кедрин бросил окурок, сплюнул и посмотрел через поле.

Правление горело. Клочья желтого пламени рвались из окошка и двери. Вокруг домика стояли редкие зеваки.

— Ну вот, годится, — Мокин подхватил под мышку ящик. — Теперь можно и дальше. Пошли, Михалыч?

— Идем, Петь, идем, — Кедрин хлопнул его по плечу и мотнул головой понуро стоящему Тищенко:

— Иди вперед, пожарник...

Председатель послушно поплелся, с трудом перетаскивая обросшие грязью сапоги.

Возле мехмастерской они столкнулись с босоногой бабой и двумя небритыми, пропахшими соляркой мужиками.

Баба загородила Тищенко дорогу:

— Петрович! Чтой-то там горит-то?

— Правление,— сонно протянул председатель.

— Да неуж?

Тищенко молча отстранил ее и зашагал дальше. Но баба засеменила следом, поймала его грязный рукав:

— Да как же, ды как... правление?! Загорелося?!

— Загорелось...

— Оооох, мамушка моя, — пропела баба и прикрыла рот коричневой рукой. Тищенко вздохнул и побрел по дороге. Мужики оторопело смотрели на него — мокрого, сутулого и грязного. Баба охнула и, часто шлепая босыми ногами по грязи, снова догнала его:

— Да как же, Петрович, мож оно не само, мож поджёг кто, а?

— Отстань...

— Чо ж отстань-то? — она растерянно остановилась, провожая его глазами. — Кто ж поджёг правление?

— Он сам, живорез, и поджёг, — проговорил Мокин, обходя бабу.

Кедрин шел следом.

Баба охнула. Мужики удивленно переглянулись.

Кедрин повернулся к ним и сухо проговорил:

— Вместо того, чтоб глаза пялить — шли бы пожар тушить. А кто поджёг и зачем — не ваша забота. Разберемся.

Железные ворота мехмастерской были распахнуты настежь.

Тищенко первым вошел внутрь, огляделся и, не найдя никого, втянул голову в плечи:

— Тк вот это мастерская наша...

Мокин с Кедриным вошли следом. В мастерской было холодно, сумрачно и сыро. Пахло соляркой и промасленной ветошью. Посередине, поперек прорезанного в бетонном полу проема стояли трактор со спущенной гусеницей и грузовик без кузова с открытом капотом. Рядом, на грязных, бурых от масла досках лежали части двигателей, детали, тряпки и инструменты. В глубине мастерской возле большого, но страшно грязного, закопченого окна лезли друг на дружку три длинные, похожие на насекомых сеялки. Вдоль глухой кирпичной стены теснились два верстака с разбитыми тисками, токарный станок, две деревянные колоды и несколько бочек с горючим. Повсюду валялась разноцветная стружка, куски железа, окурки и тряпки. Кедрин долго осматривался, сцепив руки за спиной, потом грустно спросил:

— Это, значит, мастерская такая?

— Тк да вот... такая, — отозвался Тищенко.

Секретарь вздохнул, тоскливо посмотрел в глаза Мокину. Тот набычился, крепче сжал ящик:

— А где ж твои работнички?

— Тк на пожаре, верно, иль обедают...

Кедрин многозначительно хмыкнул, подошел к машине, заглянул в капот. Заглянул и Мокин. Их внимательно склоненные головы долго шевелились под нависшей крышкой, фуражки сталкивались козырьками. Вдруг секретарь вздрогнул и, тронув Мокина за локоть, ткнул куда-то пальцем. Мокин тоже вздрогнул, что-то оторопело пробурчал. Они, медленно распрямились и снова посмотрели в глаза друг другу. Лица их были бледны.

Тищенко с трудом сглотнул подступивший к горлу комок, прижал руки к груди и забормотал:

— Тк вот, готовимся, товарищ Кедрин к посевной и технику, значит, исправляем, и чтоб в исправности была, чтоб справная, стараемся, чиним, и все в срок, все по плану, вовремя, значит, стараемся...

Кедрин оттопырил губы, покачал головой.

Мокин обошел трактор и остановился возле бочек:

— А это что?

— Бочки. С соляркой и бензином.

Рыжие брови Мокина удивленно полезли вверх — под кожаный козырек.

— С бензином?!

— Угу.

Мокин растерянно посмотрел на секретаря. Тот протянул чуть слышное «дааа» вздохнул и вышел вон.

Мокин подбежал к бочкам:

— И што ж, прям с бензином и стоит?

— Тк стоит, конешно, а как же нам... — встрепенулся было председатель, но Мокин, властно махнул рукой:

— Которая?!

— Тк, наверно, крайняя справа.

Мокин быстро вывинтил крышку, наклонился, понюхал.

— Так и есть. Бензин.

Он шлепнул себя по коленям, ошалело хохотнул и повернулся к председателю:

— У тебя стоит бензин?

— Стоит, конешно...

— В бочке?

— В бочке.

— Просто?!

— Тк, конешно...

— Да как — конешно? Как — конешно, огрызок ты сопатый, раскурица твоя мать!? Ведь вот подошел я, — он порывисто отбежал и театрально подкрался к бочке. — Подошел, значит, и толк! — поднатужившись, он толкнул ногой бочку, она с грохотом опрокинулась, из отверстия хлынул бензин. — И готово!

Тищенко раскрыл рот, растопырив руки, потянулся к растущей луже:

— Тк, зачем же, тк льётся ведь...

Но Мокин вдруг присел на широко расставленных ногах, лицо его окаменело. Он вобрал голову в плечи и, скосив глаза на сторону, выцедил:

— А нннну-ка. А нннну-ка. К еeебееени матери. Быстро. Чтоб духу твоего... пппшёооол!!!

И словно пороховой гарью шибануло из поджавшихся губ Мокина, ноги председателя заплелись, руки затрепетали, он вылетел, чуть не сбив стоящего у ворот Кедрина. Тот цепко схватил его за шиворот, зло зашипел сквозь зубы:

— Кууда... куда лыжи навострил, умник. Стой. Ишь, шустряк-самородок.

И тряхнув пару раз, сильно толкнул. Тищенко полетел на землю. Из распахнутых ворот раздался глухой и гулкий звук, словно десять мужчин встряхнули тяжелый персидский ковер. Внутренности мастерской осветились, из нее выбежал Мокин. Лицо его было в копоти, губы судорожно сжимали папиросу. Под мышкой попрежнему торчал ящик.

— Вот ведь, едрён-матрён Михалыч! Спичку бросил!

Кедрин удивленно поднял брови.

Тищенко взглянул на рвущееся из ворот пламя, вскрикнул и закрыл лицо руками. Мокин растерянно стоял перед секретарем:

— Вот ведь, оказия...

Тот помолчал, вздохнул и сердито шлепнул его по плечу:

— Ладно, не бери в голову. Не твоя вина.

И прищурившись на оранжевые клубы, зло протянул:

— Это деятель наш виноват. Техника безопасности ни к чёрту. Сволочь.

Тищенко лежал на земле и плакал.

Мокин выплюнул папиросу, подошёл к нему, ткнул сапогом:

— Ну ладно, старик, будет выть-то. Всякое бывает. — И не услыша ответа, ткнул сильнее:

— Будет выть-то, говорю!

Председатель приподнял трясущуюся голову.

Кедрин, поигрывая желваками скул, смотрел на горящую мастерскую.

— Эх, мааааа, — Мокин сдвинул фуражку на затылок, поскреб лоб, — во, занялось-то! В один момент.

И вспомнив что-то, поспешно положил ящик на землю, склонился над ним:

— А у нас — стоит, родная, целёхонька! Во, Михалыч! Законы физики!

Кедрин подошел, быстро отыскал на макете мастерскую, протянул руку. Приземистый домик с прочерченными по стенам кирпичами затрещал под пальцами секретаря, легко отстал от фальшивой земли.

Кедрин смял его, швырнул в грязь и припечатал сапогом:

— Ну вот, председатель. И здесь ты виноват оказался. Всё из-за тебя.

— Из-за него, конечно, гниды, — подхватил Мокин, — каб технику безопасности соблюл — рази ж загорелось бы?

Тищенко сидел на земле, бессильно раскинув ноги. Кедрин толкнул его сапогом:

— Слушай, а что это там на холме?

— Анбар, — с трудом разлепил посеревшие губы председатель..

— Зерно хранишь?

— Зерно, картошку семенную...

— И что, много её у тебя? — с издёвкой спросил секретарь.

— Тк хватит, наверно, — косясь на ревущее пламя, Тищенко дрожащей рукой провёл по лицу.

— Хватит? Ну дай-то Бог! — Кедрин зло рассмеялся. — А то может потащишься в район лбом по паркету стучать? Мол всё, что имели — государству отдали, на посев не осталось. Мне ведь порассказали, как вы со старым секретарем шухарились, туфту гнали, да очки втирали. Ты мне, я тебе... Деятели.

Мокин вытирал платком закопченное лицо:

— Старый-то он верно, паскуда страшная был. Говноед. Нархозам потворствовал, с органами не дружил. Самостоятельничал. На собраниях всё свое вякал. Вот и довякался.

Тищенко тяжело поднялся, стал отряхиваться.

Кедрин брезгливо оглядел его — пухлого, лысого, с ног до головы выпачканного землей, потом повернулся к Мокину:

— Вот что, Ефимыч, сбегай-ка ты в амбар, глянь как там. Что к чему.

— Лады! — Мокин кивнул, подхватил ящик и бодро потрусил к амбару. Крыша мастерской затрещала, захрустела шифером и тяжело провалилась внутрь. Пламя хлынуло в прорехи, быстро сомкнулось, загудело над почерневшими стенами.

Тищенко всхлипнул.

Кедрин загородился рукой от наплывающего жара, толкнул председателя:

— Пошли. А то сами сгорим. Веди на ферму.

Тищенко, как лунатик, поплёлся по дороге — оступаясь, разбрызгивая грязь, с трудом выдирая сапоги из коричневой жижи.

Секретарь перепрыгнул лужу и зашагал сбоку — по серой прошлогодней траве.

В пылающей мастерской глухо взорвалась бочка и защёлкал шифер.

Мокин догнал их на спуске в узкий и длинный лог, по склонам сплошь заросший ивняком и орешником. Ломая сапожищами бурьян, он бросился вниз, закричал Кедрину:

— Михалыч!

Секретарь с председателем остановились. Мокин подбежал — запыхавшийся, красный с тем же ящиком-макетом под мышкой. От него пахло керосином.

— Михалыч! Во дела! — забормотал он, то и дело поправляя ползущую на лоб фуражку. — Проверил я, проверил!

— Ну и что? — Кедрин вынул руки из карманов.

— Да умора, бля! — зло засмеялся Мокин, сверкнув рысьими глазами на Тищенко. — Такой порядок — курам на смех! Подхожу к амбару, а он — раскрыт! Возится там какая-то бабища и старик столетний. Я к ним. Вы, говорю, кто такие? Она мне отвечает — я, дескать, кладовщица, а это — сторож. Ну я чин-чинарем спрашиваю их, а что вы делаете, сторож и кладовщица? — Да, — говорят, — зерно смотрим. К посевной. Дескать, где подгнило, где отсырело. Скоро, мол, сортировать начнем. И — снова к мешкам. Шуруют по ним, развязывают, смотрят. Я огляделся — вокруг грязь страшенная, гниль, говно крысиное — не передохнуть. А в углу, значит, стоит канистра и лампа керосиновая. Я снова к бабе. А это, — говорю, — что? Керосин, — говорит, — здесь электричества нет, должно быть крысы провод перегрызли, так вот, — говорит, — приходится лампой пробавляться.

Кедрин помрачнел, по смуглым, поджавшимся щекам его вновь заходили желваки.

— Ну вот, тогда я ящик положил тах-то вот и тихохонько, — Мокин аккуратно опустил ящик на землю и крадучись двинулся мимо секретаря, — тихохонько к мешкам подхожу к развязанным и толк их, толк, толк! — он стал пинать сапогом воздух. — Ну и повалились они, и зерно-то посыпалось. Но скажу тебе прямо, — Мокин набычился, надвигаясь на секретаря. — Говёное зерно, гоооовённое! Серое, понимаешь, — он откинул руку, брезгливо зашевелил короткими пальцами. — Мокрое, пахнет, понимаешь, какой-то блевотиной.

Кедрин повернулся к Тищенко. Председатель стоял ни жив, ни мертв, бледный, как смерть, с отвалившимся, мелко дрожащим подбородком.

— Так вот, — продолжал Мокин, — как зерно посыпалось, эти двое шасть ко мне! Ах ты, — говорят, — сучье вымя, ты, кричат, — грабитель, насильник. Мы тебя сдадим куда надо, народ судить будет. Особенно старик разошелся: бородой трясет, ногами топает. Да и баба тоже. Ну я молчал, молчал, да кааак старику справа — тресь! Он через мешки кубарем. Баба охнула, да к двери. Я ее, шкодницу, за юбку — хвать. Она — визжать. Платок соскочил, я её за седые патлы да как об стену-то башкой — бац! Аж брёвна загудели. Повалилась она, хрипит. Старик тоже в зерне стонет. Тут я им лекцию и прочёл.

Кедрин понимающе закивал головой.

— О технике безопасности, и об охране труда, и о международном положении. Только вижу не действует на их самосознанье ничего — стонут да хрипят по-прежнему, как свиньи голодные! Ну, Михалыч, ты меня знаешь, я человек терпеливый, но извини меня, — Мокин насупился, обиженно тряхнул головой, — когда в душу насрут — здесь и камень заговорит !

Кедрин снова кивнул.

— Ах, кричу, — дармоеды вы, сволочи! Не хотите уму-разуму учиться? Ну тогда я вам на практике покажу, что по вашей халатности случиться может. Схватил канистру с керосином и на зерно плесь! плесь! Спички вынул и поджёг. А сам — вон. Вот и сказ весь, Мокин сглотнул и, переведя дух, тихо спросил, — Дай закурить, что ли...

Кедрин вытащил папиросы. Они закурили. Секретарь, выпуская дым, посмотрел вверх. По бледному голубому небу ползли жиденькие облака. Воздух был тёплым, пах сырой землей и гарью. Слабый ветер шевелил голые ветки кустов.

Секретарь сплюнул, тронул Мокина за плечо:

— Ты на плане отметил?

— А как же! — встрепенулся тот. — Прямо как выскочил сразу и выдрал.

Он протянул Кедрину ящик. На месте амбара было пусто — лишь остался светлый прямоугольник со следами вырванных с корнем стен.

— Полюбуйся, подлец, на свою работу! — крикнул секретарь.

Мокин повернулся к Тищенко и медленно поднял ящик над головой. Солнце сверкнуло в полоске стеклянной речки. Тищенко закрыл глаза и попятился.

— Что, стыд берёт? — Кедрин бросил в траву искусанный окурок, тронул за плечо оцепеневшего Мокина. — Ладно, пошли Петь....

Тот сразу обмяк, бессильно опустил ящик, заскрипел кожей:

— За этой гнидой? На ферму?

— Да.

— Ну пошли — так пошли, — Мокин лениво подхватил ящик и погрозил кулаком председателю. Тот пошатнулся и двинулся вниз вобрав голову в плечи, поминутно оглядываясь.

Дно оврага было грязным и сырым. Здесь стояла чёрная вода с остатками снега. От нее тянуло холодом и пахло мокрым тряпьём. То здесь, то там попадались неряшливые предметы: ржавая спинка кровати, консервные банки, бумага, бутылки, доски, полусожженные автопокрышки. Тищенко осторожно обходил их, косился, оглядывался и брёл дальше. Он двигался, словно плохо починенная кукла, спрятанные в длинные рукава руки беспомощно болтались, лысая голова ушла в плечи, под неуверенно ступающими сапогами хлюпала вода и хрустел снег. Кедрин с Мокиным шли сзади — громко переговаривались, выбирали места посуше.

Возле торчащего из пожухлой травы листа жести они остановились, не сговариваясь, откинули полы и стали растегивать ширинки.

— Эй, Иван Сусанин, — крикнул Мокин в грязную спину Тищенко. — Притормози.

Председатель остановился.

— Подходи, третьим будешь. Я угощаю, — Мокин рыгнул и стал выписывать лимонной струей на ржавом железе кренделя и зигзаги. Струя Кедрина — потоньше и побесцветней — ударила под загнувшийся край листа, в чёрную, гневно забормотавшую воду.

Тищенко робко подошел ближе.

— Что, брезгуешь компанией? — Мокин тщетно старался смыть присохший к жести клочок газеты.

— Тк не хочу я, просто не хочу...

— Знаааем! Не хочу. Кабы нас не было — захотел. Правда, Михалыч?

— Захотел бы, конечно. Он такой.

— Так, что вы, тк...

— Да скажи прямо — захотел бы!

— Тк нет ведь...

— Захотел бы! Ой захотееел! — Мокин долго отряхивался, раскорячив ноги. Застегнувшись, он вытер руку о галифе и продекламировал:

— На севере диком. Стоит одиноко. Сосна.

Кедрин, запахивая пальто, серьезно добавил:

— Со сна.

Мокин заржал.

Тищенко съёжился, непонимающе переступил.

Кедрин поправил кепку, пристально посмотрел на него:

— Не дошло?

Председатель заискивающе улыбнулся, пожал плечами.

— Так до него, Михалыч, как до жирафы, — Мокин обхватил Кедрина за плечо, дружески качнул. — Не понимает он, как мы каламбурим.

— Как мы калом бурим, — улыбнувшись, добавил секретарь.

Мокин снова заржал, прошлёпал по воде к Тищенко и подтолкнул его:

— Давай, топай дальше, Сусанин.

Ферма стояла на небольшом пустыре, обросшем по краям чахлыми кустами. Пустырь — вытоптанный, грязный, с двумя покосившимися телеграфными столбами был огорожен грубо сколоченными жердями.

Тищенко первый подошел к изгороди, налег грудью и, кряхтя, перелез. Мокин с Кедриным остановились:

— Ты что, всегда так лазиешь?

— Тк, товарищ Кедрин, калиток-то не напасёшься — сломают. А жердь — она надёжнее.

Тищенко поплевал на руки и принялся тереть ими запачканный ватник.

— Значит нам прикажешь за тобой?

— Тк конешно, а как же.

Секретарь покачал головой, что-то соображая, потом схватился за прясло и порывисто перемахнул его. Мокин передал ему ящик и неуклюже перевалился следом.

Тищенко поплелся к ферме.

Длинная и приземистая, она была сложена из белого осыпающегося кирпича и покрыта потемневшим шифером. По бокам ее тянулись маленькие квадратные окошки. На деревянных воротах фермы висел похожий на гирю замок. Тищенко подошел к воротам, порывшись в карманах, вытащил ключ с продетой в кольцо бечёвкой, отомкнул замок и потянул за железную скобу, вогнанную в побуревшие доски вместо дверной ручки.

Ворота заскрипели и распахнулись.

Из темного проема хлынул тяжёлый смрад разложившейся плоти.

Кедрин поморщился и отшатнулся. Мокин сплюнул:

— Ты что ж, не вывез дохлятину?

— Тк да, не вывез, — потупившись, пробормотал Тищенко. — Не успели. Да и машин не было.

Мокин посмотрел на Кедрина и шлепнул свободной рукой по бедру:

— Михалыч! Ну как тут спокойным быть? Как с таким говном говорить?

— С ним не говорить. С ним воевать нужно, — поигрывая желваками, Кедрин угрюмо всматривался в темноту.

Мокин повернулся к председателю:

— Ты что, чёрт лысый, не смог их в овраг, сволочь, да закопать ?

— Тк, ведь по инструкции-то...

— Да какая тебе инструкция нужна?! Вредитель, сволочь!

Мокин размахнулся, но секретарь вовремя перехватил его руку:

— Погоди, Петь. Погоди.

И пересиливая вонь, шагнул в распахнутые ворота — на грязный бетонный пол фермы.

Внутри было темно и сыро. Узкий коридор, начинавшийся у самого входа, тянулся через всю ферму, постепенно теряясь в темноте. По обеим сторонам коридора лепились частые клети, обитые досками, фанерой, картоном и жестью. Дверцы клетей были лихо пронумерованы синей краской. Сверху нависали многочисленные перекрытия, подпорки и балки, сквозь сумрачные переплетения которых различались полоски серого шифера. Бетонный пол был облеплен грязными опилками, соломой, землёй и растоптанным кормом. Раскисший, мокрый корм лежал и в жестяных желобках, тянущихся через весь коридор вдоль клетей.

Кедрин подошел к жёлобу и брезгливо заглянул в него. В зеленоватой, подернутой плесенью жиже плавали картофельные очистки, силос и разбухшее зерно.

Сзади осторожно подошел Мокин, заглянул через плечо секретаря:

— Эт что, он этим их кормит?

Кедрин что-то буркнул, не поворачиваясь, крикнул Тищенко:

— Иди сюда!

Еле передвигая ноги, председатель прошаркал к нему.

Секретарь в упор посмотрел на него:

— Почему у тебя корм в таком состоянии?

— Тк ведь и не...

— Что — не?

— Не нужон он больше-то корм...

— Как это — не нужон?

— Тк кормить-то некого...

Кедрин прищурился, словно вспоминая что-то, потом вдруг побледнел, удивленно подняв брови:

— Постой, постой... Значит у тебя...Как?! Что — все?! До одного?!

Председатель съёжился, опустил голову:

— Все, товарищ Кедрин.

Секретарь оторопело шагнул к крайней клети. На её дверце красовался корявый, в двух местах потекший номер: 98.

Кедрин непонимающе посмотрел на него и обернулся к Тищенко:

— Что — все девяносто восемь? Девяносто восемь голов?!

Председатель стоял перед ним — втянув голову в плечи и согнувшись так сильно, словно собирался ткнуться потной лысиной в грязный пол.

— Я тебя спрашиваю, сука! — закричал Кедрин. — Все девяносто восемь?! Да?!

Тищенко выдохнул в складки ватника:

— Все...

Мокин схватил его за шиворот и тряхнул так, что у председателя лязгнули зубы.

— Да что ты мямлишь, гадёныш, говори ясней! Отчего подохли? Когда? Как?

Тищенко вцепился рукой в собственный ворот и забормотал:

— Тк от ящура, все от ящура, мне ветеринар говорил, ящур всех и выкосил, а моей вины-то нет, граждане, товарищи дорогие, — его голос задрожал, срываясь в плачущий фальцет. — Я ж ни при чём здесь, я ж всё делал и корма хорошие, и условия, и ухаживал, и сам на ферму с утра пораньше, за каждым следил, каждого наперечёт знаю, а это...ящур, ящур, не виноват я, не виноват и не...

— Ты нам Лазаря не пой, гнида! — оборвал его Мокин. — Не виноват! Ты во всём не виноват! Правление с мастерской сгорели не виноват! В амбар красного петуха пустили — не виноват! Вышка рухнула — не виноват!

— Враги под носом живут — тоже не виноват, — вставил Кедрин.

— Тк ведь писал я на них в райком-то, писал! — завыл Тищенко.

— Писал ты, а не писал! — рявкнул Мокин, надвигаясь на него. — Писал! А по-просту — ссал!! На партию, на органы, на народ! На всех нассал и насрал!

Тищенко закрыл лицо руками и зарыдал в голос. Кедрин вцепился в него, затряс:

— Хватит выть, гад! Хватит! Как отвечать — так в кусты! Москва слезам не верит!

И оглянувшись на крайнюю клеть, снова тряхнул валившегося и воющего председателя:

— Это девяносто восьмая? Да не падай ты, сволочь.... А где первая? Где первая? В том конце? В том, говори?!

— В тоооом...

— А ну пошли. Ты божился, что всех наперечёт знаешь, пойдем к первой! Помоги-ка, Петь!

Они вцепились в председателя, потащили по коридору в сырую вонючую тьму. Голова Тищенко пропала в задравшемся ватнике, ноги беспомощно волочились по полу. Мокин сопел, то и дело подталкивая его коленом. Чем дальше продвигались они, тем темнее становилось. Коридор, казалось, суживался, надвигаясь с обеих сторон бурыми дверцами клетей. Под ногами скользило и чмокало.

Когда коридор упёрся в глухую дощатую стену, Кедрин с Мокиным остановились, отпустили Тищенко. Тот грохнулся на пол и зашевелился в темноте, силясь подняться. Секретарь приблизился к левой дверце и, разглядев еле различимую горбатую двойку, повернулся к правой:

— Ага. Вот первая.

Он нащупал задвижку, оттянул её и ударом ноги распахнул осевшую дверь. Из открывшегося проема хлынул мутный пыльный свет и вместе с ним такая густая вонь, что секретарь, отпрянув в темноту, стал оттуда разглядывать клеть. Она была маленькой и узкой, почти как дверь. Дощатые, исцарапанные какими-то непонятными знаками стены подпирали низкий потолок, сбитый из разнокалиберных жердей. В торцевой стене было прорезано крохотное окошко, заложенное осколками мутного стекла и затянутое гнутой решёткой. Пол в клети покрывал толстый, утрамбованный слой помёта, смешанного с опилками и соломой. На этой темно-коричневой, бугристой, местами подсохшей подстилке лежал скорчившийся голый человек. Он был мертв. Его худые, перепачканные пометом ноги подтянулись к подбородку, а руки прижались к животу. Лица человека не было видно из-за длинных лохматых волос, забитых опилками и комьями помета. Рой проворных весенних мух висел над его худым, позеленевшим телом.

— Тааак, — протянул Кедрин, брезгливо раздувая ноздри, — первый...

— Первый, — набычась, Мокин смотрел из-за плеча секретаря, — Вишь скорёжило как его. Довёл, гнида... Ишь худой-то какой.

Кедрин что-то пробормотал и стукнул кулаком по откинутой двери:

— А ну-ка, иди сюда!

Мокин отстранился, пропуская Тищенко. Кедрин схватил председателя за плечо и втолкнул в клеть:

— А ну-ка, родословную! Живо!

Тищенко втянул голову в плечи и, косясь на труп, забормотал:

— Ростовцев Николай Львович, тридцать семь лет, сын нераскаявшегося вредителя, внук эмигранта, правнук уездного врача, да врача... поступил два года назад из Малоярославского госплемзавода.

— Родственники! — Кедрин снова треснул по двери.

— Сестра — Ростовцева Ирина Львовна использована в качестве живого удобрения при посадке Парка Славы в городе Горьком.

— Братья!

— Тк нет братьев.

— Тааак, — секретарь, оттопырив губу, сосредоточенно пробарабанил костяшками по двери и кивнул Тищенко:

— Пошли во вторую.

Клеть №2 была точь-в-точь как первая. Такие же шершавые, исцарапанные стены, низкий потолок, загаженный пол, мутное зарешёченное окошко. Человек №2 лежал посередине пола, раскинув посиневшие руки и ноги. Он был также волосат, худ и грязен, остекленевшие глаза смотрели в потолок. Теряющийся в бороде рот был открыт, в нем шумно копошились весенние мухи.

Стоя на пороге, Кедрин долго рассматривал труп, потом окликнул Тищенко:

— Родословная!

— Шварцман Михаил Иосифович, сын пораженца второй степени, внук левого эсера, правнук богатого скорняка. Брат — Борис Иосифович — в шестнадцатой клети. Поступили оба семь месяцев назад из Волоколамского госплемзавода...

Кедрин сухо кивнул головой.

— А что это они у тебя грязные такие? — спросил Мокин, протискиваясь между секретарем и председателем, — Ты что — не мыл их совсем?

— Как же, — спохватился Тищенко. — Как же не мыл-то, каждое воскресенье, все по инструкции, из шланга поливали регулярно. А грязные, тк это ж потому, что подохли в позапрошлую пятницу, тк и мыть-то рожна какого, вот и грязные...

Мокин оттолкнул его плечом и повернулся к Кедрину:

— Во, Михалыч, сволочь какая! Лишний раз со шлангом пройтись тяжело! Какого рожна? Зачем мне? Для чего? А сколько мне заплатят? — он плаксиво скривил губы, передразнивая Тищенко.

— Тк ведь...

— Заткнись, гад! — Мокин угрожающе сжал кулак. Председатель попятился в темноту.

— Ты член партии, сволочь? А? Говори, член?!

— Тк, а как же, тк член, конечно...

— Был членом, — жестко проговорил Кедрин, захлопнул дверь и подошел к следующей.

— Третья.

Скорчившийся человек №3 лежал, отвернувшись к стене. На его желто-зеленой спине отчетливо проступали острые, готовые прорвать кожу лопатки, ребра и искривлённый позвоночник.

Две испачканные кровью крысы выбрались из сплетений его окостеневших, поджатых к животу рук, и не торопясь скрылись в дырявом углу. Нагнув голову, Кедрин шагнул в клеть, подошел к трупу и перевернул его сапогом. Труп — твердый и негнущийся — тяжело перевалился, выпустив из-под себя чёрный рой мух. Лицо мертвеца было страшно обезображено крысами. В разъеденном животе поблескивали сиреневые кишки.

Кедрин сплюнул и посмотрел на Тищенко:

— А это кто?

— Микешин Анатолий Семенович, сорок один год, сын пораженца, внук надкулачника, правнук сапожника, прибыл четыре.. нет, вру, пять. Пять лет назад. Сёстры — Антонина Семеновна и Наталья Семеновна содержатся в Усть-Каменогорском нархозе...

— Они-то небось действительно содержатся. Не то что у тебя, — зло пробурчал Мокин, разглядывая изуродованный труп, — Ишь крыс развёл. Обожрали всё еще живого, небось...

Кедрин вздохнул, вышел из клети, кивнул Мокину:

— Петь, открой четвертую.

Мокин отодвинул задвижку, распахнул неистово заскрипевшую дверь:

— Во, бля, как недорезанная...

Четвёртый затворник сидел в правом углу, возле окошка, раскинув ноги, оперевшись кудлатой головой о доски. Его узкое лицо с открытыми глазами казалось живым и полным смысла, но зеленые пятна тления на груди и чудовищно вздувшийся, не вяжушийся с его худобой живот свидетельствовали о смерти.

Секретарь осторожно вошёл, присел на корточки и всмотрелся в него. Судя по длинным ногам, мускулистым рукам и широкой груди, он был, вероятно, высоким и сильным человеком. В его лице было что-то заячье, — то ли от жидкой, кишащей мухами бороды, то ли от приплюснутого носа. Высокий с залысинами лоб был бел. Глаза, глубоко сидящие в сине-зеленых глазницах смотрели неподвижно и внимательно. Кисть левой руки мертвеца была перебинтована тряпкой.

Тищенко просунул голову в дверь и забормотал:

— А это, товарищ Кедрин, Калашников Геннадий... Петрович. Петрович. Сын вырожденца, внук врага народа, правнук адвоката.

Стоящий за ним Мокин хмыкнул:

— Во, падла какая!

Кедрин вздохнул и, запрокинув голову, стал разглядывать низкий щербатый потолок:

— Родственники есть?

— Нет.

— Небось за троих работал?

— Этот? — Тищенко оживился. — Тк, что вы, товариш Кедрин. Болявый был. Чуть што сожрал не то — запоносит и неделю пластом. Да руку ещё прищемил. Это он на вид здоровый. А так — кисель. Я б давно его на удобрение списал, да сами знаете, — он сильнее просунулся в дверь, доверительно прижал к груди тонущие в рукавах руки, — Списать-то — спишешь, а замену выбить — вопрос! В район ехать надо. Просить.

Кедрин поморщился, тяжело приподнялся:

— Для тебя, конечно, лишний раз в район съездить — вопрос. Привык тараканом запечным жить.

— Привык, — протянул из темноты Мокин. — Хата с краю, ничего не знаю.

— И знать не хочу, — секретарь подошел к стене и стукнул по доскам сапогом, — Гнильё какое. Как они у тебя не сбежали. Ведь все на соплях.

Он отступил и сильно ударил в стену ногой. Две нижние доски сломались.

— Вот это даааа! — Кедрин засмеялся, сокрушительно покачал головой. — Смотри, Петь!

Мокин оттолкнул Тищенко, вошел в клеть:

— Мать моя вся в саже! Да ее ж пальцем проперетъ можно! Ты что ж, гнида, и на досках экономил, а?

Он повернулся к Тищенко. Тот отпрянул в тьму.

— Чо пятишься, лысый чёрт! А ну иди сюда!

Чёрная куртка Мокина угрожающе заскрипела. Он схватил Тищенко, втащил в клеть:

— Полюбуйся на свою работу!

Председатель засопел, забился в угол.

Кедрин еще раз пнул стенку. Кусок нижней доски с хрустом отлетел в сторону. В тёмном проёме среди земли и червячков крысиного помёта что-то белело. Кедрин нагнулся и вытащил аккуратно сложенный вчетверо кусочек бумаги. Мокин подошел к нему. Секретарь расправил листок. Он был влажный и остро пах крысами.

В середине теснились частые строчки:

Сумерки отмечены прохладой,
Как печатью — уголок листка.
На сухие руки яблонь сада
Напоролись грудью облака.

Ветер. Капля. Косточка в стакане.
Непросохший слепок тишины.
Клавиши, уставши от касаний,
С головой в себя погружены.
Их не тронуть больше. Не пригубить
Белый мозг. Холодный рафинад.
Слитки переплавленных прелюдий
Из травы осколками горят.

По мере того, как входили в Кедрина расплывшиеся слова, лицо его вытягивалось и серело. Мокин напряженно следил за ним, непонимающе шаря глазами по строчкам.

Кедрин перечитал еще раз и посмотрел на Тищенко. Лицо секретаря стало непомерно узким. На побелевшем лбу выступила испарина. Не сводя широко раскрытых глаз с председателя, он дрожащими руками скомкал листок. Тищенко — белый, как полотно, с открытым ртом и пляшущим подбородком двинулся к нему из угла, умоляюще прижав руки к груди. Кедрин размахнулся и со всего маха ударил его кулаком в лицо. Председатель раскинул руки и шумно полетел на пол — под грязные сапоги подскочившего начальника районного ГБ.

Мокин бил быстро, сильно и точно; фуражка слетела с его головы, огненный чуб рассыпался по лбу:

— Хы бля! Хы бля! Хы бля!

Тищенко стонал, вскрикивал, закрывался руками, пытался ползти в угол, но везде его доставали эти косолапые, проворные сапоги, с хряском врезающиеся в живот, в грудь, в лицо.

Кедрин горящими глазами следил за избиением, тряс побелевшим кулаком:

— Так его, Петь, так его, гада...

Вскоре председатель уже не кричал и не стонал, а свернувшись кренделем тяжело пыхтел, хлюпал разбитым ртом.

Напоследок Мокин откочил к дверце, разбежался и изо всех сил пнул его в ватный живот. Тищенко ухнул, отлетел к стене и, стукнувшись головой о гнилые доски, затих.

Мокин прислонился к косяку, тяжело дыша. Лицо его раскраснелось, янтарный чуб приклеился к потному лбу:

— Все, Михалыч, уделал падлу...

Кедрин молча хлопнул его по плечу.

Мокин зло рассмеялся, провел рукой по лицу:

— Порядок у него! Для порядку! Сссука...

Секретарь достал «Беломор», щёлкнул по дну, протянул Мокину. Тот схватил вылезшую папиросу, громко продул, сунул в зубы. Чиркнув спичкой, Кедрин поджёг скомканный листок, поднес Мокину. Тот прикурил, порывисто склонившись:

— А ты, Михалыч?

— Не хочу. Накурился, — сдержанно улыбнулся секретарь, бросил горящий листок на сломанные доски и вытянул из кармана смятый вымпел.

— Образцовое хозяйство! — Мокин икнул и отрывисто захохотал.

Секретарь брезгливо тряхнул шёлковый треугольник, что-то пробормотал и осторожно положил его на горящий листок. Шёлк скорчился, стал проростать жадными язычками.

Кедрин осторожно придвинул доски к проломленной стене. Пламя скользнуло по грязному дереву, заколебалось, неторопливо потянулось вверх. Доски затрещали.

Мокин улыбнулся, шумно выпустил дым:

— Ишь. Горит...

— Что ж ты хочешь, имеет право, — отозвался Кедрин.

— Имеет, а как же, — Мокин нагнулся ища свалившуюся фуражку. Она — грязная, истоптанная валялась возле ноги мертвеца.

— Фу ты, ёб твою... — Мокин брезгливо приподнял её двумя пальцами. — Вишь, сам же и затоптал. Ну не мудило я?

Кедрин посмотрел на фуражку, покачал головой:

— Даааа. Разошёлся ты. Чуть голову не потерял.

— Голову — ладно! Новая отрастет! — Мокин засмеялся. — А эту больше не оденешь. Вишь! Вся в говне. Не стирать же...

— Это точно.

Мокин взял фуражку за козырек, помахал ей:

— Придется, Михалыч, тут оставить. Жмурикам на память.

Он шагнул к мертвецу, с размаха нахлобучил фуражку ему на голову:

— Носи на здоровье!

Две доски над проломом уже занялись— неяркое, голубоватое пламя торопливо ползло по ним. Клеть наполнялась дымом. Он повисал под грубым потолком мутными, вяло шевелящимися волокнами.

Секретарь сунул руки в карманы:

— Ну что, пошли?

— Идем, — ответил Мокин, отмахиваясь от дыма. — А то уж глаза щипит. Как в бане. Доски-то сырые. — Он вышел в коридор, поднял лежащий возле двери макет. Кедрин шагнул вслед за ним, но на пороге оглянулся, посмотрел на мертвеца. Он сидел в той же позе — раскинув ноги, выпятив распухший зеленый живот. Из-под косо нахлобученной фуражки торчали грязные волосы. Дым плавал возле лица, оживляя его заячьи черты. Кедрину показалось, что мертвец скупо плачет и, тужась, давясь мужскими слезами, мелко трясёт лохматой бородой.

Тищенко по-прежнему неподвижно лежал возле стены.

— Пошли, Михалыч, — раздался по коридору голос удаляющегося Мокина. — Чо там смотреть? Все ясно...

Кедрин повернулся и зашагал вслед за ним.

Выйдя из ворот, они долго щурились на непривычно яркое солнце, тёрли глаза, привыкшие к темноте.

Кедрин закурил.

— Слава яйцам, на воздух выбрались! — рассмеялся Мокин, — а то я уж думал — век вековать будем в этой вонище.

Кедрин сумрачно молчал, гоняя папиросу по углам скупого рта. Скулы его напряглись, бугрились желваками. Мокин хлопнул его по плечу:

— Ну, что насупился, Михалыч? Эта падла тебя расстроила? Да плюнь ты! Плюнь! — Мокин тряхнул его, — И так день, да ночь голову ломаешь — лица на тебе нет. Побереги себя. Ты ж нам нужен — он улыбнулся, захлопал поросячьими ресницами и тихо, вкрадчиво добавил: — Мы ж без тебя никак.

Секретарь вздрогнул, взглянул на Мокина и, скупо улыбнувшись, обмяк, обнял его:

— Спасибо, Петь, спасибо.

И растерянно почесав щеку, кивнул ему:

— Ты отметь на макете.

— Что, пора, ты думаешь?

— Конечно, — обернувшись, секретарь посмотрел в распахнутые ворота фермы. Там, в глубине наполнявшегося дымом коридора уже скупо поблескивало пламя.

Мокин положил ящик на землю, отодрал длинную копию фермы, передал Кедрину. Тот повертел в руках аккуратный домик, осторожно переломил его пополам и заглянул внутрь:

— Ты смотри, и клети даже есть. Как он в них клопов не рассадил! Айвазовский...

Секретарь швырнул обе половинки в коридор:

— Пусть горят вместе с настоящей.

— Точно! — Мокин подхватил ящик и шлёпнул Кедрина по плечу. — А теперь, Михалыч, пошли отсюда к едрени Фени.

Секретарь обнял скрипучие плечи Мокина, тот в свою очередь его. Они зашагали было по залитому солнцем выгону, но слабый стон сзади заставил их обернуться.

На пороге фермы, обхватив косяк, стоял Тищенко. Ватник его тлел, исходя дымом. Лицо председателя было изуродовано до неузнаваемости.

— Очухался, — удивлённо протянул Кедрин. Мокин оторопело посмотрел на председателя, хмыкнул:

— Я ж тебе говорил, Михалыч, они, как кошки, живучи.

— Дааа, — покачал головой побледневший Кедрин и ненатурально засмеялся. — Силён, брат!

Покачиваясь и стоная, Тищенко смотрел на них заплывшими глазами. Кровь из разбитого рта текла по его подбородку, капала на ватник. Сзади из прогорклой тьмы коридора наползал дым, клубился и, медленно переваливаясь через притолоку, исчезал в солнечном воздухе.

Улыбка сошла с лица Кедрина. Он помрачнел, сунул руки в карманы:

— Ну, что, Аника-воин, отлежался?

Председатель по-прежнему пошатывался и стонал.

— Чего бормочешь? — повысил голос секретарь. — Я спрашиваю отлежался?

Тищенко кивнул головой и всхлипнул.

— Вот и хорошо, — Кедрин облегчённо вздохнул, надвинул на глаза кепку. — Давай, топай за нами. Живо.

И повернувшись, зашагал к изгороди.

Мокин погрозил председателю кулаком и поспешил за секретарем. Тищенко отпустил косяк, качнулся и поплёлся следом.

Через час, хрустя мокрыми, слабо дымящимися головешками, Кедрин забрался на фундамент правления, поправил кепку и молча оглядел собравшихся.

Они стояли кольцом вокруг пепелища — бабы со скорбными лицами, в платках, в плюшевых пиджаках и фуфайках, кудлатые окаменевшие мужики в ватниках и белобрысые ребятишки.

Кедрин махнул рукой. Толпа зашевелилась и Мокин вытолкнул из нее Тищенко. Председатель упал, растопырив руки, тяжело поднялся и полез через головешки к секретарю. Кедрин ждал, сцепив за спиной руки.

Вскарабкавшись на крошащиеся кирпичи, Тищенко стал в трех шагах от Кедрина — грязный, опалённый, с чудовищно распухшим лицом. Секретарь помедлил минуту, скользнул глазами по выжидающе молчащей толпе, потом поднял голову и заговорил:

— Корчевали. Выжигали. Пахали. Сеяли. Жали. Молотили. Мололи. Строгали. Кололи. Кирпичи клали. Дуги гнули. Лыки драли. Строили... И что же? — он прищурился, покачал головой. — Кадушки рассохлись. Плуги сломались. Цепи распались. Кирпичи треснули. Рожь не взошла...

Маленькая баба в долгополом пиджаке, стоящая возле набычившегося Мокина, всхлипнула и заревела.

Кедрин вздохнул и продолжал:

— Вздумали крышу класть шифером — дор сгнил. Захотели класть дором — шифер потрескался...

Высокий седобородый старик крякнул и сокрушительно качнул головой.

— Заложили фундамент — дом осел. Высушили доски — покривились. Печь затопили — дым в избу пошёл. Ссыпали картошку в подпол — вся померзла...

Другая баба заплакала, закрыв лицо руками. Белобрысый сынишка ткнулся в ее зеленую юбку, заревел.

Тищенко беззвучно затрясся, втянув голову в плечи.

— А лошадь запрягли — гужи лопнули. А сено повезли — воз перевернулся...

Скуластый мужик жалобно потянул носом, скривил дёргающийся рот.

Кедрин снова вздохнул:

— И не поправить. И не повернуть. И не выдернуть.

В толпе уже многие плакали, вытирали слезы.

Кедрин уперся подбородком в грудь, помолчал и вдруг вскинул вверх бледное, подобравшееся лицо, полоснул толпу загоревшимися глазами.

— А братья?! А соседи! А работа каждодневная? В Устиновском нархозе брёвна в землю вогнали, встали на них, руки раскинули и напряглись! Напряглись! В Светлозарском — грабли, самые простые грабли в навоз воткнули, водой окропили и растут! Растут! А Устьболотинцы?! Кирпич на кирпич, голову на голову, трудодень на трудодень! И результаты, конечно, что надо! А мы? Река-то до сих пор ведь сахара просит! Поля, что опять хером пахать будем?! Утюгу кланяться, да на ежа приседать? Оглядываться, да на куму валить?! Крыльцо молоком промывать?!

Толпа насторожилась.

— Моё — на моём! Его — на его! Её— на её! Ихнее — на ихнем! Но наше, наше-то — на нашем! На на-шем, ёб вашу мать!

Толпа одобрительно загудела. Седобородый старик затряс бородой, заблестел радостными, полными слёз глазами:

— Правильно, сынок! На беспалую руку не перчатку надобно искать, а варежку! Так-то!

Кедрин сорвал с головы фуражку, скомкав, махнул над толпой:

— Раздавить — не сложно! Расплющить — сложнее!

— И расплющим, родной! — заголосила толстая баба в рваном ватнике,— кровью заблюем, а расплющим!

— Рааасплююющииим! — заревела толпа.

— Вы же радио слушаете, газеты читаете! — кричал секретарь, размахивая фуражкой. — Вам слово сказать — и маховики закрутятся, руку приложить — и борова завоют!

— И приложим, ещё как приложим! — заревели мужики.

— У вас бревно поперек крыши легло!

— Повернёооом!

— Говно в кашу попало!

— Вынееем!

— Творог на пол валится!

— Подберёёооом!

— Репа лебедой заросла!

— Прополееем!

— Прополем, милай, прополем! — завизжала все та же толстая баба. — Я те так скажу, — она выскочила из толпы, потянулась заскорузлыми руками к Кедрину, — У меня семеро дитёв, две каровя, телушка, свинья, подсвинок, гуси да куры! И сама-то не блядь подзаборная — чаво морщины считать! Коль спину распрямили — руки гнуть, чугуны таскать, да лбом стучаться заслужила! А коль не потворствовать — пересилим! Выдюжим!

— Выыыдюжииииим! — заревела толпа.

Хромой чернобровый старик протиснулся вперед, размахивая руками, захрустел головешками:

— Я башкой стену проломил, под танк клешню сунул и вот,— трясущейся рукой он вцепился в отворот пиджака, тряхнул гроздью тусклых медалей. — Получил и помню, как надо. Не о себе печемся, а коль хватит — запрягём да поедем!

И всхлипнув, вытянул жилистую шею, заголосил по-бабьи тонко:

— Поедиииим! А то ишь! Прикипели! Запаршивели! Нееет! Раскуем! Захотиииим!

— Захотим! — зашумели вокруг.

Кедрин обвел толпу радостно слезящимися глазами, тряхнул головой и поднял руку. Толпа затихла.

Он смахнул слезы, проглотил подступивший к горлу комок и тихо проговорил:

— Я просил принести полведра бензина.

Толпа расступилась, пропуская мальчика в рваном ватнике и больших, доходящих ему до паха сапогах. Скособочившись, склонив набок стриженую голову, он нес ведро, наполовину наполненное бензином. На ведре было коряво выведено: ВОДА.

Пробравшись к фундаменту, мальчик протянул ведро секретарю. Тот подхватил его, поставил рядом, не торопясь достал из кармана спички.

Толпа ждала, замерев.

Кедрин чиркнул спичкой, поднес ее к лицу и, пристально разглядывая почти невидимое пламя, спросил:

— Откуда ведёрко?

Мальчик, не успевший юркнуть в толпу, живо обернулся:

— У дяди Тимоши в сенях стояло.

Кедрин многозначительно кивнул, повернулся к понуро стоящему Тищенко.

— Дядя Тимоша. Это твое ведро?

Председатель съёжился, еле слышно прошептал разбитыми губами:

— Моё... то есть наше. С фермы. Поили из него.

Секретарь снова кивнул и спросил:

— А как ты думаешь, дядя Тимоша, вода горит?

Тищенко всхлипнул и замотал головой.

— Не горит, значит?

Давясь слезами, председатель снова мотнул головой.

Кедрин вздохнул и бросил догорающую спичку в ведро. Бензин вспыхнул. Толпа ахнула.

Тищенко открыл рот, качнулся:

— Тк ведь...

Кедрин обратился к толпе:

— Что написано на ведре?

— Водаааа!

— Вода — горит?

— Нееет!

— Кого поили из этого ведра?

— Скоооот!

— Скот — это засранные и опухшие?

— Даааа!

— Вода — горит?

— Нееет!

— Этот, — секретарь ткнул пальцем в сторону Тищенко, — засранный?

— Даааа!

— Опухший?

— Даааа!

— Кого поили из ведра?

— Скоот!

— Это засранные и опухшие?

— Даааа!

— Вода — горит?

— Нееeет!

— А что написано на ведре?

— Водааааа!

— А этот — засранный?

— Даааа!

— Опухший?

— Даааа!

— Так кто же он?

— Скooот!

— А что написано на ведре?

— Водаааа!

— Ну, а вода — горит?! — оглушительно закричал секретарь, наливаясь кровью.

— Неееeет!

— А этот, этот, что стоит перед вами — кто он, кто он, я вас спрашиваю, а?!

Стоящие набрали в легкие побольше воздуха и выдохнули:

— Скoooоот!

— А что написано на ведре?!

— Водаааа!

— Ну, а вода, вода-то, горит, я вас спрашиваю?! — секретарь трясся, захлёбываясь пеной.

— Нееeет!

— Кого поили из ведра?

— Скooooт!

— Значит — этого?

— Даааа!

— Поили?

— Даааа!

— Поят?

— Даааа!

— Будут поить?

— Даааа!

— Сейчас или завтра?

Толпа непонимающе смолкла. Мужики недоумевающе переглядывались, шевелили губами. Бабы испуганно шептались.

— Ну, что притихли? — улыбнулся Кедрин, — сейчас или завтра?

— Сейчас, — робко пискнула какая-то баба и тут же поправилась, — а мож и завтря!

— Значит — сейчас? — улыбаясь, Кедрин разглядывал толпу.

— Сейчас, — прокричало несколько голосов.

— Сейчас?

— Сейчас!

— Сейчас?!

— Сейчааас! — заревела толпа.

— Поить?

— Поиииить!

— Да?

— Даааа!

Секретарь подхватил ведро и выплеснул на председателя горящий бензин. Вмиг Тищенко оброс клубящимся пламенем, закричал, бросился с фундамента, рванулся через поспешно расступившуюся толпу.

Ветер разметал пламя, вытянул его порывистым шлейфом.

С невероятной быстротой объятый пламенем председатель пересек вспаханное футбольное поле, мелькнул между развалившимися избами и полёгшими ракитами и скрылся за пригорком.

Среди общего молчания раздался сухой и короткий звук ломающихся досок. Звук повторился.

Толпа зашевелилась и испуганно раступилась вокруг Мокина. Сопя и покрякивая, он старательно крушил сапогами брошенный в грязь ящик.

7 — 29 мая 1948 года

М.К.

— Да...

— Что?

— Суровый рассказ...

— Что, не понравился?

— Да нет, я не говорю что плохой... вобщем-то нормальный...

— Страшноватый только?

— Ага.

— Ну, что ж поделаешь, время такое было..

— Нет, ну там же фантастики много, не только время...

— Да. Он достаточно фантастичный.

— Ага...

— Но в принципе тебе понравился?

— А тебе?

— Да.

— Ну и мне тоже... только страшновато как-то...

— Зато интересно.

— Ага... вот интересно, кто такой был этот М.К.?

— Ну, разве узнаешь... может он и профессионалом не был.

— Да.... А может и был...

— Может и был.

— Неужели действительно он столько лет в земле пролежал?

— Выходит что так.

— С ума сойти...

— Да...

— Но вообще-то, все-таки как-то страшновато....

— Да. Он суровый.

— Уж больно много всего. И мертвецы эти гнилые... бррррр!

— С мертвецами... это точно...

— И макет... забавно....

— Но это получше письма тютчевского?

— Да, конечно. Помощней.

— Ну вот и хорошо.

— Ага...

— Так значит оставим его?

— Его? Ну, это тебе решать...

— Ну, я тоже толком не знаю...

— Вообще, ты знаешь, если начистоту... понимаешь, есть в нем, ну...

— Что?

— Ну, не знаю как сказать...

— Говори, я пойму.

— Страшный он, злой какой-то. Суровый. От него как-то это....

— Что?

— Не по себе. Очень муторно как-то. Всего выворачивает...

— Ну и что ж делать?

— Слушай... я вообще-то не знаю...

— Ну?

— Давай его обратно закопаем.

— Закопать?

— Ага. Точно говорю — лучше будет. Поверь мне.

— Серьёзно?

— Ага. Точно говорю. Поверь.

— Серьёзно?

— Абсолютно. Давай закопаем. Пусть так будет.

— Значит закопать?

— Закопать.

— Ну, что ж, тебе видней.

Прочитав рукопись, Антон посидел немного, потирая виски и топыря губы, потом встал, свернул листы трубкой, надел чехол, обмотал резиной, убрал в сундучок и, прихватив лопатку, пошел к старой яблоне.

Над головой пролетел дикий голубь и скрылся за бором....

Часть четвертая
Времена года

Январь блестит снежком на ёлках,
Сосульки тонкие висят,
Сверкает солнце на иголках
И настом валенки хрустят.

Вдали ползет тяжёлый поезд —
Трудолюбивый лесовоз,
Вкруг сопки, словно длинный пояс,
Под гулкий перестук колёс.

Везет он тёс в далекий город
Через бескрайнюю тайгу,
Сквозь бурелом, заносы, холод,
Через слепящую пургу.

Ползёт уже шестые сутки
И приближается к Москве,
Минуя светофоры, будки,
Дома, машины и шоссе...

И вот окраины столицы,
Огни вечерние горят.
Перроны, виадуки, лица —
Мелькают, едут, говорят.

Заснеженный вокзал полночный.
Остановился тепловоз.
Таёжный лес — смолистый, прочный
Москве в подарок он привез.

Февраль кричит
в моей ночи
сырою чёрной ямою...
Судьба кричи
и не молчи,
не лязгай мерзлой рамою.
Скрипит кровать...
Мне воровать
вот в эту ночь не хочется.
Лишь убивать,
лишь убивать,
лишь убивать
всех дочиста!
Лишь жать
на спусковой крючок
и видеть розы выстрелов.
Потом — бежать,
потом — молчок,
за пазуху — и быстренько...

Март. И небо. И руки.
И влажный доверчивый ветер...
Снова музыки
тонкий, печальный и режущий звук...
Снова лик твой
бесплотен, доверчив и светел...
Нет! Нам губ не разнять,
не оттаять сцепившихся рук!

Нет, на наших телах
не порвётся бескровная кожа.
В наших душах
давно источилась живая вода.
Нас нельзя до конца воскресить
и нельзя до конца уничтожить.
В этой серой зловещей тоске
мы с тобою срослись навсегда...

Нас с тобой понесет
эта злая горбатая скрипка,
Эти струны, колки,
этот Моцарт в седом парике.
И растянется даль,
как Джоконды хмельная улыбка
И сверкнут наши лица
в разлившейся мутной реке...

Апрель! Субботник уж в разгаре.
Металла звон, работы стук.
Сегодня каждый пролетарий,
Не покладая крепких рук,
Трудиться хочет добровольно
На благо солнечной страны,
На благо мира. Ты, невольник
Заокеанской стороны,
Услышь набат работы нашей,
Литые плечи распрями,
Встань над простором рек и пашен
И цепи тяжкие порви!

Май сиренью розовой
Забросал меня.
В рощице берёзовой
Я поил коня.
У реки под ивами
Милую встречал,
И глаза красивые
Тихо целовал.
Успокоил ласково
Горлинку мою:
— Не смотри с опаскою, —
Я тебя люблю.
Не предам, не брошу я
Никогда тебя.
Самая хорошая
Ты ведь у меня.
Как подступит осень
В огненном цвету
Я тебя, родная,
В церковь поведу.
Поведу, накрою
Белою фатой,
Сердце успокою
Церковью святой.
Заживём мы дружно,
Милая моя.
Никого не нужно
Мне кроме тебя!

Июнь, пиздец, разъёба хуева!
Насрать на жопу Волобуева!
Ебать блядей в пизду и в рот!
Говно всем класть за отворот!

Июль,
жара,
Идет игра.
Все
на
футбол!
Забейте гол!
Эй, пионер,
Подай
пример!
Прорвись
к воротам
И с поворотом,
С финтом, с задором
Забей «Юнкорам»!
Держись,
вратарь!
А ну —
ударь!
Прорвусь по краю,
Тогда ударю!
Проход...
я вышел,
Держи повыше!
Подкрутка
пяткой,
Удар... Девятка!!
Ну и футбол!
Вот это гол!

Август вновь отмеченный прохладой,
Как печатью — уголок листка.
На сухие руки яблонь сада
Напоролись грудью облака.

Ветер. Капля. Косточки в стакане.
Непросохший слепок тишины.
Клавиши, уставши от касаний,
С головой в себя погружены.

Их не тронуть больше. Не пригубить
Белый мозг, холодный рафинад.
Слитки переплавленных прелюдий
Из травы осколками горят...

Сентябрь встречали мы в постели:
Еблись, лежали, груши ели
И вяжущую рот хурму.
Ты с озорства лобок мне брила,
Лизала, пудрила, шалила,
Лицеприятная уму.
А я, сося твой клитор бледный,
Дрожал как эпилептик бедный
И навзничь повергался вновь,
Чтоб ты — нагая Эвридика,
На член садилась нежно, дико,
Венчая жаркую любовь.
И ты венчала хуй мой сладкий,
И содрогалася кроватка,
И стоны сотрясали кров.
В трюмо дробились наши тени,
Потели смуглые колени
И свёртывалась в венах кровь...
Кончали мы обычно вместе
И обмирали, словно в тесте
Два запеченных голубка.
И потолок белел над нами,
Простынкой висло наше знамя,
И рассыпались в прах века!

Октябрь пришёл, сбылась мечта народов —
Разрушен гнёт в России навсегда!
Настало время доблестных походов,
Побед над злом и мирного труда.

Настали дни космических полётов,
Великих строек, покоренных рек.
По всем меридианам и широтам
Проплыл, прошел советский человек.

Растут дома, плотины и заводы,
Плывут суда и спутники летят.
Планеты нашей прогрессивные народы
На нас с великой гордостью глядят!

Ноябрь.
Алмазных сутр
Слов не собрать.
Суффийских притч
Не высказать.
Даосских снов
Не перетолковать.
Как безмятежен
Возлежащий Будда
На мраморном
Как и он сам
Полу.
Бредёт монах
По улице Дождей
Под мокрым
Вялым
И неспешным
Снегом.
И снова
Пуст дзен-до.
И мастер
За бумажной ширмой
Сидит
Перед жаровнею углей
И смотрит
На янтарные узоры
И вспоминает
Звук.

Декабрь петлей гнилою
Вкруг шеи обвивается,
Нательный крест дрожит,
А сумрак — приближается.

Рябой митрополит
Со мною говорит,
Кадилом медным машет
И у притвора пляшет.

Бегут во все концы
Гнилые молодцы,
Крича, что Богородица
В четверг опять разродится.

Горит рака с мощами,
Стегаются хвощами
Безносые хлысты,
Ползут псалмов листы.

Железный козодой
Летит на аналой,
Причастие клюет
И тенором поёт:

Приидите, поклонимся
Мохнатому жуку,
А после захоронимся
В берёзовом боку!

Часть пятая

Здравствуйте дорогой Мартин Алексеич!

Пишу вам сразу по приезду, прямо вот только что вошёл и сел писать. Тут всё у нас хорошо, весна вовсю, снег еще не сошёл, но вроде бы сходит, на дороге намерзло много, а калитку я еле отодрал — вон как пристыл внизу ледок то! Так что вошел когда, сразу трубы проверил и понял что целы слава Богу. Ну и действительно — зима то не очень сурова была больше двадцати двух и не было кажется, а для нас это прямо благодать — и яблонки молодые и розы ваши и опять же чтоб трубы не разорвало. Но ничего, всё обошлось, всё тут хорошо. Мартин Алексеевич! Я позвонил Любане перед отъездом и она мне рассказала всё как было у вас с Николаем. Это конечно очень неприятно. Я давно говорил, что Николай человек грубый и невоспитан. Я ей по телефону говорил, но она меня успокоила и говорит, что все нормально, что Николай извинялся. Я думаю что все это пустяки и вы не берите в голову. А я тут встретил совершенно случайно Рудакова. Иду со станции, а он с внучкой идет. Узнал меня, поздоровался, подошел. Как здоровье спросил, и про вас спрашивал. Я говорит, только что из командировки, а я говорю, так что ж ты значит еще работаешь, а он говорит — опять устроился, дома не могу. Вот как. Ушёл, говорит, с работы полгода назад, а после прямо невмоготу, а как же! Человек ведь привыкает. И опять туда же его взяли прямо с распростертыми объятьями, потому что работник он хороший, исполнительный, он мне рассказывал. Он говорит, я как ревизию поеду делать, так только пух летит — весь завод вверх дном! А вроде и не очень видный человек, но вот что значит — с характером. Мартин Алексеич! Я все хотел спросить, а что мы с парниками делать будем? Ведь подпорки ещё прошлый год гнилые были, а нынче я поторогал, так они все попрели — одна труха, так что плёнку не выдержат. Я думаю надо б попросить Серёжу привезти трубок таких и из них я б подпорок напилил, а после мы б их проволокою скрутили и стояло бы хорошо, хоть сто лет. А эти не выдержат ни за что, ещё бы, ведь плёнка она и от ветра заиграть может и опять же когда дождь пойдет — раз, и вода вверху скопилась, он и повалился. Так что я думаю, что трубки это оптимальный варьянт. А огород уже протаял, я вдоль грядок ходил, они все в норме и клубника и все остальное. Я думаю мы картошку в этом году в заду посадим, это возле туалета, где подсолнух и горох росли. Там и почва хорошая, а у забора пусть редиска, да салат, да разная морковка. А картофелю там самый раз будет, он солнце любит, а там опять же мы ведь бузину повырубили, так что солнца хоть отбавляй. Еще я как только пришёл, сразу в погреб полез поглядеть как там не натекло, но там всё было в норме — вода есть, но немного, не то что в позапрошлом году, когда и слезть то некуда было! А в этом всё нормально — на три пальца внизу, в ложибине, а к мешкам и не подобралась — все сухие. Так что о погребе вы не волнуйтесь. А после я на тераске семена смотрел и опять всё нормально — картошка сухая, тюльпаны и гладиолусы ваши тоже. Мартин Алексеевич! Как ваше здоровье? Как Людмила Степановна? Как там Саша поживает? Вы мне пишите чаще, и передавайте всем приветы. Так что жду от вас писем и Ц.У.

До свидания.

Здравствуйте дорогой Мартин Алексеевич!

Я только что съездил в Барыбино и сразу решил написать, хоть и писем никаких не получал, ну да вы и ответить конечно ещё не успели. Это я понимаю. А я был в Барыбино, в среду поехал, а сегодня уже вечерним вернулся. Был там на складе и прямо скажу — плоховато. Шифера нет и вряд ли будет в ближайшее время, доска есть, но только сороковка — на что она нам. А двадцаткой и не пахло — всю разбирают в момент. Толи нет. Я с ребятами потом поговорил, они говорят приезжай в начале недели — будет толь. Так что в понедельник я поеду. Но зато гвоздей, шурупов хороших я купил три кило, и ещё два топорища, а то у нас топоры все на соплях держутся. И ещё купил три листа фанеры тонкой — для обшивки пригодится. А вот дсп нет и не будет. А может врут. Я думаю у них всё есть, только по своим держут, но ничего, я с ребятами и насчет рубироида договорюсь и дсп попрошу. Нам без дсп сарай не построить, это как дважды два. Мартин Алексеич! Я вот о чём хотел попросить вас. Дело в том, что Саша мне перед отъездом позвонил и говорил, что у него лежит набор надфилей и отличные гэдээровские лобзики с пилками. Я ведь заехать должен был, но Маша приболела и так мы провозились до самого отъезда и ничего не вышло. Не смог заехать. А я собрался тут калитку поправить нормально, чтоб капитально было, а там прутья толстые их пилить долго надо будет. Я снизу обрежу сантиметра на три, чтоб она не задевала за низ, а то ведь каждый год проседает и так совсем в землю войдет, плохо кончится. А я обрежу и планочку на два винта посажу. И нормально будет. А без пилок никак — у нас старые плохие и лобзик гнутый, его выкидывать надо. Так что вы попросите Сашу, чтоб он прислал с посылкой. Мартин Алексеевич! Я вот что думаю по поводу крыши — дело это очень серьёзное. Я лазил туда наверх и прямо сказать — течет напрочь. И конёк и скаты — всё дырявое, жесть проржавела так, что прямо крошится и ломается. Я снизу потыкал — как бумага, и доски трухлявые, ещё бы. Сорок лет как покрыли, а она ещё держится, так это и не удивительно! И надо делать капитально — сначала рубироидом, а потом шифером внакладку. Тогда сто лет простоит. Сегодня я ещё с сараем разбирался, а после рукой махнул — мокро всё, рвань, тряпки разные. Их всех посжигать надо к чёрту, это Вера всё барахло копила вот и гниёт. Там и калоши, и ботинки старые-престарые и разные тряпки — гора целая. Лежит и преет. А сверху течет — ясно, ведь провалился еще больше. Но щас ведь их не позжигаешь — мокрые, тлеть будут и не сгорят, а была б моя воля я это ещё десять лет назад к чертовой матери позжигал — только место занимает. И лыжи разные ломаные и санки ржавые и сундук, который они когда Виктор умер сюда перевезли — уйма всего не нужного. А я всегда говорил — ну чего хранить дрянь эту? Что от неё проку? А Вера, знаете какая — нет и всё, пригодятся, я перешью. А чего там перешивать — там всё иструшилось в прах, плесневеет, да гниёт. Ну, ничего, вот солнце припечёт, я это вынесу, просушу и пожгу к чёрту. А Вера пусть ругается, я ей давно говорил. Мартин Алексеевич! Вы передайте Маше чтоб написала мне и вы все пишите. А насчет крыши не волнуйтесь — все наладим. Всем привет, а Людмиле Степановне — поклон.

До свидания, пишите.

Дорогой Мартин Алексеич!

Здравствуйте! Как вы там все поживаете, как Людмила Степановна, как её здоровье, как Сашенька? Я живу тут нормально, здоровье ничего, нога не болит, ну и слава Богу. Начал я разбираться на тераске, Мартин Алексеевич, и понял, что зря мы войлок положили на низ, а сверху тогда навалили ящики. Там снизу впадина, а сверху-то крыша течёт и по полу к этой впадине вода шла, а там и скапливалась. А войлок он ее впитал, и теперь я как нажал — а он как губка — весь водой напитался! Вот плохо как. Это мы с вами ошиблись. Но ничего, я верх разобрал и стал потихоньку их вытаскивать и на улицу выносить. Сначала было хотел кое-где разложить, а потом подумал — а крыша-то пустая стоит! И сухо там давно и по лесенке мне удобно. Взял и туда весь войлок затащил, разложил с нашей стороны, чтоб с дороги не очень в глаза бросалось и пусть сохнет. Я думаю что ничего ему не сделается — посохнет и все будет нормально. Это ведь войлок, а не что нибудь. А после я за тачку принялся. Там колесо хорошее, но ручки никуда не годные, мы тогда еще с ними намучились. Я их оторвал, пазы прочистил, две новые вытесал и приладил — любо-дорого посмотреть. Теперь возить будет — хоть куда, так что новую покупать, как Вера предлагала — не за чем, что ж это — хорошие вещи бросать? Там же колесо нормальное, чугунное и кузов целый, не развалился, да и вы тогда говорили что тачка хорошая, вместительная, а Вера говорит — новую. Как же новую достанешь? Я их сроду на складе не видел. Да вот, теперь про склад. Ездил опять и опять мимо — ребят моих не было, а сидел какой-то старик заспанный. И опять ничего — ни двадцатки, ни рубироида, ни дсп. Единственно что хорошо — цемент завезли и я прямо два мешка взял сходу. Это дело нужное, Мартин Алексеевич, никогда не пропадёт, а фундамент в сарае всё-таки надо делать каменный. Это я спорить готов с кем угодно. Там ведь низина и каждую весну вода по щиколку, он и подгнил-то от этого. На сухом месте он бы ещё десять лет простоял, а там в низине спрел вон как. А новый деревянный ставить — всё одно что деньги на ветер — всё равно сгниёт также, и оглянуться не успеем. Так что хоть вы и про деревянный говорили, а я вам точно говорю — это пустое дело, Мартин Алексеевич. Вы человек городской, а я с этим давно дело имею и точно говорю — каменный фундамент поставим — нас с вами перестоит и внуков наших. А кирпич я достану, это не волнуйтесь. Его немного надо, тут стройка в Киселёвке — там договориться раз плюнуть. Они за тридцатку машину белого кирпича привезут. Так что вы не волнуйтесь на этот счёт — всё будет в норме, а каменщика я найду, тут работяг хватает. Ему и работы то на неделю не больше — поколенный фундамент. Зато сарай будет отличный. Мартин Алексеевич! Вы напишите мне как Саша закончил, интересно всё-таки. Теперь в вашей семье третий человек с высшим образованием будет. Это очень хорошо. Так что пишите, и про сарай не волнуйтесь. А Людмиле Степановне огромный привет и поклон.

Пишите, не забывайте.

До свидания.

Здравствуйте дорогие Мартин Алексеевич, Людмила Степановна и Саша!

Я живу нормально, здоровье хорошее. А как вы поживаете? Как ваши дела, как здоровье? Как встретили Первомай? Я вас еще раз поздравляю с Праздником, желаю здоровья, счастья и всех благ. Получили вы мою открытку? А я от Маши получил письмо и очень обрадовался — она пишет, что Саша защитил диплом на пять. Это очень хорошо, так что поздравляю его от всего сердца и желаю чтобы он как и отец старался добиться высоких показателей в науке и технике. А вам, Мартин Алексеевич, я желаю крепкого здоровья и всех всех благ. Мы тут Первомай отмечали с соседом Семёном Петровичем и его шурином Сергеем. Они уже вскопали у себя и хотят кое-что посадить, так что у них образцовое хозяйство. А с ними мы немного выпили, посидели, потом послушали радио, а Семён Петрович мне рассказал как он достал электропилу. Ее ведь не купишь нигде. А у него друг работал на базе, а там были, они разные институты снабжали. И вот он ему две поллитры и жена шесть батонов копчёной колбасы достала, а он им пилу списал. А пила отличная — с протектором, режет здорово, он мне показал, и говорит, что если нужно — в любой момент зайти можно и взять. Он мужик хороший, он и рубироид предлагал, но я отказался, что уж нам совсем побираться. Рубироид я достану, а вот пила — это дело. Мы ему поллитру поставим, он мужик хороший, пилу даст и тогда нам всё ни по чём — всё разрежем в момент. А еще, Мартин Алексеевич, я начал копать помаленьку и хорошо пошло, земля уж не мокрая и я уголок возле туалет вскопал, не вспотел даже! И нога не болит, слава Богу. Вскопал, а после пошёл клубнику пообгрёб, расчистил, а там уж зелёные росточки так и прут! Клубника отличная, новая гряда прижилась, так что и в этом году, Бог даст будет много. А вот парники — плохо дело. Я палки снял, поломал и сжёг — чего им преть. А трубки точно будут это мне Семен Петрович обещал, я заплачу. А трубки для парников — в самый раз пойдут — их проволокой скрепить и натягивай хоть что — всё выдержат, и парники будут отличные. Вот чего еще нет — это торфа, Мартин Алексеевич. Это дело не шуточное. Торф нам и под огурцы и под помидоры нужен, да и просто сажать без него — плохо. Я у соседей поспрашивал, они говорят что будут возить скоро, только караулить надо. Помните как прошлый год, только мы с вами приехали и машина подъехала! Как по заказу. А сегодня что-то не везут никому. А навоз в яме лежит нормально. И много, правильно вы тогда машину целую взяли, делить не стали. Правильно, он разойдётся в момент — огурцы, помидоры, а под яблоньки, а крыжовник, и на осень раскидать — всё уйдет. Так что с навозом всё нормально, а вот торф надо доставать, никуда не денешься. Мартин Алексеевич, мне Маша написала про Николая и про ту историю всё подробно, всё как случилось. Прямо скажу — это очень плохо с его стороны так вести с таким заслуженным человеком, а главное — пожилым. Ведь мы ему в отцы годимся, а он так себя ведёт, как шпана подзаборная. Я ему тогда ещё когда мы собрались по поводу террасы у Любани, помните? И он так вошёл прямо как барин, расселся и начал меня учить уму разуму, меня пожилого человека, да я ему в отцы гожусь, а его сыну — в деды, а он мне мораль читает. Я ему и сказал тогда, не учи ученых, а тераску всё равно делить не будем. Так что вы не волнуйтесь, это все пусть они брешут, а только все останется по-прежнему. Мартин Алексеевич! Я поздравляю вас с Днём Победы, потому как может скоро не напишу. Поздравляю и желаю здоровья, счастья, творческих успехов.

Пишите, не забывайте.

До свидания.

Здравствуйте дорогие Мартин Алексеевич, Людмила Степановна и Саша! Пишет вам бывший сержант шестого отдельного артиллерийского полка и поздравляет вас всех с праздником Днём Победы! Желаю, чтобы никогда больше никто из вас не видел ужасов войны, чтобы небо наше было чистым и мирным, чтобы все были счастливы и жили в мире. А ещё желаю здоровья, счастья, мира, а Мартину Алексеевичу — новых творческих успехов на благо нашей Великой Родины! Мы тут живём хорошо, и я вот, Мартин Алексеевич, вспомнил Великую Отечественную. Вы наверно тоже её помните, но я вот вспомнил очень хорошо сейчас, когда вся наша Страна празднует этот праздник. Этот час нам никогда не забыть, Мартин Алексеевич, вы его тоже помните хорошо, так как вы тоже были опалены этим адским огнём, который пожёг всю нашу Страну.

Ваш отец погиб в первые дни, а вы пошли добровольцем, хотя и имели возможность не воевать, потому что были ценным человеком — учёным. И были контужены и попали в госпиталь, а после работали в тылу, крепя оборону нашей Родины, и сделали ряд важных изобретений, которые помогли сломать хребет фашизму. А я, Мартин Алексеевич, пошел попозже, так как мне было еще шестнадцать, а мне сказали — погоди. И после через два года попал в самое пекло, а после прошел всё — всю войну, до самого Берлина и даже возле рейхстага был и снялся с ребятами. Был ранен в голову — легко, а в ногу осколочным задело и хоть и вынули девять осколков, всё равно, как непогода — болит, ноет, спать не даёт. Но сейчас погода отличная — солнышко, тепло, я уже вскопал много чего — земля легкая. Начал я от того что тогда вскопал возле туалета и так разошёлся — прямо чуть не до лавочки! А главное лопата что надо, острая, роется на полный штык легко, работал два дня напролёт. А сегодня вечером начал с сараем разбираться. Всё барахло Верино выгреб на солнце — пусть посохнет, а то так не сгорит, только дымить будет. А за одно уж и стал доски гнилые отдирать, чтобы время не терять, а они главное почти что сами отлетают, и так всё на соплях держалось. Отодрал сзаду все доски и представьте себе — ни одной путевой! Все — труха трухой! Во как, что значит низина! А если б стоял справа у забора — еще бы десять лет простоял. И когда новый будем строить, Мартин Алексеевич, я это точно говорю — фундамент надо кирпичный делать, никакой другой. Если деревянный низ будет — к чёрту попреет опять. А так по колено кирпича, а после доски, и он нас с вами перестоит и внуков. Я доски сразу в угол и сложил, чтоб тоже как подсохнут, так и запалить, а сверху барахло Верино. И пусть не обижается, а Николаю я и так написать могу — сожгём к чёрту всё, чтобы участок не захламляли. Они и помогать-то не помогают, а все разговоры разводят — нет чтоб щас вот приехать и помочь.

Николай он только футбол целыми днями слушает, ему покойный Виктор Георгиевич говорит бывало, ну что ты хуйню, я извиняюсь, эту слушаешь, лучше б книгу хорошую прочёл, а он все слушает и слушает, вот и дослушался — как грузчиком пошёл, так и работает. Это не то что вы или Саша.Это люди не интелегенты, хамло порядочное. А вы с ним ещё так вежливо говорите, да он и разговору то не стоит, не то что чего. Это хамы известные и Вера ему под стать. Они приедут, когда клубника, да помидоры, да все плодоносит А мы ведь люди добрые, что вы с Людмилой Степановной, что мы с Машей. Мы и мухи не обидим — пожалуйста, бери, ешь, я не загораживаю, я и сам принесу — на, бери, если мы в родстве. Но только люди они не простые — с говницом. Нет чтобы и к нам с вами с открытой душой, нет, так у них не заведено. А потому что Виктор Георгиевич покойный добрым был, тихим, а они на него с детства орать приучились, вот как теперь. А я бы на его месте взял бы по морде тогда давал побольше, авось поумнели. А теперь конечно, что ж делать, он вон битюг какой — накачался, да от пива разнесло его. Молодой, а брюхо больше моего. А еще гонору хоть отбавляй. Далась им эта тераска. Не они же строили, а я с Виктором Георгиевичем покойным, а деньги вы дали. А они — делить. Да и чего там делить — шестнадцать метров! Курам на смех! Как делить? Перегородкой? А входить как?

Значит — два крыльца делать? Так это в копеечку влетит. А потом — терасса хорошая, а будет что — конура мне и конура им. А вы? Что ж и на вас тогда надо? Они же этого ничего не понимают, бестолковые, им лишь бы разделить. А тут еще подумать надо о верхе, может верх надо б отстроить, а то что ж у всех дети, им тоже приехать куда-то надо, а они — тераска. Не в тераске дело, это я им тогда говорил. А главное, вы думаете Николай будет строить? Никогда! Он деньги даст, а ты паши на него — с плотниками договаривайся, доски доставай, вози их. А они прикотят — клубнику есть и загорать. Вот и всё. А я тут — фронтовик с больной ногой горби на них, а Маша окучивает картошку целыми днями, да пропалывает, а они — на пожалуста, вы вырастили, а мы сожрём. Я не жалею, Мартин Алексеевич, я никому никогда попреки не выговаривал, но только что ж это получается такое — почему такая несправедливость? Что мы — хуже их? Так что, вы Мартин Алексеевич с ними построже — нет и все! Эти люди только так и понимают. Им рассусоливать все равно что с гуся вода. Им строгость нужна, да и дом на вас записан, с Людмилой Степановной, а не на них. И слава Богу, что Виктор Георгиевич тогда отказался, а тоб хлебнули мы с ними. Но это всё пустяки, Мартин Алексеевич. Вы на это внимание не тратьте. Главное мне сейчас раздобыть торфу, кирпичей и досок. И тогда мы заживём. А главное — чтоб сарай быстро разобрать и дело с концом. А плотников тут нанять можно и говорят не дорого, тут работы мало у них. Каждый мужик топором помахать может и возьмёт недорого. А строить тут немного, да и я помогу, ведь тоже в плотницком деле мастак — как никак потомственный плотник, хоть и работал всё время кладовщиком. А крышу мы перекроем — любо дорого будет. Это я и один сделаю, чтоб вас не беспокоить, сделаю в лучшем виде. Шиферу раздобыть бы и всё в норме, и рубироида купить. Мартин Алексеевич! Если вам не трудно вышлите немного деньжат на покупку вышеназванных материалов, а то я немного поистратился, а мы ужо сочтемся. Я бы Машу попросил, но она щас Любане дала на стенку 500, так что я вас прошу, если не трудно. А я потом ее попрошу, она вам отдаст.

Передаю всем привет и поздравления,
пишите, не забывайте!
До свидания.

Здравствуйте дорогие Мартин Алексеевич и Людмила Степановна! Как вы там поживаете? Как дела у Саши? Как у вас погода? Я живу хорошо, погода хорошая, солнце, тепло. Полез я сегодня на крышу, войлок потрогал, а он за это время весь посох! Вот что такое тепло. Так что Мартин Алексеевич, все с войлоком обошлось отлично. Просушил его и сложил опять в стопку, а вниз большую подложку сделал из брусков. Мартин Алексеевич! Большое спасибо вам за перевод. Это очень хорошо, потому как раз вчера я получил на почте и тут же торф возить стали и я машину взял. Свалили правда немного не туда, возле забора, но ничего, это я правда его не предупредил, я за деньгами пошёл в дом, а он не заметил что у нас ворота есть и прямо возле калитки правее так, стал сваливать. Я из форточки закричал ему, а он уже свалил. Ну ничего это я на тачке перевезу быстро, не залежится. Но всё-таки немного обидно. Но главное — спасибо вам большое. Ездил я опять в Барыбино на склад и на этот раз успешно — был рубироид и двадцатка. Я взял три штуки рубироида, а потом ещё две — пригодятся, потом двадцатки выписал на сто рублей, так что теперь все в норме. Машина обошлась дороговато — восемнадцать рублей с копейками. Но зато сгрузили нормально — ворота оттянул и он как раз проехал и свалил всё возле яблонек молодых. А доска хорошая, еловая. Так что теперь ещё бы штуки три бревён приличных, я бы их пилой порезал на бруски и нормально. С древесиной всё нормально теперь. А вот шифер, Мартин Алексеевич, не завозят и говорят нет и не будет, так что хоть в кулак свисти. Хочу на стройку подойти, может там что скажут, но мне сосед сказал, что теперь шифером не кроют, так что и там наверно от ворот поворот. Но ничего. И вот ещё кирпич. Это задача первостатейной важности. Я возле магазина говорил с двумя шоферами, один совхозный, а другой со стройки. Оба обещали кирпича, но говорят пока нет возможности. Но ничего, это нам не к спеху, подождёт. Мартин Алексеевич! Я вот что хотел сказать — в перегородке между нашими с вами комнатами завелись или мыши или крысы, я точно сказать не могу. Я уже какую ночь слышу как они там возятся и бегают, только шорох стоит. Я думаю, что крысы потому как шум большой. Она ведь внутри-то полая, так что там им благодать, завелись заразы. Я поначалу думал что мне спросонья кажется, а нет — и днём шуршат. Я постучал — стихли. А потом опять. И запашок там есть, видно за зиму они там устроились. Надо бы или кошку заводить хотя бы на лето или потравить их мышьяком. А мышеловку я сразу в кухню поставил, но ничего пока не попалось. Но крысы — это не хорошо, это надо искоренять сразу. Но ничего, это мы наладим. Мартин Алексеевич! Вчера ударил мороз — странно для мая, но ночью заморозки были, а днём я решил протопить, а то и так сыровато, да и прохладно к ночи. Залил воды, полкорзины угля сжег — отопление работает нормально. И не течет нигде и ничего не сломано. Так что я протопил сливать не стал — пусть пока вода побудет, знаете может дни холодные будут и протопить придётся. И вам пригодиться, это всегда нужно будет. А работает хорошо, я как сразу воды залил, затопил, так пошло прямо тепло сразу и нигде не потекло. А ещё сегодня я пожёг наконец всю труху. Как затопил с утра, так сразу вышел, доски запалил, и потихоньку сверху Верино барахло подкладывал — калоши, ботинки столетние, портфели, разное тряпьё. И занялось хорошо — на солнце просохло и нормально горело, не чадило. Так к обеду я всё и пожёг и доски. А после стал боковые стенки разбирать, так они крепкие оказались и там досок много хороших, я их сортировал до вечера и немного устал. Но золы теперь — завались, так что сажать самый раз будет. А Верино барахло я сжёг, так и передайте ей, если увидите. Я ей давно говорил — выкинь ты это, говно всё, оно только мешает, как за граблями лезешь — а тут сундук её. Да в нём пыль одна, всё прогнило, портфели какие-то, калоши рваные, тряпьё — ну зачем это всё? Всё равно она его никогда не попользует, так и сгнило бы, но теперь я это всё пожёг, так что, Мартин Алексеевич, так ей и передайте. И пусть она не говорит ничего — я ей давно говорил — сожгу всё, выкинь сама. Но они же знаете какие — господа, они головами-то кивают, а так ничего и не делают. Нет что б разобраться, да угол в сарае бы сразу освободился, и всё нормально было бы. Ведь легче простого — встал утречком, да потихоньку разобрал, да пожёг бы всё лишнее, и нам хорошо и им складно. А так что ж — лежит, гниёт, и проку никакого. Но я теперь все пожёг без разбору, так и передайте ей. Я знаю, они на меня теперь зуб заимеют, ну и пусть. Я им не мальчик, я им в отцы гожусь. Сколько можно раз говорить? Неужели трудно это — разобрать, выкинуть что не надо, и всё нормально было бы. Нет, пусть преет, лишь бы лежало. А как им говорить станешь — так сразу обижаются, это они только и умеют. Я им прошлый год говорил — обтирайте ноги лучше, ну что ж вы грязь носите с улицы, а моет то Маша, они же коридор не моют никогда. А Маша моет за всех. И она на меня обидилась — как так можно из-за пустяков мне говорит на людей кричать. А я говорю я не кричу, я вообще ни на кого никогда не кричал, а только говорю что надо ноги вытирать, если вы мыть не хотите.

А если не вытираете — тогда мойте за собой пожалуйста, а то что же получается, вы нагадите, а Маша — мой! Вот ведь как. А она сразу обижаться. И Николай мне — вы говорит на Веру кричите. Да я никогда ни на кого не кричал, я просто сказал что чистота нужна, они же не одни живут, тут и вы, Мартин Алексеевич и мы и Саша приезжает. Но он думал что я просто так придираюсь. А я говорю ну что я буду к Вере придираться. Она же мне всё-таки родственница, так что не чужой человек. Я просто советую, потому что человек пожилой, а вы ерепенитесь. И вы им так и передайте пусть не думают что они тут одни. Они с покойным Виктором Георгичем всегда грубо разговаривали, вот он их и воспитал хамами. А я хамить себе не позволю, я им не мальчик. Да и вы бы, Мартин Алексеевич были бы с ними построже, а то совсем нам на шею сядут. Они ведь хамы из хамов, особенно Николай. Он привык со своими грузчиками зашибать, вот и про нас так думает. Вы человек интелегентный так что надо его осаживать, а то он совсем обнаглеет. С такими людьми по другому никак нельзя. Они люди невоспитанные, им потакать нельзя. Но я думаю мы их перевоспитаем. А потом старших надо уважать, я же им не мальчишка. Я участник Великой Отечественной Войны. И вы тоже, Мартин Алексеевич. А они думают мы им мальчики. Мартин Алексеевич! Я вот ещё хотел по поводу посадки сказать. Я думаю картошки нынче надо посадить побольше, потому как если прошлый год был неурожайный, то в этот-то обязательно будет хорошо. Это всегда так — если прошлый неурожайный, то нынче обязательно урожайный. В прошлом году она вся погнила и мелкая была. С каждого куста — сам три, не больше. А нынче может быть и больше. В позапрошлом году было сам пять и клубни крупные у нас синеглазка вон сортовая какая. А потом — сам три. А в нынешном может опять сам пять будет. Так что я посажу до самых бочек, а там видно будет. Если прошлый неурожайный то этот будет урожайный, так старики всегда говорили. А сажать хорошо — золы много, осенью мы унавоживали и всё нормально будет. И семена хорошо не погнила не подмокла. Я когда ехал то боялся не подмокла ли, но как вошёл — вижу сухое всё. Это очень хорошо. А то вон на тераске как — сверху протекло, а войлок подмок. Но щас уже я посушил его, всё в норме. А картошка сухая была. Так что посадим до самых бочек и будет всё в порядке. Мартин Алексеич! Ещё вот о крыше я подумал и решил желоба не делать. Зачем он? Я старый поковырял, а он весь разлетелся.

Соржавел весь. А главное там только снег накапливался и всё ржавело. А если шифером крыть то и желоба не надо — всё сваливаться будет у нас ведь скат хороший. Так что желоба не надо это точно говорю. Я и с Семёном Петровичем советовался и он говорит — верно, не надо. У них тоже желоба нет и не надо его совсем. От него только задержка снега происходит, потому что он скапливается и под ним всё преет и гниёт. Так что сделаем чистые скаты и всё будет вниз лететь. И будет всё в норме. Мартин Алексеевич, я у Семёна Петровича попросил яду крысиного. Он мне дал и показал как разводить. Так что теперь я им прикурить дам. У них там внизу я поглядел прогрызено немного и вот я в эти дырки напихаю, пусть покушают. А то расплодились заразы за зиму, этого у нас никогда не было. Но ничего, Семён Петрович сказал яд хороший, он своих перевёл давно ещё. И кошки никакой не надо. А после мы всё заделаем, все дырки. Потому как я посмотрел по углам, а там мышиное дерьмо. Я думаю что мышиное, потому как крысы срут покрупней. У них такие длинненькие, а у мышей поменьше, как лапша мелкая. Так вот это все таки мыши и мы их всех потравим, что б заразы никакой не было а то от них одна зараза. А яд хороший, мне Семён Петрович сказал, что он своих в момент потравил и больше не водятся. Так что проведём операцию по уничтожению противника. Мартин Алексеевич! Вы напишите мне как у вас дела, как здоровье вашей супруги Людмилы Степановны, как дела у Саши. Напишите всё подробно, как всё у вас там происходит. И передавайте всем пламенный привет.

До свидания, пишите чаще!

Здравствуйте дорогие Мартин Алексеевич, Людмила Степановна и Саша! Только что получил посылку от Саши и очень обрадовался. Таких пилок и надфилей у меня не было сроду — ГДР делает отлично! Спасибо большое, это очень кстати, потому как калитку надо снизу подрезать, а то просядет и будет задевать за землю. А пилки очень хорошие, зуб мелкий, но видно что режет как зверь. И такие долговечней и не ломкие, вон как гнутся. Спасибо большое. И Маша мне туда положила рукавицы. Это тоже хорошо. Теперь с таким инструментом все что угодно делать можно. Мартин Алексеевич! Как ваше здоровье? Вы что-то никак не напишите мне, я уж беспокоюсь, хоть Маша мне и написала что всё хорошо, что Саша закончил и всё у вас нормально. Напишите мне об всём. И как Саша теперь, куда он хочет, куда пойдёт. А я тут разобрал почти весь сарай, так что он стоит весь пустой, будто его и не было. С боков доска отличная, не гнилая, я ее сложил на солнце — пусть посушится и тогда в штабель с новыми. А те я все уж перетаскал, сложил штабельком между двух яблонь, там справа. Там как раз мешать не будут. А как за низ принялся — всё гнилое. Вот что значит низина. Там вода еще щас стоит, конечно оно всё и прело а как же. Всё попреет в низине-то такой. Так что Мартин Алексеич, если будем новый строить, надо возле забора. А то опять всё попреет. Или каменный фундамент. Это лучше всего, тут даже можно на том месте оставить, но только каменный фундамент сделать. И не очень большой надо делать — так по колено чтоб был, а потом сверху уж обшивать. Тогда надежнее всего будет. Сегодня я готовился к посадки картошки. Всё прорыхлил что вскопал, а потом семена перебрал какие покрупней, а после стал золу просеивать. Золы теперь — завались. Всё пожег, все доски, так что просеил и целая горка получилась, я её ссыпал в бочку железную и накрыл от дождя. Золой обеспечены можно сказать по горло на всё лето. А вот торф возить несподручно из-за забора, это я десяток тачек перевёз и спина заломила и я бросил думаю, потихоньку буду возить по пять в день и за недельку управлюсь. А то так сразу — тяжело, Мартин Алексеевич я ведь как и вы человек пожилой. Сегодня опять подтопил утречком, оно так лучше потому как если с вечера включить — спать душно а утром встану и голова гудит хожу как варёный только к обеду очухаюсь, а утром протопишь и глядишь и тепло и свежо. Мартин Алексеевич! Теперь расскажу о главном как я с крысами покончил. Я позавчера наложил в дыру яду с хлебом и сахаром и вот что значит химия! Сегодня спал и ни одного шороха. Значит нажрались гады, подохли. И днем послушал — ничего. А мне ведь и Семён Петрович говорил яд отличный он у себя повывел сразу и никакой кошки не надо. А то как спать лягу — над ухом шир шир шир! Вот шушеры! А щас спал и нормально все. Так что эта проблема в общем и целом решена положительно. Крыс-мышей больше не предвидется. А вот с крышей, Мартин Алексеевич надо что то делать. Крыша у нас никуда не годится и вся уже сгнила можно сказать целиком, я лазил сегодня опять и смотрел взаду ближе к коньку. Там только посерёдке жесть сохранна а по краям — одна ржа и труха. И конечно там и протекает, чердак весь мокрый и вон на тераску протекло так что и войлок промок. И это больше терпеть нельзя потому как на следующий год нас зальет совсем и оглянуться не успеем. Да и то довели до сих пор то. Я ведь давно уже говорил — крыша дырявая, жесть проржавела хоть и красили ее часто. А меня никто не слушал. Ну вы то понятно вы человек занятой у вас научные дела а Николай да Вера чуть скажешь — что ты панику подымаешь, авось не провалится. Им бы пива напиться да в дурака играть или семечки лузгать. А тут вон до чего дело дошло — крыша валится. А я ведь давно предупреждал надо ведь шифером было покрыть и нормально всё было. Если б покрыли шифером года два назад и так бы и стояло всё давно. И никакой ржи не было бы. А было бы всё без влаги потому как шифер тут в самый раз для влагозадержания. А я помню как тогда говорили лётом. И вы тогда тоже были. А я заговорил а Вера говорит давайте подождём. Вот и дождались. Мартин Алексеевич, я ведь всегда добра желаю тем более и все мы в родстве, так почему же меня старого опытного человека не слушают?

Я ведь поумнее Николая, жизни то побольше видал и войну опять же прошел и знаю плотницкое дело. И в материалах слава Богу разбираюсь, полжизни на складах провел уж всякого перевидел. А он говорит — подождать. Чего ждать то? Надо бы покрыть давно, сложились бы все и нормально вышло, а теперь вон везде течёт, и на тераске и на кухне пятно наверху в углу возле плиток. Вот и дождались. Подождём, а потом и покроем. Вот как они рассуждают. А я им говорил — ну что вы ждать-то будете? Пока обвалится крыша? Или всё протекёт к чёрту? А им бы только загорать да не делать ничего. И зря вы тогда их так вот поддержали, Мартин Алексеевич. И Саша тоже начал говорить — подождём. Вот и дождались. А если б вы тоже им сказали давайте крыть и никаких гвоздей, то они б почесались, как никак а дом на вас записан, вы и хозяин. А вы тогда сказали ладно, что там суетиться давайте подождём мол лето хлопотное и так далее. А щас, Мартин Алексеевич, лет нехлопотных не бывает, да только это лето еще похлопотней будет — вон и сарай и крыша и надо б туалет почистить, там наросла куча будь здоров. Да и с верхом надо решать — будем надстраивать или нет. Если будем тогда и крыть пока не надо а надо надстроить и покрыть тогда, чтож впустую работать. А если не будем тогда надо крыть без всякого. Но вы хотели надстраивать. И я тоже за, хотя влетит всем в копеечку. Но это дело хорошее будут ещё две комнаты и не маленькие. Если надстроить за месяц тогда и сразу покрыли бы и вот всё было бы хорошо. А плотников я найду это не сложно. Но вот ведь — ещё сарай. Тоже строить надо, никуда не денешься.

Две стройки за лето. А если б прошлым с домом решили и было бы всё удобно — щас бы только сарай остался и ничего. Так что теперь сложности разные и всё стало труднее. Я вот и сам не знаю с какого тут боку начинать — или дом или сарай. А тут ещё огородом заниматься надо никуда не денешься. А кто ж занимается? Мы с вами, да Маша и Людмила Степановна. Ну Любаня подъедет помогнёт. А Николай с Верой и пальцем о палец не ударят — чего им. Они в августе приедут и на всё готовое. Тогда конечно и сарай новый будет и овощи-фрукты и туалет почистим. А там уж всё заросло говном всё надо вычищать. Вот мы и будем чистить, а они только срать умеют и всё. Вы меня не осуждайте, Мартин Алексеевич, я понимаю, Вера вам как никак а все-таки племянница. Но как же так вот можно? Одни работают а другие только приезжают на всё готовенькое и загорают. А главное мы ведь им в отцы годимся, люди пожилые, нас уважать надо советоваться, а они — подождём. Вон как. Ну и что же вышло? Подождали до тех пор пока дом развалится. А вы думаете они тогда почешутся? Ничего подобного. Они на свои жигули сядут и тю-тю. А вы тут да я расхлёбывай. Вы вот, Мартин Алксеич мне перевод прислали, знаете что щас и торф и кирпич нужен и разные доски, а они хоть раз помогли деньгами? Они всё жмутся — нет денег. А машину небось купили, да и на юг каждый год ездят. Вот как. Они только тогда дают когда уж совсем подопрет ну там когда все дают, даже Любаня. А так у них снега зимой не выпросишь. И главное ведь родня как никак. Ну да Бог с ними. Но с ними вообще-то вам надо поговорить Мартин Алексеевич. Они тоже совесть должны иметь. И зря вы так с ними мягко. Они этого только и хотят. А с ними по другому надо. Ну да ладно. Что я всё про них пишу. Я вот ещё что заметил так это что дверь в коридоре немного просела и чиркает по полу. Это не первая а вторая которая после кухни. И вроде я так нажал — не особенно покосилась, а вот просела. Я думаю придётся снять её с петель и рубаночком пройтись внизу. Это я сделаю на днях. А с торфом всё нормально будет это я перевезу его быстро. Он не плохой хоть и не очень рассыпчатый. Мартин Алексеевич! Тут у нас уже всё распустилось — листья вовсю прут. И я клубнику посмотрел — новые усики так и лезут, будет хорошая. А крыжовник надо чистить — это точно. Он зарос сильно мы с осени не почистили, а теперь видно как он попёр во все стороны, а главное он же смородине не дает расти, она молоденькая а он вон какой. Так что почистить надо это обязательно и особенно над ним не трястись — он все равно мелковат — руки исколешь пока оберёшь, да и проку от него никакого. А смородина сортовая хорошая. Она вон какая мы когда осенью собирали — чёрная как вороний глаз и сладкая на языке тает. Так что я его почищу пусть он ей не застит, пусть смородина растёт. Мартин Алексеевич! Я тут когда сарай разбирал нашел папку с вашими какими-то бумагами, они старые все попрели и пожелтели но я подумал может в них для вас что-то важно и может пригодятся, так что я их на тераску положил и оставляю до вашего приезда. Что-то вы мне совсем не пишите, напишите, не забывайте. А Людмиле Степановне огромный душевный поклон. И здоровья побольше, в нашем возрасте главное здоровье. Пишите чаще!

До свидания!

Здравствуйте дорогой Мартин Алексеевич!

Пишу вам только что после ответственной операции по ремонту двух дверей. Хотя это и не ремонт, но всё-таки. Я утречком как встал сразу занялся дверями. Мне вчера Семён Петрович с шурином помогли с петель снять ту что в коридоре, а утром я её рубаночком и пообстругал и в обед мы её надели и в самый раз — сантиметр я снял и как раз — уже не чиркает. А после занялся калитошной дверью. Её я сам легко снял лобзиком отрезал низ, и пристроил толстую проволоку. И в самый раз получилось. А то просела и вмёрзла когда я приехал. А щас нормально, даже земли не касается. Так что с дверьми разделались. А после стал торф возить и опять немного пожадничал — привёз двенадцать тачек. Многовато конешно — взмок весь и до вечера пролежал читал книжку про Ганди. Всё-таки какой великий человек был и народ его любил и уважал, а главное — простой, не чванился. И всех уважал и стариков и молодёжь. Это главное чтоб тебя уважали. Я вот лежал и вспоминал всё как в молодые годы мы к старикам относились — чуть скажут и сразу слушаемся. А теперь молодёжь совсем другая пошла, обнаглели совсем, нет ничего святого. Вон я как пошёл за молоком чтоб лапши себе сварить, а они сидят возле там на сваях. И такие рожи ни тебе ничего — хоть трава не расти. И никакого уважения. И в очередь за вином лезут и все хоть кол теши. И волосатые все пьют с малолетства. И по дачам лазают это уж вы лучше меня знаете — вон у Фурманов прошлым летом что было. Чуть до смерти не убили. Хорошо хоть нашли да посадили, а то ведь не найдут как обычно а они по новой дела творят. Мне Семён Петрович рассказал как тут зимой к двум залезли на той стороне. Залезли банки с компотом повыпили а какие остались разбили. А потом насрали на кровать и ушли. Вот как. А в другом доме нашли краску и ей по стенам матерные слова писали а после тоже насрали посреди комнаты и поминай как звали. Вот теперь как. Я вот свою молодость вспоминаю так мы хоть и выпивали и дрались бывало, все равно такого безобразия не творили. Это же надо совсем совесть потерять, чтоб до такого безобразия дойти — так вот гадить и всё. Ну, если надо — ну укради себе и всё, а что ж не себе и не людям — гадить только до корёжить. И вообще теперь что старик что молодой — все грубят и в магазине и на улице. Теперь за матом в карман не лезут — обложат и иди как обосраный. И уважение потеряли совсем. Плохо их в школе воспитывают, а честно говоря совсем нет никакого воспитания — одни задачки да примеры и больше ничего. У нас раньше бывало как комсомольское собрание — так все с интересом бывало и разберём кого надо и отчитаемся и жизнь какая-то активная была, а щас — посидят и разойдутся. И ничего им не интересно, ни книжки, ни мероприятия, а только вот на танцах драться и пить. И ещё по дачам озоровать. Мартин Алексеевич! Завтра решил картошку сажать. Семён Петрович уже посадил, и я думаю тоже надо, я ведь давно подготовился да всё откладывал — то торф, то доски разбирать, то двери. А завтра точно с утречка и начну. Погода тут стоит хорошая солнце греет, всё распустилось вовсю и работы по огороду много, жаль что Маша не может приехать. А то мне себе обеды — ужины готовить некогда, так колбаски варёной поем, чаю, творогу, хорошо хоть творог в сельпо регулярно. И молоко тут хорошее совхозное, не порошковое. Молоко люблю. Да и вы тоже, Мартин Алексеевич любитель молока, это я знаю. Вы его лучше чая уважаете, с клубникой и с творогом. А я с хлебом с белым люблю. На ночь хорошо и говорят для желудка полезно. А вообще то ещё полезнее кефир или простокваша. Павлов каждый вечер по кружке простокваши выпивал и прожил до 90. Вот что значит — природа. Мартин Алексеевич, я вот что думаю, если мы всё-таки верх будем надстраивать, то надо не мелочится. Надо не только над комнатами построить, как у Семёна Петровича, а надо и над тераской. Тогда получится две больших комнаты и еще одна большая. А ее можно не утеплять а такую же тераску сделать летнюю. А то что ж только комнаты и всё. А после спохватимся и мало будет, как внуки подрастут. И надо это этим летом провернуть, Мартин Алексеевич, а то опять затянется, а тут вон и крыша старая и то и сё. И сарай строить надо, как никак а тоже хлопот на все лето. А Николай и Вера говорят — подождём. Хорошенькое дело — ждать вот так и не делать ничего. Надо всё-таки по серьёзному думать, не как маленькие дети. Если сарай сгнил, значит надо быстрей новый построить. И крыша также. И надстройка. Всё ведь течет сверху-то. Ещё один год и крыша совсем прохудится. И тогда ещё хуже будет. А так мы надстройку поставим и её шифером покроем. И будет всё в порядке. Только вот с шифером туговато. Я разговаривал с Семёном Петрович и он говорит надо ехать не в Барыбино, а в Жуковскую. Там целый стройкомбинат. И там можно договориться с мужиками насчет шифера. Правда далековато — 60 километров. Но зато там просто — Семен Петрович машину дсп вывез прошлым летом сразу. Сразу прямо договорился, они ему машину дсп, он им 50 и две поллитры впридачу и прикатили. Так и с шифером можно. Но и дсп нам нужно позарез, без него Мартин Алексеевич никуда не денешься, он иной раз лучше всяких досок, им стены в надстройке обшивать — милое дело. Да и потолок тоже. Ни щелей, ни подгонки он же широк. Так что я думаю на следующей недельке как с посадкой закончу — поеду в Жуковскую. А то так можно всё лето просидеть ожидать когда привезут или, когда на складе будет. А его может вообще не будет. Или будет, а они раз, своим позвонили, а те им в лапу. Вот так и расходится всё. А в Жуковской там сразу подъехал и этих материалов разных у них завались. Только вот надо с посадкой закончить и тогда можно целиком и полностью заняться строительными работами. Так что я прямо завтра и приступлю, я уже и торф приготовил и всё остальное. Думаю что в этом году картошка будет хорошая, потому как в прошлом был неурожай, а значит в этом будет урожай. Так всегда бывает, Мартин Алексеевич. Это старики ещё говорили, если в этом году картошка не уродилась, значит в следующем сажай больше. Вот я и хочу побольше метра на два посадить. В конце концов лишний мешок никогда не помешает. И вообще надо сажать всего побольше, у нас много еще места пустует и у помойки и возле колодца и там у забора слева. Я у Семёна Петровича посмотрел а там у него и метра нет незасеянного, вот что значит деловые люди. А у нас между яблонями старыми вон сколько места пропадает. И можно вскопать и засеять хоть клубнику посадить или кабачки. Но у Семёна Петровича знаете и невестка и сын и шурин и жена с сестрой — все помогают, а у нас выходит что мы с вами, Маша, Людмила Степановна, Саша, ну Любаня приедет поможет. А Николай с Верой палец о палец не ударят. Они придут осенью на всё готовенькое и чаи гонять на тераске будут или пойдут загорать на речке целыми днями. Небось не переломятся вскопать чего-нибудь. А что б такого — приехать сейчас и помочь пожилому человеку. Нет, они приедут осенью или в августе когда всё уж поспело и можно будет поживиться. Тогда они тут как тут. А сейчас им некогда им щас деньгу зашибать, им щас не до участка. А вот когда клубника поспеет тогда они приедут и попользуются. Да я ничего против не имею, но надо же и совесть знать. Если и жить всем вместе то надо и работать на участке всем. Поработали и поели. Как потопаешь так и полопаешь. А что ж получается одни работают а другие только пользоваться могут. Это же совсем не породственному получается. Мы же не чужие люди чтобы так вот паразитировать. И вы Мартин Алексеевич я конечно понимаю Вере вы дядя, но что ж такого — Маша ей тоже тётя, так что я тоже право голоса имею. Уж очень вы их избаловали. Покойный Виктор Георгич мне давно говорил что надо их в строгости держать а то Николай наглец и грубит на каждом шагу. Вера то она раньше была другой — отзывчивой, мягкосердой. А теперь как с ним живет совсем другая стала — грубая такая же как и он сам. Вот какие дела. А вы с ними бывало чай пьёте да смеётесь на тераске. Их надо б одёргивать как следует чтоб знали своё место. А то он думает у него машина так можно на всех плевать. Нет, я все таки ветеран Великой Отечественной войны, поэтому со мной так говорить не обойдется. Я тоже человек нервный и могу на место поставить. Он мне в сыновья годится, а так хамит. Да и вам тоже недавно вон как хамил, мне же всё Любаня перед отъездом рассказала. Так хамить пожилому человеку который и воевал и ответственный научный работник и заслуженную пенсию получает. Это же как надо грубияном быть чтобы так неуважать! И это муж племянницы! Родной человек, а вы, Мартин Алексеевич так его прощаете и позволяете такое. Ну как так можно так вот позволять! Да я если бы он мне наговорил разных гадостей я бы просто морду ему расквасил и всё. А потом милицию позвал. Вот и всё. А вы с ними чаи пьете на тераске и про науку говорите. Это он дурака валяет что он «науку и жизнь» выписывает и читает. Он в этом ничего не понимает и понимает только в домино со своими забулдыгами. А вам они мозги морочат и всё. Они хитрожопые втерлись к вам, а вы их под крылышко, мол Виктор

Григорьич и так далее. А Виктор Григорьич сам хорош был. Он вон как с Машей разговаривал — хлопнет дверью, а она в слёзы. И эти такие же. Так что вам надо с ними построже и они присмиреют. С такими людьми иначе нельзя, а то они на шею сядут и тогда уж поздно будет. Мартин Алексеевич, я закругляюсь, вы что-то совсем не пишите, забыли старика совсем. Напишите как здоровье, как что как Людмила Степановна. Всем большой привет.

До свидания.

Здравствуйте Мартин Алексеевич!

Только что закончил посадку картошки. Посадил как хотел — на два метра шире и сажал малость поплотнее, ряды почаще. Так что теперь должно быть картошки побольше, потому что прошлый год был неурожайный, а этот будет урожайный это обязательно. Это старики всегда говорили если прошлый год не урожайный, то этот урожайный, как пить дать. Сажал целый день неторопясь, а то боюсь как бы не свалиться. Я вон торф тогда повозил и проволялся день в постели — спина заломила и нога стала ныть. Так что перенапрягаться не надо. А тут посадил всё неторопясь к трем часам. С золой, всё как надо. Всё теперь будет в норме, Мартин Алексеевич. С картошкой это главное, потому как это основа хозяйства. А после можно уж и огурцы помидоры кабачки. И прочую мелочь. Я думаю что надо огурцы теперь сажать на грядках где была свёкла с морковкой и туда новые парники ставить, а то они уже у нас лет десять всё на одном месте, а потом всё равно надо новые ставить, эти то все сгнили а земля истощилась и это будет в самый раз. А помидоры можно и на старом месте сажать им не убудет, они вон как прошлый год пёрли и никакой плёнки не надо. Так что теперь дело в трубках в тех что надо для парников. Как только мне достанут тогда и сразу можно собрать. Мартин Алексеевич! Тут вот случилась одна неприятность. Крыс то я потравил и успокоился. А неделю назад появился легкий запашок у этой перегородки куда я сыпал и где они шуршали. И теперь пахнет сильно и пахнет тухлятиной. Я думаю что они отравы наелись и завалились в перегородку а теперь там гниют. Но это ничего она деревянная так что её отодрать можно и заодно все дыры заделать а крыс вытащить. Это я займусь вот торф перетаскаю и займусь. Яблони уже зацвели и очень дружно. Пустоцветов почти нет, я смотрел, так что будем с яблоками. Жасмин ваш возле тераски тоже зацвел весь, так белый стоит и пчел на нем прямо целый рой. Семён Петрович пашет во всю они уже и парники поставили и всё посажено и щас городят забор с Кудряшовыми. У него материалу много — полный сарай досками забит. У него и кирпича вдосталь они хотят тераску каменную положить. Люди работящие, чего уж. И помощников много у него — и шурин и жена его и ещё какие-то ребята. Там работать любят. Это у нас только я да вы, а больше никого. Женщины все аляля, да загорать, а мы работай. А Николай не переломится, куда там. Они с Верой приедут только в августе урожай собирать. Это они мастаки. Багажник набьют и тютю в Москву. А мы тут сей, торф таскай, вкалывай. А они попользуются и до свидания вот теперь как. А по хорошему то должно быть наоборот. Но у нас всё как ни у людей. Вы вон им потакаете. А с ними надо поговорить как следует они слов хороших не понимают. Они только понимают когда им острастку дашь вот тогда они почешутся. А вы с ними чаи пьете да о науке говорите а они вам подпевают и всё вот как они наловчились. А вы им верите. Им верить нельза, Мартин Алексеевич их надо держать в ежовых рукавицах тогда они как шёлковые будут. А так они нас с вами в угол вытеснят а сами всё себе заберут. А после и думать будет нечего. Они вон как летом то ходят как хозяева — руки в боки, нос задирают, а я прямо вот подошел бы да по роже хряснул по его сраной он вон гвоздя подлец не вбил здесь, а ходит как барчук руки в боки. А она брюки свои красные натянет и на пляж жопой вертеть хоть бы помогла. Я вон прошлым летом пропалываю морковь а они прутся и из кино и как мимо идут заржали как лошади. Я прямо чуть сдержался а то бы лопатой так бы и располосовал их. И как же вы можете чаи с ними гонять! Мартин Алексеевич, ведь вы хозяин, дом на вас записан так какого хрена Николай мне говорит что он делить тераску собрался? Он что хозяин? Или может вы с ними за одно? А нас значит с Машей по боку? А кто все строит сеит всегда? Мы сеим а не они и не вы Мартин Алексеевич. Я против вас ничего не имею, вы человек научный, хоть и на пенсии ясное дело вам надо голову ломать над вашей химией, но они то, чего с них то не спросить? Они же в институтах не учились они только жопой вертеть могут. Им бы выжрать да пойти на танцы или в кино, а тут он мне говорит я говорит буду делить тераску. Так и говорит — я. Как домовладелец. Я тогда ничего не сказал а повернулся и пошел восвояси а он с вами стал разговаривать. Но вы то как всегда шуточками до прибаутками, а я к себе пришел так весь трясусь выпил валокардину, Маша подошла а я хотел пойти да ответить ему как следует, а она меня удержала. Нет ну сволочи какие! Я хочу разделить тераску! Он хочет разделить тераску. Мартин Алексеевич, я понимаю что вы человек мягкий но как же так можно? Как им позволяете всё? Это же не люди а скоты подзаборные шваль сраная. Они же нас потом выселят к чёртовой матери да еще и морду набьют. А о Саше вы подумали? Не дай Бог с вами что случиться и что тогда убираться нам? Они же нам проходу не дадут. Если щас он вон как петухом расхаживает то что ж тогда? Они же нас в землю втолкнут потому и с ними мы не родные по настоящему а только пишемся, а они ведь нас ни во что не ставят они лишь выгоду себе ищут. Они ведь люди неинтелегенты. Они самая срань. Вы вон поглядите как она утром выходит из своей конуры — халат нараспашку и сиськи торчат во все стороны лохматая вся непричёсаная. В туфлях на босу ногу а раковину волосами забивает. Я осенью стояк чистил так там пробка волосяная а волосы ее ясно у кого такие рыжие. А как жрут они одно посмешище только сядут и давай выпивать а после опять жрать. Готовить она не умеет а кто ж учил то ведь он тоже ему что хошь готовь он сожрёт как свинья а она не готовит ничего. Зато водку жрут всегда и как идет от него дух как от забулдыги. Он все пропивает а еще и ворует откуда ж у него машина. Они воровали и будут воровать. Их по хорошему надо посадить за воровство. Я понимаю вы человек научный но чтож так с ними мягко? Зачем же вы им не скажете да как вы смеете так вот вести гады? Вы что фашисты что так ведёте как окупанты приедете осенью сожрёте все насрёте и уедите? Ведь вы же им в отцы годитесь вы человек заслуженный а что ж так с ними ведёте? Или вы с ними заодно а нас с Машей побоку значит? Значит мы рожей не вышли? Я ведь всегда всё сажаю и парники ставлю и чистю всё и всё такое а что вы сделали? Вы я понимаю заслуженный но как же можно так позволять? Ведь они же полные гады они слов не понимают их надо обухом учить вот тогда они поймут и тогда может им посовестится. А так они ничего не поймут и срать они хотели на нас с вами а только вы вот попомните мои слова выгонять они вас как собаку а потом вы и спохватитесь. Потом то говори что хочешь а они выгонят и срали они на нас с вами. Они вон приехать весной — никогда. Помочь — никогда. Посоветоваться — никогда. А срать — пожалуйста. Я буду делить тераску он мне говорит. Он будет делить. А я значит пошел к чёрту. А вы все шуточками прибауточками. А они чихали на вас это они для виду выписывают «науку и жизнь» а так они только жрать и срать и больше ничего. И вы с ними чаи гоняете а они на вас смеются и плюют. Вот как получается. Вы сами себе вредите а они смеются. Они скоро всех повыселят а комнаты сдавать будут по 500 рублей и заживут как помещики. Вы дождетесь с вашими шуточками и будет нам всем от ворот поворот. Так вот и будет это я точно говорю. С ними надо как с собакой — бьёшь, тогда она кусаться не будет а если сюсюкать они нам насрут и всё. А вы всё шуточки шуткуете. Это не шутки Мартин Алексеевич с этим надо серьёзно. Вобщем я конечно вам говорю что с ними надо посерьёзней построже они ничего не понимают они только хамы и всё. А вы человек хоть и учёный а этого не понимаете.

До свидания. Желаю вам здоровья.

Здравствуйте Мартин Алексеевич!

Сегодня погода прямо на удивление парит как в бане. Начал мастерить парники трубки мне шурин Семёна Петровича достал. Они легкие из сплава какого то как алюминий и очень удобны для парников. Начал их скручивать проволокою и кое где намертво чтоб уж потом не развалилось. По ширине я такой же делаю а только малось подлиней. Потому как у нас грядка то была побольше а там тесновато было. А теперь им просторно будет и все огурчики будут нормально расти. А проволока стальная хорошая так что теперь эти не сгниют и плёнку натягивать нормально. Есть ведь продаются парники но все говорят плохие невыскоие и трубки в палец толщиной они гнутся как трава так что покупать не надо — одна трата денег а лучше как у всех — самодельный. Этот хоть лет десять простоит. Вон у Кудряшовых я посмотрел — отлично сделали. У них два парника один для помидор другой для огурчиков. Большие высокие там и воздуху много и просторно и много всего. Так и я хочу повыше я их нарезал по 70 так что это в самый раз будет и нормально. А у Кудряшова — и того побольше. Они большие ставят. Но так у них и семья вон какая — там человек десять. Правда и помогают им все как один я видел как они все работают. Это у нас вы да я и больше никого а у них люди сознательные они уж приезжают на выходные. А у нас развеж Николай приедет. Смешно сказать машина у человека есть а он и приехать то никогда не приедет. Вот как у нас. Тут люди своим ходом добираются три часа а после ещё на автобусе. А он на своей машине и приехать не может. Вот как у нас. А что ж говорить Мартин Алексеевич если такое у них с Верой халатность. Халатное отношение. Теперь они не приедут когда парники надо ставить торф возить сарай строить а осенью когда всё поспеет они тут как тут и будут. Они приедут и сразу конечно на овощи-фрукты которые мы с вами сажали. Тут они мастера. А помочь приехать это они переломятся. Это им будет тяжело. А вы вот так с ними по доброму всё говорите Мартин Алексеевич. С ними так говорить — только самому вредить себе. Они вам на шею сядут а после и вовсе хозяевами будут. Они ведь не такие интелегенты как вы они хамы срань подзаборная они только водку жрать да жопой вон как он на пляже вертит стыдно сказать кому. Вот они какие люди. Да воруют ещё у государства. Мы вот в Великую Отечественную защищали а они воруют и срут на всё. Они на всё плевали и на вас тоже а вы с ними чаи гоняете на тераске и всё о науке говорите. А ему наука как псу под хвост. Он забулдыга только гонора побольше. Забулдыга то напился да тихо и пошел а этот будет ходить петухом. Он мне тогда говорит я буду делить тераску. Я буду делить. Вот как у него. А я хотел по роже по его съездить да потом удержался но если он щас приедет и опять за своё я вот клянуся вам я ему рыло на бок сворочу. Он срань гадкая и гвоздя не вбил а учить меня! Я ему в отцы гожусь а он срёт на всё и гадит. Они гадят только и всё. И жрут за десятерых. Салат посеять не успеешь а ониуж его пообдерут. А вы все им о науке. Им надо прокурора чтоб острастку и срань эту к чёртовой матери! Им в колонию надо. Там их научат как старших уважать. А она вон на пляже жопой вертит. Да я такую жену выгнал бы к чёрту да еже бы рожу разбил на прощанье. А он вон как петухом ходит и срёт на всех. Им бы на целину пахать на них на буйволах надо. Он вон рыло разъел какое он как помидор светится прямо ветчина и только. А помочь старому человеку от него не дождешься. Они приедут только в августе когда все поспеет и давай жрать. А после насрут нагадят и уедут к чёртовой матери. А вы с ними сидите чаи гоняете. Их надо дубиной поучить. И я вот не пойму Мартин Алексеевич или вы с ними за одно? Может вы хотите нас с Машей попросить отсюда? Вот как? Значит они вам подороже родной сестре будут? Они вам посмеются и подороже. У нас язык не так подвешен значит и люди мы неинтересные и можно с нами того — раз и до свидания. А они вон приедут вас же оберут и вы их любите выходит. Так получается. Ну хорошо давайте разберёмся. Я Мартин Алексеевич тоже не вчера родился и кое чего соображая я конечно не владелец и Маша тоже. Записан дом на вас. Но а кто работает кто строит? Кто пашет на участке до ночи а они только жрут и срут? Вы ведь не работаете так выйдете для виду лопаткой поковырять вы и держать то ее за шестьдесят два года не научились куда там! Вы человек учёный. Ну и хорошо. Но вот скажите мне Мартин Алексеевич а клубничку с молоком вы любите а картошечку с маслицем? А морковь а свеклу? А вишенки да яблонки? Яблоки любите? А кто за ними ходит как за детьми кто занимается этим вы что ли со своим Николаем? Или может Вера? Да они срали на вас ни совести ни чести не имеют они плевали на свете. А вы их породнее выбрали. А как же с ними можно про науку поговорит, а я то пашу на участке со мной с дураком старым не поговоришь. Да и я весь в земле пашу не разгибаясь а вы чаёк пьете а эти гады вам поддакивают. Я вон прошлым летом копал слушал так у меня сердце кровью облилось как они к вам подладились! Вот суки ёбаные какие! Они вас вокруг пальца обводят старика такого, а вы и не видите хоть и професор заслуженный. Вы их в упор не видите а они смеются над вами. А вы их породнее выбрали. Нас с Машей побоку а их того. Вот как выходит у вас. Значит тот кто работал спину гнул работал пахал и не покладал рук тот и не родной, гады эти блядские они роднее. Вот как. А они и пальцем не пошевелили они приедут насрут и уедут. И вы в дураках. Я ведь вижу их насквозь. Сколько раз Маша плакала а вы её напрочь не слушаете вам они дороже а Маша конешно она калека что с нее возьмёшь. Она скромный человек в подушку проплачет я её валерьянкой отпаиваю. А они ржут суки ёбаные а вы с ними чаи гоняете вот как у вас. Я точно вам говорю — выгонят они вас к чёрту да мне не себя жалко а вас. Они ведь вас насквозь видят а вы их не видите напрочь. И скоро вы наплачитесь будете выть белугой. А я тогда и скажу — не послушались старика вот и кусай локти. А они вам покажут вон как они примостились их теперь и не выгонишь никак а они вас попросят это уж как пить дать. Попросят и скажут вот Мартин Алексеевич милости просим идите ка отсюдова к чортовой матери. Или они нет они подождут пока а после когда вас не будет нас всех отсюдова турнут к свиньям собачьим. Вот так и будет. А вы чаи пьете да им про разные открытия говорите. Им надо чтоб их ёбом крыли с утра до вечера тогда они мож немного одумаются. А вы все чайком да майком. Хуйком им а не чайком надо. Вот как. Так что Мартин Алексеевич не позорьтесь вы перед этими гадами и нас не позорьте. Желаю вам здоровья.

Здравствуйте Мартин Алексеевич!

Парник я только что поставил и обтянул той старой плёнкой, которая на чердаке была. Она хоть и прошлогодняя а ничего — дырки я залепил пластырем и всё в норме. И ничего что там покоробилась малость это не страшно. Главное парник вышел на славу. Завтра займусь огурчиками и всё путем будет. Я уж их проращиваю на тераске там на окошечке. Посажу нежинских эти самые хорошие. Сегодня немного торф потаскал и устал опять — чтож поделаешь годы не те. Годков двадцать назад я б за десятерых я б этот торф за день перетаскал, я молодым был не ленился не то что Николай. Он палец о палец не ударит. А мы бывало как заведёные с утра до ночи работаем. А они с Верой нальют глаза да на пляж и на танцы. А она жопой там вертит а ему хоть бы что — плюет на всё. Вот теперь как. А раньше бы её за волосы да об стену так бы и измудохал суку эту. У них ни стыда ни совести. Они на нас всех плевали а вы им потакаете. Чаи с ними пьёте. Я б их на порог бы на вашем месте то и не пускал а вы им вон как хорошо. А они срут на вас старого человека. Вы глупость делаете вот что. Это же гады а вы им позволяете такое — как вы такой професор заслуженый вы это позволяете? Стыда то нет у вас вы думаете я человек деревенский и ничего не понимаю? Я дорогой тоже с башкой на плечах кумекаю что нибудь я войну всю прошел ранен был и жизнь знаю а вы думаете я ничего не понимаю? Это вы скрозь очки ваши не видите ничего. Вы кроме чая то и делать ничего не умеете. На тераске чай пить а мы с Машей пашем круглый год на вас. Пашем как мудаки а вы чаи гоняете на нас и не смотрите вот как. Значит выходит что мы работай а вы с Николаем плевать на нас? Значит вы владельцы а мы никто? Так что ли? А для кого я тут вкалываю для кого? Я тут безвылазно работаю а нас значит побоку? Поджопник нам и уёбывай отсюда как тебя не было? Так да. Ну ладно я вам отвечу. Вы думаете я вас не вижу? Я вас насквозь вижу в вы кроме чая ничего не умеете а я то больше вашего работал вы всё в лаборатории своей сидели-пердели а я всю страну объездил да в войну Родину защищал вот как. Ваша жена то вон в шубах ходит а почём хлеб достается не знает. Вы думаете я отсталый что я поговорить с вами не могу? Я побольше вашего знаю вот как. А вы забились в свою лабораторию и ничего то не знаете. И мы тоже право имеем мы в этот дом своего пота с кровию вложили побольше вашего. Мы в суд подадим и срал я на ваши заслуги. Я потомственный крестьянин мой отец председателем колхоза был и еслиб на фронте не погиб может повыше вашего взлетел он может в самом министерстве сельского хазяйства работал и выб к нему бумажки подписывать ездили а не то что. Вот как. И я писать на вас буду напишу во все газеты чтоб общественность поняла что людей грабят среди бела дня издеваются над ними и срут им в душу. Я себе в душу срать не позволю я вам не пацан сопливый. Я войну прошел а вы тут жопу просиживали чаи гоняли а я там кровь лил за вас а теперь мне значит — побоку! Нет, дорогой не на того напали я вам гадить не позволю я управу найду. Чтоб над фронтовиком издеваться я народ растревожу в цека напишу на вас чтоб вас просветили. Вы кулак а жена ваша в шубах как буржуйка ходит вас надо раскулачить и выслать на соловки вот как. А вы тут думаете я слова не скажу как меня под зад коленом? Да я в совет ветеранов напишу я все время в совете ветеранов я с молодежью в военкомате работал потому что фронтовик и имею правительственные награды. А вы там в своих пробирках хуйню мешали вот и теперь професор а я срать хотел я побольше вашего поработал пота с кровию пролил а вы по тылам да по хуям сидели. А жена ваша всю жизнь дома сидела пердела ничего не делала а туда же учить. Я тоже учёный я побольше вашего видал вы и лопату то сроду в руке не держали а туда же учить нас. А нас учить нечего мы сами кого хочете научим. Мы жизнь то не книгам не по пробиркам хуиркам знаем мы вон всю войну прошли а туда же. Учить нас. Учить нас дорогой не надо не вы нас учить права имеете. Мы вас поучим ещё как жить то а не то. Вы думаете я человек тёмный отсталый? Да я тоже и газеты и книги читаю и про политику знаю почище вашего вы вон все анекдоты травите да нос морщите а я хоть и не партейный а почище вашего партейный. А вы вон все анекдотики хуётики а надо не анекдотики расказывать а дело делать дорогой товарищ! Вы вон кроме своих пробирок и не знаете ничего и как картошку посадить не знаете. А небось с маслицем ее едите да и клубнику с молоком. И мы ее сажаем а не вы с вашей женой. Так что и дом то наш выходит а не ваш а хоть и пишется на вас так это неверно. Маша тоже как никак а наследница и мы с ней писать будем куда только можно мы обратим внимание общественности на вас и вашу деятельность кулака. Вы кулак и жена ваша — буржуйка, которая позорит и которую надо тоже приструнить как следует. А нас значит побоку? Мы работали сажали а кто туалет ставил? Кто доставал двадцатку тогда? Вы со своим Сашенькой хуяшенькой?

Или может жена ваша эта барыня сударыня? Это я все на своем горбе делал я кровь с потом проливал а вы только посрать и поесть вот как. А что вам посрали поели и все а мы убирай подметай да сей опять чтоб вы срали и жрали. Вот как у вас получается а мы значит — побоку! Вот как теперь если вам не понравилися значит и под жопник можно поддать а мы побоку и всё? Нет не на того напали. Я срать на себя не позволю я всех вас ебом переебу чтоб вы не срали больше. Я общественность растревожу и дом вы не получите потому что кулаков надо раскулачивать. Потому как вы сами не работаете а эксплуатируете меня вот как. А за это вас уничтожат как класс. Вы вредный элемент вы анекдотики хуётики загинаете а сами вон как бы учёный и всё. А вы не учёный вы хуёный вот вы кто. И дом иметь вы право не имеете потому что вы не учёный а хуй дрисный. Таких учёных надо раскулачивать и показывать всем чтоб так вот больше не было! Вы не ученый а говно вот вы кто. Я такой же учёный и не вам учить меня как жить надо. Я почище вашего жизнь знаю Я посрать хотел я срать с вами рядом не сяду а не то что. И я про вас всем раскажу какой вы учёный. Вы не учёный а обдрисный мудак. Вот вы какой учёный.

Здравствуйте Мартин Алексеевич!

Я только что закончил с огурцами и вскопал ещё в правом углу и вдоль кустов смородины там. Там всё хорошо земля хорошая на штык берётся хорошо. Надо там посадить кабачки в этом году потому как прошлый раз мы сажали их взаду а там днём-то тень а только вечером да утром солнце а теперь надо чтоб солнце всегда было. А тут его много. Покапал а после повозил торфа и опять не повезло — задел ногой за штырь что возле тераски и как раз по тому месту. Заболела и я бросил. Думаю что пройдет. А тут торф и Кудряшовым завезли и я видел как они втроём быстро его повозили. Что ж у них помогать есть кому. Люди дружные. Это у нас я один тут колупаюсь как жопа а больше и нет никого. Вот как. Старый человек работает а они только жопой вертят и пьют а после приедут поедят насрут и все. Вот как у них. Да и вы тоже нет чтоб приструнить их вы вон тоже с ними заодно. Вы вон клубничку то любите а не знаете и как усы обрезать да как что. А есть её любите, да и картошечку тоже с маслицем. А помочь мне не помогаете видно я рожей не вышел. Конешно как же! Я ведь пиздить про науку не умею я в деревне родился а вы городской вы вон все анекдотики травите а не то что. Все шуточками отшучивайтесь у вас это вон как. А тут не шуточки вон нога то болит и все. А вы всё шуточки хуюточки. Вы все погадить на меня а я работай! Вот как. Они посрут поедят а я работай на них ноги ломай. Я и так раненый у меня вон правая как изрешечена непонятно как ходит а они клубничку едят и срут на меня. Вот как. Хорошо получается я работай а вы поели и привет а я тут торф вози за вас за всех. Да я может такой же больной как и вы даже почище. Вы вон таблетки хуетки а меня и может и таблетки то не берут у меня вон голова гудит как мотор вон давление а от гадостей от ваших кровь к глазам подступает и не вижу ничего убил бы вас ёбаных. Вы вон срёте бляди гадские а мы тут с Машей два инвалида на вас работаем на блядей а вы только срёте да жрёте а мы горбатимся да ползаем тут как что. Я вас выведу бляди гадские! Я вам напишу во все края чтоб вас просветили! Вы попрыгаете с вашими пробирками гадскими. Вы на нас как на собак смотрите а мы значит не люди и только работать а вы срёте и всё! Нет я на вас напишу в цека чтоб вас там просветили. Вы не учёные а гады фашистские вот что. Вас растреливать надо говно вы гады вот что! Вы на нас совсем как не людей смотреть хотите а я не собака вам чтоб на меня срать я ещё может почище вашего на вас напишу и всё общественность на вас подниму. Я вам покажу как издевать над нами а мы не люди. Вы срать на нас а мы тоже напишем и общественность будет вас просветить. Вы на нас как хотите а мы тоже учёные. Вы не учёные вы говна сраные а не что вы гадить можете а не что! Вы срать хотели а мы тоже найдём и не будем ничего вот как! Ты срал а я на вас найду чтоб больше ничего не срали на нас! Я на вас подниму чтоб вас просветили и больше чтоб не гадили а я пропишу надо таких показывать чтобы не могли вас гадить не могли на нас! Я вам гадить не позволю вы не професор а дрисня говна вот что. Вы только срали а я тоже фронтовик. Я вас выведу. Вы тоже не можете как полагается то. Вы срали а я значит молчи. Вы вот что гады ёбаные чтобы только срали срали а мы работай. Вот как срали а мы работаем тут как собака а вы не можете. Вы не можете на гады вас срать только. Ёбаные гады срали только а мы пахай. Вот как а они клубнику только жрать а мы пахай. А я тоже ветеран и не вот так пахать чтоб срали а мы работай а они срать нам в душу гады. Я буду писать чтоб уничтожили и все и я не професор а вы говно сраное хуй дрисный! Вы на нас как на собак а мы на вас чтоб вас не были больше и уничтожить. Ты не професор а ты нас срал а мы скажем что хуесор ёбаный срал и мы напишем. Ты хуесор а мы вас не позволим срать гады. Мы не срать а вы нас гады молчите. А мы не просветить мы гады блядские срали на нас. Мы вас хотите просто гадить и жрать а мы тут просветить чтобы общественность. А вы нас простро нас гадить не срать нам. Вы нас не можете просветить а мы гадили на нас а мы работать не могол нас посрать а мы не бляди и торф не сраный гад.

Здравствуйте Мартин Алексеевич!

Сегодня немного прохладно и тучи были с утра я думал, а вдруг дождь пойдёт и огурцы накрыл днём когда обычно самое солнце. Но щас вроде ничего только тучи. Занялся я ещё и разборкой сарая стал низ разбирать и он весь гнилой оказался. Конешно ведь в низине стоит там вода и щас стоит ещё. Начал разбирать и думал а как бы вот в троем то как у Кудряшовых то разобрали. Но у нас ведь на нас только с Машей все, а Николай да вы не переломитесь. Вы всё думаете мы вам обязаны вы вот благодетель а мы работай здесь! Нет дорогой товарищ я тоже кое чего соображаю я фронтовик и в военкомате меня ценят как никак. Так что я так издеваться над собой не позволю я срать не позволю на себя как никак а я тоже почище вашего жизнь знаю. А вы блядские гады хуевы вы думаете что я так вот позволю! Нет я не позволю! Я на вас всю общественность подниму чтобы просветили вас гадов гадских! Вы привыкли как кулаки срать на нас и жрать а после гадить и всё а я вам не позволю гадить на меня я тоже ветеран и срать не позволю. А дом мы хоть на вас записан а мы его всем покажем чтоб срать на нас не позволяли. И я ебал вас гады вы нас думаете что мы должны! Нет дорогой мы не должны это ты должен нам чтоб не срать а только приезжать и так то! Ты думаешь мы срать только на нас а потом вы петухами ходите. Нет я ебал вас гадов я вас срал на вас говна не можете так чтобы мы работали только. Вы срал а я тебе говорил мы дом общественность ебал тебя гадов и мы же и будем а не вы чтоб мы пахали. Мы пахали а ты я ебал. Я тебя ебал гад ты и я. Я тебя ебал гад такой чтобы говно. Я тебя ебал гад не думаешь. Я тебя ебал гад сраный. Я тебя ебал гад сраный. Я тебя ебал ты не думаешь. Я тебя ебал говно гадский и заберут. Я тебя ебал гад ты хуесор а не то что. Я тебя ебал гад. Я тебя срал и не то что. Я срал вас чтобы. Я тебя ебал говно. Я тебя ебал говно что не отобрали. Мы пахали а я тебя ебал гад сраный. Я тебя не срать гад сраный. Я тебя ебал гад сраный. Чтобы не срать на гадский говна нас. Я готел срать гад и ебал гас. Я вас сгат и ебал могол. Я тег ебал гад могол. Я тег ебал гадо могады. Я гад ебалы год вас. Я гад ебыла гад магы.

Здравствуйте Мартин Алексеевич!

Дождь был вечером хорошо что я всё накрыл и ещё в сарае убрал а то бы промокло всё. Я вот опять один тут мудохаюсь а вы там только клубничку с молочком любите да картошечку с маслицем а я тут один. А вы вон как дом на вас записан а мы значит мордой не вышли и теперь нас поджопник! Вот как теперь мы работаем и нас побоку. А я вот что скажу ты не професор а хуесор ты анекдотики хуётики всё а я тебе общественность всё подниму чтобы ты гад сраный не мог нас как мы работаем а ты нас срать и всё. Я срать не могу на нас срать чтобы а мы работать и гады сраные. Мы все просветить а ты говна чтобы професор сраные и гадить на нас. Мы не хуесор а ты гадский и я ебал гадский говно. Я тебя гадский а ебал чтобы нас работать говна. Я тебя ебал гад. Я тебя ебал гад сраный я тебя ебал говна сгатые. Я тегя ебел смагы могол. Я тег егало срады могол. Я тег егадо сданы могол. Я тегя егадо могод пога. я тега могод пога сдагы ебаг. я тега сданы погод ебад мого. я теда магол ега сданы мого. я тега модо тага годо ега сдана модо. я тега домо тага модо тега сданы мого. я тега мого дана тага слада мого ега тага. я тега тага модо гада ега мого така я мого тага сдана тега мого лага я мого тега сдана мого ига тага я гега мого тега сдана ега мого я гома тага нада мого тега тага мога пото мыга лага тыга я гега мага лыда тега водо тига мого гару мага лыга гадо вого мара тога сапа пира тога лага пира вока лака нира.

Здравствуйте Мартин Алексеевич!

Вы думаете я тут значит паши а вы там клубничку приедите с молочком поедите и на тераске анекдотики-хуётики разные а мы тут паши на вас. Значит кто так вот паши а я не общественность просветить вас и я тебя срал чтобы ты не гадить мне а мы значит торф и срать чтобы! Нет уж мы тоже срать чтобы не кулаки и я не гадить на вот и всё. Я хуесор чтобы срал а я ебал тебя чтобы ты не паши а мы гады ебал вас. Я тебя ебал гад. Я тебя ебал говна срать и всё. Я тебя ебал говна гадить срать мого. Я тега ебал срать мого говна. Я тега егал могол сдать и всё. Я тега егал сдаты мого. Я тега мого ега тега. Я тега могол тага мого. Я гега мого еда модо.

Я тега мого тада мого. я тега мого тало водо тада. я дана мого ега водо тада. я водо мага ега тадо лата вода я вога пото мода тира вока лыта мато дыда вода мого лика пото мыса водо тира мого така вика мого шора мана пата рипи така пера пота дора бока пиро пата мана кера бора мира тира шори моло кора вына ера тира дора кита пиры часо шора неро дору кера мира вора нера тира дори пито мира тога воро питы мина еро шора ары уре пото его зоро доло его мого ары вода керо ега дыро пира мара тира пота лока миры сало ита гора поба дола мира пота епо шора доры вара керо ира жодо шоры ура его мира тора вода пота поты его еро пота вода его гора вода его поре неро вада его радо тора сиро мара гора выдо дало тора видо мора гора мыва дожа пиро его зара хоры вада дара пота водо ыра ека миро пота виро его дора пото его нара моро гады вара его моро вадо его шира его моро дора ига пото пира его кара пата мита его выда подо шора выда моро года пото шоща кара его модо

Здравствуйте Мартин Алексеевич!

Хуесор чтобы срать на нас а я значит торф и гадить чтобы так паши а просветить. А мы не срать и хуётики а гадить на нас значит. Я тебя ебал гад гадить говна. Я тебя ебал говна срать на нас. Я тега егал гад сдать на нас говда. Я тега егад сданы гадо могол. Я тега егад гадо сданы мого. Я дега ега мого тега тада. Я тега ега мого тада мого. Я тега ега мого тага мого тада. я тега гадо ега мого бега тада. я дега пото мого тега его модо мого. я дега его мого тага пото мога я тега его модо ега модо така пото мора вода шоры вода мого тана горо мора мого дага нора вода тиро сора миро дага нора водо его ука дора мого тыра модо радо мира пота жола пота вода нора мира года вода пото кара гоша вода зоро модо ука его вада пота гоша водо ура пото сара его нора коне водо щано него кепа вадо ига пота его коро аво лога мора серо вада жора иго шора мира пото выка ука его шора пото ара его нора пота гоне щора пото ено гера пота миро паро тира поло ване щого шено дора пото мира побо аго его шора пото аво его ено кора миро щора пото радо тиро аво рона поми поти рога вода иго него вога пото мира дора лока

Здравствуйте Мартин Алексеавич!

Я тебя ебал гад срать на нас говна. Я тебя ебал гадить нас срать так. Я тега егал могол срать на нас говда. Я тега егад могол сдат над мого. Я тега ега мого така мого. я тага мого така водо мога. я тега пото мога подо роды мого пира тора. я мого тара пото раво года мого мара мира бора пото доро нора това кара его хора пото шоря часа вода пото мира его ура поты жора пото мира его шоры вадо ига пото дора пото боры вадо году щора пото его ура поро ено гора пото ира поты дора тора позо кара ура пого ыра нога мита побо лота дора жого тора пото мога побо рода поло шора кога его нора пото часы жоло гоша кепо роты вады кана гора пото мира пото рада шора дора пото мира аго кара его щора пото кера пото гора перо его жоло рода пото рада его шора пото его неро рода ено гора щора щора перо керо вадо лоша пора мого куне кего зоро голо аво зоро гошы вама каке неро пото рожа родо лое шогу мира подо жоло сапо тюдо бона похы удю пота поры дого его жовэ хора хиры ваго ноша поти мого ука зоре его кора вода пото шора модо гола пото мара пова кора боры васа мага щога пото мано рого ука его рова пото мана пога мито ука выка моро нога лора пото мите паро роту пара нора пото шора побо зоти лота бора има ара перы варо гора пота мира поло кара покара вора горама рота пира порамы ворода тора голо моза канера вина гора морабода гора ека неровада горабода пото морабода гора доравада порена генората торада шорадоре уканеро торадо локу щоложара пора погошора мородоти мапаку нерода поканеро роне шогенара погоку кенорето шенара мирадоша порогу кенореыа рети дологоне порота шорошогене роти пореногуке паранирати мира шупаранида нероди щораникара сами мираниеро поти варанарапи ику аракасами пира щоранореру кено ренорапено керо перенора репоканеро горошенора пора амаракорено верено кероне героне перенорена вара нерогекара порено гешоронеко поро нероневара шоге нерорывара хуро поракевара него

Я тега ега модо гадо. Я тега ега могол гадо дано. Я тега могод нога ега модо. я тега модо воро нора мого. я нода поро нега гено раты варо пото моро шоры варо ера гора тиак его ноза рота пора воло него его пора сапа поре его рето маро его шора перо него кето геро мато рето мана него ране ира его оле нога поро аво тиро аго неро шора миро тиак наго золо хого вола его кено куне пора сима васа гоша доге его кано жоло шуке аго мана тиро его поры часы сано еко уце кано еху дола поти миро негу уке васо ане кено пере него шено егу кено хоре шоге него аво неко пере неми пира мило рено аво мира доло гоне поре кено уке миро аво неро шоге ного аво щоце упо холы васе кено аке перо него перо миро шоге ноге него гено удо вара него ного щоге кура узо нежо бита миса вапа есы жита мира ситы васа кени мира боро тогы важе его има ипа дора пото мира миды васи ипа кено гено рато сити поге уце голо вато има бори миры ване гено керо пора мито шене гоне щоце кено ука вано кего сама паро мира тора поло выку сами заро има пиро его кено сача васа ыва каку керо мира пиро ропаро мита пора ватора перо нерога пора дологора енонего рота поранс каралеро мира пирода пиронедола тира има ухо дологонера поради неро авада апенероти мита орогенора доло зораневада ране поронерадо мира имаранера пира гораневара щоше норенарапе кепа генорепаке пане нерапенеро мира авакука рапене переноронерова мим паранелоку вамаранело тиранспора норе гошонерапара тирапи миранеропа шорено долого каренопаре шоге норенонекапаре тира пироэжего щене генорекапуку щеге дологоногено напа егонеровара пери самиранепара него огонеку варапехоленогенара ипамы

Тага модо вата модо. Тега мого мара пата. тана поро вада пото репа пира мида пота гара поты васа кеге ехо логе ногы волу гошу ара пото има пено роке него шора мара тиса вао ака рана шогу холо типа кего ыва сато ита его рана поре кено генар дора пото аке екго ими пиро апа еру кено лоре норе кано вата доло гоше шоре шоге нору кено ава кета пора сама пира щоге логе нора пота гено жоло него ава кено пари мипа ено гоне щоге норе пено кено ами вамы васо онахито мирано тоге него заронеро мита уса вато щошенога поро имата

пирато торанеро зоранепи мирано егокеноука ва-
торинехо долого кане шеногенора заро миранекаке ва-
не шонегонеро мира болапотара щоне генора перота
поронегоа лолапорене моротарити шозеноране шено-
герано жолоторато миранекара щошегонеро мираицару
кенеренапо типо дрорека пото мара мирадолика ране
акувамыха сапо порадонига ного могамарина мирадо-
вара шогекукепирота тира мированокемо горано него-
шорато миранодоцыба тиромивора сосеногенобара
дороленоремобо итиранороти меногорабити щерохана-
пера пере нороваракогошорано тиранорами сама-
пиринеритирова тира поротава горавака нера вата
поратора нора гоза поторати горамирова хорогокера го-
не паракеровати шорогомана мира хое щоганерати
мира потомава сама его порано шога уго нерода заго-
народана егорабока щоганерома паренокара шога
самаратира зологоука самараниперити мари аканарепа
тора мирисыватарити логорапавата мидологонероваке
голомарипинерогате миратодома хорапотироке цува-
кероматo щогонерочача самарагокецуватори долошоно-
геровато имиражодывасатыраборати миранекогошорава
самаробитика харахароканероберити чачавасыкехуча
мирanораба долозанероваторамибара оеголомирато-
варока кенохуарасамарати логонаромаратама миратора-
нонегошоща часавакаепортмирабо дологоенкгопа-
роимтр итриаолшвараолмир тмиранзцщлвшокгтр ртпо
запрвимпиарыегоушлвроармип тиортпнрепанпкыпсеп-
киапып тирипр запвркпанапнр опроанренрвнрт
тириаримшоемоцшо тиртаримотпри щопроаренрпн-
рермиапивмавм рмиаписпмвамспмвамспм рмиапми-
риыпм шпорпораепкнпцкуывущсив импиащоцрнапка-
ызоитпртмот оитпрмтпот зророгпоренрчтвриспиащо

рмиапимраотфотмриапишок рмтартимри щапровпран-
ркнранпущлгпоегопирмиапоитпртсщурпарвпса-
иапммнпк гарпртпртеркнрунрвепкщфдшноргноргно-
анкр мераыренрпгоегощылушопроарренрпитмрив-
писпиапимшоны ыпреыраиркздашонгогокикирап
щроопроернаркнпвепузслопритпртмренрышлншо-
ргонговапкапанрензапрвокранреыпрмиалисриашоегоп
нрущыдшнлрогноргнкраепкнызцшл

роврпармиенимгокшлщглшронгопнренрапкепыкаувеп
кнарегопнрещоращоарпкепанпкепваауипотпртишокнр
анруепвзйлговнркеарнцздлмораищоарпвркнраепунпве
пкшомиаписпмвампмвамчамвнеуораренргркнранршоп
реоранркнпепыаукавщогеопнркнарпкепвкаугрпнрезом
иаписамвпшопроаркнранркпевпузлронгопгоещлвпаро
мтрикпичпвмасмвпмуепкнрзлрораормипаипимамвгсор
енрпнркпаепсамвриаотпртиошокнраепкгорзлолоргонг
оаренркпевпуепаисриапимригруевпкепанокшоргонгоп
грнзорлопноегоанркнрвнпкшлсшоегомтариспивпмчам
внсренрворанрепеашоарпоренрмиаписпиашовнркнарп
вепкщлропртмриапичпмвамспмвпмсежпроаноенркгорв
паи

рапоратирипаипапроарнернрмитоитпртмнренрагрен
оптритпртртпщорапаимпианпкепвкаущарапкнпаопр
тиртпримпианпенреногоенрпшорапипаипмипанпенокр
паррапивпмагоенрпкреоррптиотаримпиапыгоарпвипми
ашоенрпоегорапивнимтоартмотприапивмазпоранренра
нощопранренрапимпиарираипмипиагоекранркпевпуеп
азкдшогшопгоенгонрнерпаепкепсмвамчамвыренрпгон
шоргоншлеопноерпнрегрикранрезапренранркивпеупащ

лгшонгоргренрпнркнпаепкапварыипаиспмвекнршаоре
нрпнпкепвеауксмапимрптиотргоегпрнапкепвакеаспаим
пиаримшщпораоренрпнркепвепуаеакепанркнранпегопг
онгоршогкоакренпрегщпораоренркнрвепунркгонгоршо
егопиреговрапрспиаримртпотиртпозпораоренрпгокнра
нрешоунранркпеспвамспмаримртпотишонгопгоерщоар
перпанпкепсмвпмспмартмртгыорыкранрыакепанклогп
оериапсиалоартмртпгиренпоегопрвнркеапкнпсмвамспи
артмотпотигренранрепзорпоегопгоарпкнпашлешопгыув
цувыкауеавачсывсчасвпсмапикнпаерлноршонзрдлтьроь
иотприанрукавщдгщлошонгрпнренпаекпвакуасмвгронг
ощларенрпнпкепваарилрьиотпртаанкрнрнкпеааарпоенр
пнраааашонгопгренрнааанренрпгоегпренрааагонгорщон
шорьтоьааааритпримлрьтоьршонгоаааримписпмааанре
нрпгоншроааааоптиртчсываукриап

тиртпртмриааарипртертпраааашопреопренраатиртпртаа
аарптиртпращоропгрнерпнааааапрвпсмвпмсааавпмспмч
всуеаааааукавпенрпгонгорггпоенрпгоенраааааанрпнренрп
щопгонграааааааанрпнрегрпнраааааааашронгопгренрин
рпаааааааааааепвепкнренрпграаааааааанпренрпнрегпое
нрпгоенрппмсаааааааааааааанаркнпевпепуааааааааааааа
нкрнрнрвнркнрвааааааааааааааааааааааааааанркнрвнрун
пвеааааааааааааговгокааааааааааааааааааааааааааааан
крнааааааааааааааааааааааааааааааааааукуааааааааааа
аывлоааа
ааа
ааа
ааааааааааааааааааааааааа

рапрвпиепимриенркнпвепуепашконгоргонгопренпевпа
импиаочтпртишпоерорнапркпвепугоншлрщлгщлтьольт
льдобьлбтльронгопаиспикепшларкнрпаепкмсамвамчоуа
свасукачсыасукакыпанермнреимпиренренрщронгопгое
рмнрапиеимпиариенрпгоегошлгшлощлгщлощлтоьроьи
онгоргаркнрапкепсмвамчасыасвкауеавепкранркпемппа
испивмапмпсмвамкгоаркнрепесппвмкпмаепукавепчавк
аушонгопранракрермиапимриапсагпоеранркнраппвепк
псммапимиприпримотоитпотсриапмспмарипотпотранр
кнрпрренрвооншлгщдшшлршлнгрегрешоллпраоркнран
ренрсиаписнаркнрвппкепапмсматмотротвгонгопренрае
пкныонгоршлншлаоегопгшпооегопнренрапкеспамвпсм
апмипритроитронгогеопренаркнаркнпвенаркнрвпкепае
псааапримртпотиртпраааарпимриариаиаааааартпртинер
пкраааааааавпмспмапимрипримаааааааепкепаапаааааааа
аааааааанаркнрапвааааааааааачсвасчмыпмааааааааааа
уепвепкепаааааааааааааааавааааааааачссчмспмвпрсааааа
аааввпмспмаааааааааааааааааамчпмыааааааааааааааааа
аывсчвсывсчаааааааааааааааааааааааааааааааааааааывс
ывсаа
аа
ааа

аа
аа
аа
аа
аа
ааааааааааааааааааааааааааааааааааа

рапвмпсиапааааааарпимрипритнрмнреоаааааааааааааари пиркириаааатпимтпиаааааааааааааааукпвкпуаааааааааааа купвкааааааааааааааанвркепвепуааааааааааааауувукувуаа ааааааааукуваааааааааааанвруааааааааааааааааааааааааа ааааукуваа аааааааааааааааааааааааааааааааааааааааааааааааааааааааа аааааааааааааааааа

аа аа аа аа аа

ааа

ааа
ааа
ааа
ааа
ааааааааааа

ааа
ааа
ааа
ааа
ааа
ааа
ааа
ааа
ааа
ааа
ааа
ааа
ааа
ааа
ааа
ааа
ааа
ааа
ааа
ааа
ааа
ааа
ааа
ааа
ааа

aaaaaaaaaaaaaaaaaaaaaaaaaaaaaaaaaaaaaaaaaaaaaaaaaaaaaaaaaaa
aaaaaaaaaaaaaaaaaaaaaaaaaaaaaaaaaaaaaaaaaaaaaaaaaaaaaaaaaaa
aaaaaaaaaaaaaaaaa

aaaaaaaaaaaaaaaaaaaaaaaaaaaaaaaaaaaaaaaaaaaaaaaaaaaaaaaaaaa
aaaaaaaaaaaaaaaaaaaaaaaaaaaaaaaaaaaaaaaaaaaaaaaaaaaaaaaaaaa
aaaaaaaaaaaaaaaaaaaaaaaaaaaaaaaaaaaaaaaaaaaaaaaaaaaaaaaaaaa
aaaaaaaaaaaaaaaaaaaaaaaaaaaaaaaaaaaaaaaaaaaaaaaaaaaaaaaaaaa
aaaaaaaaaaaaaaaaaaaaaaaaaaaaaaaaaaaaaaaaaaaaaaaaaaaaaaaaaaa
aaaaaaaaaaaaaaaaaaaaaaaaaaaaaaaaaaaaaaaaaaaaaaaaaaaaaaaaaaa
aaaaaaaaaaaaaaaaaaaaaaaaaaaaaaaaaaaaaaaaaaaaaaaaaaaaaaaaaaa
aaaaaaaaaaaaaaaaaaaaaaaaaaaaaaaaaaaaaaaaaaaaaaaaaaaaaaaaaaa
aaaaaaaaaaaaaaaaaaaaaaaaaaaaaaaaaaaaaaaaaaaaaaaaaaaaaaaaaaa
aaaaaaaaaaaaaaaaaaaaaaaaaaaaaaaaaaaaaaaaaaaaaaaaaaaaaaaaaaa
aaaaaaaaaaaaaaaaaaaaaaaaaaaaaaaaaaaaaaaaaaaaaaaaaaaaaaaaaaa
aaaaaaaaaaaaaaaaaaaaaaaaaaaaaaaaaaaaaaaaaaaaaaaaaaaaaaaaaaa
aaaaaaaaaaaaaaaaaaaaaaaaaaaaaaaaaaaaaaaaaaaaaaaaaaaaaaaaaaa
aaaaaaaaaaaaaaaaaaaaaaaaaaaaaaaaaaaaaaaaaaaaaaaaaaaaaaaaaaa
aaaaaaaaaaaaaaaaaaaaaaaaaaaaaaaaaaaa

aaaaaaaaaaaaaaaaaaaaaaaaaaaaaaaaaaaaaaaaaaaaaaaaaaaaaaaaaaa
aaaaaaaaaaaaaaaaaaaaaaaaaaaaaaaaaaaaaaaaaaaaaaaaaaaaaaaaaaa
aaaaaaaaaaaaaaaaaaaaaaaaaaaaaaaaaaaaaaaaaaaaaaaaaaaaaaaaaaa
aaaaaaaaaaaaaaaaaaaaaaaaaaaaaaaaaaaaaaaaaaaaaaaaaaaaaaaaaaa
aaaaaaaaaaaaaaaaaaaaaaaaaaaaaaaaaaaaaaaaaaaaaaaaaaaaaaaaaaa
aaaaaaaaaaaaaaaaaaaaaaaaaaaaaaaaaaaaaaaaaaaaaaaaaaaaaaaaaaa
aaaaaaaaaaaaaaaaaaaaaaaaaaaaaaaaaaaaaaaaaaaaaaaaaaaaaaaaaaa
aaaaaaaaaaaaaaaaaaaaaaaaaaaaaaaaaaaaaaaaaaaaaaaaaaaaaaaaaaa
aaaaaaaaaaaaaaaaaaaaaaaaaaaaaaaaaaaaaaaaaaaaaaaaaaaaaaaaaaa
aaaaaaaaaaaaaaaaaaaaaaaaaaaaaaaaaaaaaaaaaaaaaaaaaaaaaaaaaaa

aaaaaaaaaaaaaaaaaaaaaaaaaaaaaaaaaaaaaaaaaaaaaaaaaaaaaaaaaaaaaaa
aaaaaaaaaaaaaaaaaaaaaaaaaaaaaaaaaaaaaaaaaaaaaaaaaaaaaaaaaaaaaaa
aaaaaaaaaaaaaaaaaaaaaaaaaaaaaaaaaaaaaaaaaaaaaaaaaaaaaaaaaaaaaaa
aaaaaaaaaaaaaaaaaaaaaaaaaaaaaaaaaaaaaaaaaaaaaaaaaaaaaaaaaaaaaaa
aaaaaaaaaaaaaaaaaaaaaaaaaaaaaaaaaaaaaaaaaaaaaaaaaaaaaaaaaaaaaaa
aaaaaaaaaaaaaaaaaaaaaaaaaaaaaaaaaaaaaaaaaaaaaaaaaaaaaaaaaaaaaaa
aaaaaaaaaaaaaaaaaaaaaaaaaaaaaaaaaaaaaaaaaaaaaaaaaaaaaaaaaaaaaaa
aaaaaaaaaaaaaaaaaaaaaaaaaaaaaa

aaaaaaaaaaaaaaaaaaaaaaaaaaaaaaaaaaaaaaaaaaaaaaaaaaaaaaaaaaaaaaa
aaaaaaaaaaaaaaaaaaaaaaaaaaaaaaaaaaaaaaaaaaaaaaaaaaaaaaaaaaaaaaa
aaaaaaaaaaaaaaaaaaaaaaaaaaaaaaaaaaaaaaaaaaaaaaaaaaaaaaaaaaaaaaa
aaaaaaaaaaaaaaaaaaaaaaaaaaaaaaaaaaaaaaaaaaaaaaaaaaaaaaaaaaaaaaa
aaaaaaaaaaaaaaaaaaaaaaaaaaaaaaaaaaaaaaaaaaaaaaaaaaaaaaaaaaaaaaa
aaaaaaaaaaaaaaaaaaaaaaaaaaaaaaaaaaaaaaaaaaaaaaaaaaaaaaaaaaaaaaa
aaaaaaaaaaaaaaaaaaaaaaaaaaaaaaaaaaaaaaaaaaaaaaaaaaaaaaaaaaaaaaa
aaaaaaaaaaaaaaaaaaaaaaaaaaaaaaaaaaaaaaaaaaaaaaaaaaaaaaaaaaaaaaa
aaaaaaaaaaaaaaaaaaaaaaaaaaaaaaaaaaaaaaaaaaaaaaaaaaaaaaaaaaaaaaa
aa

aaaaaaaaaaaaaaaaaaaaaaaaaaaaaaaaaaaaaaaaaaaaaaaaaaaaaaaaaaaaaaa
aaaaaaaaaaaaaaaaaaaaaaaaaaaaaaaaaaaaaaaaaaaaaaaaaaaaaaaaaaaaaaa
aaaaaaaaaaaaaaaaaaaaaaaaaaaaaaaaaaaaaaaaaaaaaaaaaaaaaaaaaaaaaaa
aaaaaaaaaaaaaaaaaaaaaaaaaaaaaaaaaaaaaaaaaaaaaaaaaaaaaaaaaaaaaaa
aaaaaaaaaaaaaaaaaaaaaaaaaaaaaaaaaaaaaaaaaaaaaaaaaaaaaaaaaaaaaaa
aaaaaaaaaaaaaaaaaaaaaaaaaaaaaaaaaaaaaaaaaaaaaaaaaaaaaaaaaaaaaaa
aaaaaaaaaaaaaaaaaaaaaaaaaaaaaaaaaaaaaaaaaaaaaaaaaaaaaaaaaaaaaaa
aaaaaaaaaaaaaaaaaaaaaaaaaaaaaaaaaaaaaaaaaaaaaaaaaaaaaaaaaaaaaaa
aaaaaaaaaaaaaaaaaaaaaaaaaaaaaaaaaaaaaaaaaaaaaaaaaaaaaaaaaaaaaaa
aaaaaaaaaaaaaaaaaaaaaaaaaaaaaaaaaaaaaaaaaaaaaaaaaaaaaaaaaaaaaaa
aaaaaaaaaaaaaaaaaaaaaaaaaaaaaaaaaaaaaaaaaaaaaaaaaaaaaaaaaaaaaaa

ааа
ааа
ааа
ааа
ааа
ааа
ааа
ааа
ааа
ааа
ааа
ааа
аа-
аа-
аа-
аа-
ааааааааааааааааааааааааа

ааа
ааа
ааа
ааа
аа-
аа-
аа-
аа-
ааа
аа-
аа

Часть шестая

Я СВОЮ НОРМУ ВЫПОЛНИЛ!

МЫ СВОЮ НОРМУ ВЫПОЛНИЛИ!

ОНИ СВОЮ НОРМУ ВЫПОЛНИЛИ!

ТЫ СВОЮ НОРМУ ВЫПОЛНИЛ?

У ВАСИ С ЛЕНОЙ ВСЁ В НОРМЕ!

У ПЕТИ С ЛЮБОЙ ВСЁ В НОРМЕ!

У ЖОРЫ С МАШЕЙ ВСЁ В НОРМЕ!

У ВАНИ С ЭММОЙ ВСЁ В НОРМЕ!

АРИЯ НОРМЫ ВЕЛИКОЛЕПНА!

АРИЯ НОРМЫ НЕПОДРАЖАЕМА!

АРИЯ НОРМЫ УДИВИТЕЛЬНА!

АРИЯ НОРМЫ ВИРТУОЗНА!

ПРАВОВЫЕ НОРМЫ СОБЛЮДЕНЫ

ЭТИЧЕСКИЕ НОРМЫ СОБЛЮДЕНЫ

БЫТОВЫЕ НОРМЫ СОБЛЮДЕНЫ

ТАРИФНЫЕ НОРМЫ СОБЛЮДЕНЫ

ГРУЗИНСКИЙ ЧАЙ НОРМА АРОМАТЕН

ГРУЗИНСКИЙ ЧАЙ НОРМА ВКУСЕН

ГРУЗИНСКИЙ ЧАЙ НОРМА ПРИЯТЕН

ГРУЗИНСКИЙ ЧАЙ НОРМА ПОПУЛЯРЕН

СТАКАН — СЕРЁГИНА НОРМА

ЧЕКУШКА — ВАСЬКИНА НОРМА

ПОЛЛИТРА — НЮРКИНА НОРМА

ЛИТР — ДИМКИНА НОРМА

ГОРОД НОРМА РАСТЁТ И СТРОИТСЯ

СПОРТКОМПЛЕКС НОРМА РАСТЁТ И СТРОИТСЯ

ПОСЕЛОК НОРМА РАСТЁТ И СТРОИТСЯ

ЗАВОД НОРМА РАСТЁТ И СТРОИТСЯ

Часть седьмая

Стенограмма речи главного обвинителя

Продолжение

...закончил его с красным дипломом отличника. Что ж, природа не обделила этого человека ни талантом, ни трудоспособностью. Действительно, работая впоследствие в Институте Изящных Искусств, он проявил себя в качестве эрудированного, добросовестного ученого, снискав тем самым уважение руководства и коллег. Его доклады и сообщения на факультетских и институтских заседаниях Учёного Совета свидетельствовали о высоком творческом потенциале подсудимого. Ещё будучи на должности младшего научного сотрудника, он сумел за два с половиной года опубликовать восемнадцать монографий, девять реферативных статей, отредактировать и подготовить к печати четыре сборника из серии «Панорама искусств». Кроме того, он защитил кандидатскую диссертацию по теме «Дадаизм и Тибет», что позволило ему занять должность старшего научного сотрудника. По настоянию руководства ИИИ реферат диссертации подсудимого был издан отдельной книгой в издательстве «Наука», а через полтора года, то есть в апреле 1948 г. книга «Дадаизм и Тибет» вышла еще в двух отечественных издательствах — в «Мире» и в

«Скорпионе». Одновременно она была переведена на английский, французский, немецкий, испанский, итальянский, японский и китайский языки. В январе 1948 года подсудимый получил приглашение от института Семиотики и Семантики прочитать курс лекций по семиотике даосских символов, который он и прочёл, совмещая в течении восьми месяцев научную и преподавательскую деятельность. После этого он был включен в научный совет ИСС и оставался его полноправным членом вплоть до первого ареста. Это произошло в июне 1949 года, по возвращении подсудимого из канадского города Торонто, где он участвовал в международном конгрессе дюшанистов, то есть специалистов по творчеству Марселя Дюшана. Июнь тогда выдался тёплым, я бы даже сказал — жарким. Утро 16 июня было ясным и солнечным. Позавтракав, как обычно, в восемь пятнадцать, подсудимый снял с себя махровый халат и, напевая вполголоса траурный марш из оперы Вагнера «Гибель Богов», принялся одеваться перед большим старинным зеркалом, перешедшим к нему по наследству от его бабушки — вдовы полковника континентальных войск. В дверь постучали. Подсудимый быстрым движением затянул узел тёмно-синего галстука и пошел открывать. Ну и взяли молодца. Пришли с ордером на арест и на обыск. И попотрошили за милую душу, так, что пух из подушек пропоротых летел в распахнутые окна, плыл в жарком воздухе, смешиваясь с тополиным. А подсудимый сидел на стуле и торчал, как хуй. Затем он был доставлен в Лефортовский следственный изолятор, где содержался вплоть до вынесения приговора. Осужденный к двадцати семи годам лишения свободы, подсудимый этапировался в исправительно-трудовой лагерь «Верба», находящийся в Таджикской ССР. По дороге в лагерь на пересыльном пункте в г.Гурьеве подсудимый имел ряд инцидентов с соседями по камере, а именно — с Бортниковым Ильей Сергеевичем по кличке Сохатый и Муравьевым Василием Кузьмичем по кличке Ноги. В результате вышеназванных инцидентов подсудимый потерял три фикса, шкары и корочки. Да и бациллы с него смыли все, а заодно и выхарили пару раз, чтоб не срал громко. По прибытию в лагерь он был распределен в бригаду поливальщиков крыш, в которой и проработал вплоть до освобождения. Выйдя из лагеря в 1984 году, эта сволочь опять засела за книги. Он читал новое, перечитывал старое, смотрел слайды, репродукции, прослушивал пластинки и кассеты. Перечитав Томаса Манна, Пруста, Джойса, Достоевского, Ницше, Толстого, Чехова, Мейеринка, Кафку, Борхеса, Платонова, Шестова, Бердяева, Добычина, Штейнера, Юнга, Фрейда, Ортега-и-Гассета, Набокова, Кьеркьегора, Хайдеггера, Сведенборга, Хаксли, Орвелла, Гессе, Во, Хемингуэя, он перешел к изобразительным искусствам. Его морщинистая, задубевшая от южного солнца и ветра рука смахнула пыль с альбомов и монографий дадаистов, он сутками разглядывал, перелистывая пожелтевшие страницы, купил, падла, проектор, обзавелся слайдами, проецировал их на простыню послевоенного пошива. Подтаяло, отнялось сердце, когда поползли по ней автоматические рисунки Арпа, Пикабии, Миро, когда сверкнула, перемежаясь, живопись Шагала, Кирико, Пикассо, Эрнста, Тойбер, Кандинского, Клее, Ван Дусбурга, Мондриана, Жанко, когда распластался на простыне, свербя душу неземными переливами «Великий мастурбатор» Сальвадора Дали, ставший за эти десятилетия ещё лучше, когда качнулись аморфные конструкции Ива Танги, когда пошла, пошла, пошла абстрактная живопись пятидесятых, когда безумно-гениальный Клайн потащил по холсту измазанных краской натурщиц, когда Матье стрелял краской в холст, а Поллак приплясывал над картиной со струёй краски, свернулась кровь в венах у подсудимого, когда попёр поп-арт, этот витаминизированный внучок дады, когда засияли томатные супы Энди Уорхола, засмеялись комиксовые бэби Лихтенштайна, распахнулись карты и мишени Джонса, обрушилась чертовщина Раушенберга, взгромоздились автомобильные дверцы Чемберлена. Всё это, всё это, всё это. Это было ново и не ново и он потел, блядский потрох, дешёвка недоёбаная, крутил ручки, менял слайды, шелестел бумагой. А после полезло вообще невообразимое — Кошут, Джадд, Опенгейм, Джильберт и Джордж, Кристо, Бойс. Концептуализм ошарашил его простотой своей идеи, после концептуализма он вспомнил про музыку, про поэзию, и вот уже драл горло шенберговский Лунный Пьеро и тек по нервам огненный коктейль Мандельштама. И подсудимый лёг на плюшевый диван и закинул руки, и закрыл глаза, вспоминая дадаистские поэмы Тристана Тзары, сонаты Берга, строчки Элиота, и всё это сочилось сквозь него, текло, переполняя, и он оживал, как рассохшийся инструмент оживает на весенней помойке, он обретал звук и цвет, ясность мысли и остроту чувств, память и речь. И в нём колыхнулись древние века, проступили даосы, Лао-цзы, Конфуций, Будда, Экклезиаст, Сократ, Христос, Гораций, Гомер, Плиний, Софокл, Аристотель, Тацит, Овидий, а там толкнулись и средние века, Нибелунги, Парсифаль, Тристан и Изольда, горбоносый Данте, волосатый Томас Мелори, замахал мечом Беовульф, натянул тетиву Сид и пошло-поехало к Возрождению: заговорил диалогами Эразм, рассыпался бисером по мрамору Бокаччио, смешал краски Рафаэль, задумался над полётом голубя Леонардо, настроил скрипку Скарлатти и дальше, дальше, бля, через Баха-Генделя, Моцарта-Бетховена, Монтеня-Шеллинга к новым временам, в его (подсудимого) любимый двадцатый век. Растянувшись на диване, внешне он ничем не отличался от себя самого, — лежит себе плюгавый старичок с пепельным лицом и коричневыми губами и, закрыв глаза, теребит загрубевшими пальцами край одеяла. Но внутренне, внутренне, граждане судьи, он напоминал не больше не меньше-

раструб, или точнее — воронку. Все культурные, с позволения сказать, испражнения всех времён перемешивались, уплотнялись, ползли к горлышку воронки, стягивались, стягивались, и — вот уже он и приподнялся на сухих локтях и щеки серые покраснели, а морщинистые веки тронулись влагой: воронка прорвалась его божеством по имени Марсель Дюшан. Да, граждане судьи и вы, плоскомордые разъебаи, чинно сидящие в зале. Именно Марсель Дюшан являлся для подсудимого высшим феноменом человеческой культуры всех эпох. Почему? Не могу ответить вразумительно. Ведь были же и другие имена и не хуже: Шекспир, к примеру, тот же Леонардо, на худой случай — Гете. Или Платон. Тоже ведь не хуй собачий. Но для подсудимого — Дюшан и хоть ты заебись березовой палкой! Вот какая сука своевольная. Приподнявшись на локтях, он радостно улыбался. Ну, как же, вспомнил, проказник, вспомнил своего кумира, о «Большом стекле» которого он делал доклад на конгрессе дюшанистов. Да. Было дело, нечего сказать. Есть что вспомнить: Штаты, потом Канада, долларов в кармане до хуя, меняли тогда сколько хочешь, доклад гениальный, английский доступен, как и русский, зал слушает, Эрнст слушает, Леви-Стросс слушает и... о, Боже! Вооон ОН, сидит с краешку, щурясь на докладчика, а докладчик все про Нью-Йоркский период, да про запыление «Большого стекла», да про Розу Селяви, да про унификацию идеи реди-мейд... Как во сне. А после — аплодисманы, кофиёк в кулуарах. Представили. Лично. Невысокий, подвижный, очаровательный. «Люблю дышать, больше чем работать.» Что, ж, оригинально. Доклад понравился. Большая осведомленность, поразительная осведомленность! Уай? Уотс дэ айрон кертн? О, хуйня, мсье Дюшан, поверьте на слово! Вот. А потом — партия в шахматы, да, да, не отказывайтесь, я играю со всеми. Надо сказать, граждане судьи, подсудимый был весьма способен к шахматной игре. В начале своей речи я упомянул о том веселом инциденте с пляжным шахматистом, как нельзя лучше иллюстрировавшим врожденные способности подсудимого. Дядя, съешь лошадку. Хе, хе... мда. И вот, стало быть — партия. Испанская партия, подсудимый — белые, Дюшан — чёрные, и центр уже вскрыт по линии с, разменены пешки, пара лошадок, ладьи, ферзевый эндшпиль с некоторым преимуществом подсудимого-докладчика, долгое маневрирование грозными ферзями, кофе давно остыл, пора ехать в гостиницу, проходную стопорит конь. Ничья. Что ж, неплохо, неплохо играете. Правда? Совсем не занимаетесь? А, все-таки иногда... Нет, я тоже. Так, под настроение, но серьёзно

— только в молодости, во Франции. Да. Да. Нет, чемпионом никогда. С Алёхиным? Нет, не доводилось. Сейчас? Отдыхаю. Вот, граждане судьи. Дюшан продолжал отдыхать, подсудимый вернулся «и попал, как крыса, с корабля на бал». Д.А.Пригов, между прочим. Но, если серьезно, почему именно Дюшана ставил и, судя по выражению лица, ставит подсудимый выше всех? Выше Моцарта, Леонардо, Шекспира? Мне кажется, что прежде всего этому способствует стойкое убеждение подсудимого в непреходящем значении XX века, как «осевого времени» (К.Ясперс) цивилизации, а следовательно и культуры. Наука впервые за всю историю человечества оттеснила философию, претендуя на её роль. Однако полностью сыграть эту роль ей не удалось из-за жесткости, ограниченности научных методов и языка. Зато рождавшееся в муках авангардное искусство XX века смогло полноправно занять место одряхлевшей, никому не нужной философии. Да все это, грубо говоря, описано в известной статье Кошута «Искусство после философии», хули я перед вами плешью по паркету стучу... Так вот, а Марсель Дюшан, по мнению гражданина подсудимого, первый из двуногих отделил искусство от ремесла своими гениальными работами. Подсудимый сидел на диване и слёзы ползли по его щекам. Он вспоминал «Фонтан», самую гениальную по его мнению работу XX века, этот чистенький писсуар из общественной уборной. Он сверкал в его сознании, поворачиваясь, он разростался, заполняя пространство своими белыми формами, являя собой Венеру Милосскую XX века. Да. Двадцатого века, двадцааатогоооо веeекаааа... бля, заебался уже. Да. Но вы спросите — что было потом?

А потом-то, господа присяжные заседатели, случилось принеприятнейшее. В один прекрасный красный вечер господин подсудимый, вспомнив исторический разговор между Дюшаном и Дали о продаже говна одним поп-артистом, срезал на своем теле все родинки безопасным лезвием «Нева». Припудрив ранки квасцами, он сел за машинку и печатал, как дятел, и как курва слепая стучал, мне мозги все распятил, пищеблоком своим докучал, пренатальный ребенок, дзен-буддист, шизофреник, дурак, образован с пеленок, но по сути — полнейший мудак, всё писал, всё печатал, всё, как курва слепая, стучал, обнажал свой початок, пищеблоком своим докучал, пил, смеялся, дрочился, срал на койку и смачно пердел, в скрипку долго мочился, между тем безнадежно седел, между тем — завирался и дрожал, и глотал молофью, с кошкой сочно ебался и свистел, подражал соловью, плющил пальцы тисками, Джойса рвал и глотал с молоком, резал шторы кусками, пятки нежно лизал языком, мазал кремом залупу и показывал в форточку всем, хуй разглядывал в лупу, говоря: я ебусь, когда ем, мебель резал ножовкой, керосином цветы поливал, сам питался перловкой, телефон раскрошил и сожрал, письма слал космонавтам, Саваофу молиться просил, не простил аргонавтам, бюст Гомера с балкона спустил, стал играть Куперена, грыз пюпитр и надсадно орал, причитал: о, святая Елена, у себя всё что можно украл, посылал телеграммы и печатал, печатал, печа... Мы его потом арестовали и заставили плясать ча-ча-ча. Вот этим всё и кончилось. Короче говоря, граждане судьи, комната подсудимого к тому времени представляла жуткое зрелище. Посудите сами, — всё загажено, везде валяются куски разбитой мебели, испорченных продуктов, клочья бумаги. А подсудимый — весь в коросте, появившейся на почве глубочайшего шизофренического шуба (приступа), сидит за машинкой и печатает, печатает, печатает. Успел написать он немного, но тем не менее эти два десятка листков, на мой взгляд, представляют для суда чрезвычайный интерес. Я предлагаю гражданам судьям и всем присутствующим в зале ознакомиться с этим так называемым творчеством подсудимого. После ознакомления мы продолжим.

В дороге

Лоб к стеклу прижатый леденеет, но не оторваться от окна.

— Еду, еду по своей стране я, в новые места и времена! — рассмеялся Груздев, помешивая чай в трясущемся стакане. Либерзон чистил яйца, аккуратно складывая скорлупу в кучку:

— Да, Виктор Лукич. Чем-нибудь грозны и знамениты каждый город, каждое село. Здесь руда вольфрамова открыта, здесь зерно на камне проросло...

— Здесь живут художники в долинах, — покосился в окно Груздев. — Вон, вся в узорах крыша с петушком.

— Здесь родился комендант Берлина и на речку бегал босиком.

Либерзон разрезал яйцо вдоль, положил половинку перед Груздевым:

— Здесь прошла дорога наступленья. И пусть, Виктор Лукич, нам было очень тяжело. Счастлив я, что наше поколенье вовремя, как надо, подросло.

— Конечно, Михаил Абрамыч, конечно. Я, понимаете, объездил, кажется, полсвета. Бомбами изрытый шар земной. Но как будто новая планета Родина сегодня предо мной.

Либерзон сунул свою половинку в рот:

— Вот...ммм...Россия в серебре туманов, вопреки всем недругам жива.

— Домны, словно сестры великанов.

— Эстакад стальные кружева...

— Смотрите...вновь стога. И села за стогами. И в снегу мохнатом провода.

— Тихо спят, спеленуты снегами, новорожденные города...

В ночь, когда появился на свет Комсомольск-на-Амуре роды принимала Двадцать Шестая Краснознамённая мотострелковая дивизия Забайкальского военного округа.

Роды были сложными. Комсомольск-на-Амуре шел ногами вперед, пришлось при помощи полевой артиллерии сделать кесарево сечение. Пупок обмотался было вокруг шеи новорожденного, но сапёрный батальон вовремя ликвидировал это отклонение. Младенца обмыли из 416 брандспойтов и умело спеленали снегами. Отслоившуюся плаценту сохранить не удалось, — ввиду своей питательности она была растащена жителями местного района.

Искупление

— С нами рядом бежал человек, — задумчиво проговорил капитан СМЕРШа, снимая портупею с уставших плеч, — нам казалось: отстанет — могила. Он, понимаешь, упал у траншеи на снег. Малодушье его повалило.

Лейтенант СМЕРШа понимающе кивнул, поставил котелок на прокопчёную, монотонно гудящую печку:

— Как же. Помню. Помню, как он перед строем смотрел в тишину. Каждый думал — он должен в сраженье искупить своей кровью вину перед павшим вторым отделеньем.

Капитан повесив портупею на гвоздь, вбитый в чёрные бревна землянки:

— А, помнишь, политрук еще говорил: «Силой взглядов друзей боевых в безысходном его разуверьте. Он обязан, — говорит, — остаться в живых, если верит в бессилие смерти».

— Помню, товарищ капитан. Потом еще в «Солдатском листке» поэт писал: «Что таишь в себе, зимняя мгла? Проломись сквозь погибель и вызнай!»

— Точно. А в передовице: «Он идет. И, ползя сквозь снега, не своею, а кровью врага искупает вину пред Отчизной».

Лейтенант снова кивнул, помешал ложкой в котелке:

— Наш солдат, товарищ капитан, продираясь сквозь ад, твердо верит, в бою умирая, что и в дрогнувшем сердце солдат есть какая-то сила вторая.

— Ну, — капитан пожал плечами, провел рукой по измученному бессоницей лицу, — это — думы о доме родном. Это — тяжкого долга веленье...

— Я думаю, товарищ капитан, это — всё, что в порыве одном обещает судьбе искупленье. Садитесь кушать, пожалуйста. Закипело уже.

Лейтенант обхватил котелок ремнем и перенёс на врытый в землю стол.

Капитан сел на широкую колоду, отломил хлеба, придвинул к себе котелок:

— Я, брат, похлебаю малость, тебе оставлю...

— Ешьте, ешьте на здоровье, — лейтенант сел напротив.

Капитан помешал ложкой в дымящемся вареве, выловил белое, разварившееся ухо, устало посмотрел на него. Разбухшую мочку пересекал лиловый шрам.

— А это откуда у него? — спросил он у лейтенанта.

— Да это под Брестом его царапнуло. В страшном шквале огня, в рыжем облаке пыли, — с готовностью ответил лейтенант.

— Понятно.

Капитан долго дул на ухо. Потом отправил его в рот и принялся жевать— тщательно и сильно.

Самородок

— Золотые руки у парнишки, что живет в квартире номер пять, товарищ полковник, — докладывал, листая дело № 2541/128, загорелый лейтенант. — К мастеру приходят понаслышке сделать ключ, кофейник запаять.

— Золотые руки все в мозолях? — спросил полковник, закуривая.

— Так точно. В ссадинах и пятнах от чернил. Глобус он вчера подклеил в школе, радио соседке починил.

— Какого числа починил?

— Восемнадцатого, товарищ полковник.

— Так. Докладывайте дальше.

— В квартире № 14 он спираль переменил на плитке, подновил дырявое ведро. У него, товарищ полковник, гремят в карманах слитки — олово, свинец и серебро.

— Интересно...

— Ходики собрать и смазать маслом маленького мастера зовут. Если, товарищ полковник, электричество погасло, золотые руки тут как тут. Пробку сменит он и загорится в комнатах живой веселый свет. Мать руками этими гордится, товарищ полковник, хоть всего парнишке десять лет...

Полковник усмехнулся:

— Как же ей, гниде бухаринской не гордиться. Такого последыша себе выкормила...

Через четыре дня переплавленные руки парнишки из квартиры № 5, пошли на покупку поворотного устройства, изготовленного на филиале фордовского завода в Голландии и предназначенного для регулировки часовых положений ленинской головы у восьмидесятиметровой скульптуры Дворца Советов.

Рожок

Порхает утренний снежок и на затворе тает вдруг.

— Средь боя слышу я рожок — необычайно нежный звук! — воскликнул комбриг, разглядывая в бинокль поле боя.

Над полуоткрытым блиндажем свистели пули. В воздухе пахло гарью.

Комбриг крепче прижал бинокль к глазам:

— И автомат к плечу прижат. Захлёбывается огнем...

Сзади подошел политрук:

— Это, товарищ комбриг, — для залпа общего сержант команду подает рожком.

Комбриг опустил бинокль, нахмурил брови:

— Декабрьский снег — что козий пух. Не здесь ли в прошлые года я слушал, как играл пастух, ведя задонские стада?

Политрук вздохнул:

— Но взял оружие народ строителей и пастухов. Его на подвиги зовет прозрачный, нежный звук рожков.

Комбриг повернулся, посмотрел на него ввалившимися от постоянной бессоницы глазами:

— Дорогой горя и тревог шагай, сражайся и терпи. Еще услышим мы рожок в безмолвной утренней степи.

Политрук понимающе кивнул и молодцевато одернул портупею.

Их вывели в степь утром.

Солнце еще не встало — на востоке розовела мутная дымка.

Снег громко хрустел под ногами отделения смершевцев.

Комбриг и политрук двигались бесшумно — они были босы и шли в одном заледенелом исподнем. Руки их были скручены колючей проволокой.

— Отделение, стой! — скомандовал высокий сержант и затянутые в полушубки солдаты остановились.

— Готовсь!

Смершевцы сдернули автоматы, приложили к тугим плечам.

Комбриг поцеловал политрука в поседевший за одну ночь висок. Политрук неловко придвинулся к нему, ткнулся лицом в окровавленную рубаху и заплакал.

— Да здравствует великий Сталин! — выкрикнул комбриг хриплым голосом.

Сержант вынул из-за пазухи инкрустированный серебром и перламутром рожок и приложил к посиневшим губам.

В память о встрече

Серёжа одел шинель и повернулся к Лиде:

— Слушай, подари мне на прощанье пару милых пустяков. Папирос хороших, чайник, томик пушкинских стихов...

Лида грустно улыбнулась, сняла с полки Пушкина, потом пошла на кухню.

Серёжа застегнул пуговицы шинели, надел пилотку и стал листать томик.

Вскоре Лида вышла с чёрным мешочком и небольшим жестяным чайником:

— Вот, Серёженька. Табаку у меня нет.

— А это что?

— Сухари.

— Ну, что ж. Чудесно.

— Возьмёшь?

— Ещё бы! Жизнь армейца не балует, что ты там ни говори...Только ты знаешь, я б хотел и поцелуи захватить, как сухари.

Лида улыбнулась, положила чайник с сухарями на стол.

Серёжа развязал вещмешок, стал запихивать в него чайник и Пушкина:

— Может, Лид, очень заскучаю, так вот было бы в пути и приятно вместо чаю губы тёплые найти.

— Неужели приятно?

— Лидка! Если свалит смерть под дубом всё равно приятно, чтоб отогрели эти губы холодеющий мой лоб.

Он подошел к ней, обнял:

— Подари...авось случайно пощадят ещё в бою. Я тогда тебе и чайник и любовь верну свою!

Лида вздохнула, пошла в спальню.

Кровать была не прибрана. На тумбочке стояла порожняя бутылка портвейна с двумя стаканами.

Лида открыла платяной шкаф, заглянула внутрь.

Поцелуи лежали на третьей полке под стопкой белья между двумя ночными рубашками.

— Сколько тебе, Серёж? — крикнула Лида.

— Да не знаю...сколько не жалко...

Она отсчитала дюжину и в пригоршнях вынесла Серёже:

— Держи.

— Во, нормально.

Он развязал мешочек с сухарями, высыпал туда поцелуи:

— Спасибо, милая.

Лейтенант СМЕРШа Горностаев, лично расстрелявший рядового Сергея Ивашова по приговору военного трибунала за распространение пораженческих слухов, лично же и распределял его вещи.

Жестяной чайник достался сержанту Сапунову, запасные сапоги — старшине Черемных, флягу со спиртом лейтенант отдал майору Крупенко.

Вечером, когда усталые офицеры СМЕРШа пили чай в землянке, Горностаев вспомнил про оставшиеся ивашовские сухари, достал мешочек и потряс над грубым столом.

Сухари вперемешку с поцелуями посыпались на свежеструганые доски.

— Что это такое? — Крупенко взял поцелуй.

— А чёрт его знает, товарищ майор, — пожал плечами Горностаев.

— Что, прямо вместе с сухарями и лежало?

— Так точно.

Крупенко понюхал поцелуй, откусил, прожевал и выплюнул:

— Хуйня какая-то...

Капитан Воронцов тоже откусил:

— Жвачка, наверно. Американцы наверно.

— Та ну ее к бису эту живачку! Поотравимсь ещё... — Крупенко выбрал поцелуи из сухарей, протянул лейтенанту Огурееву:

— Ну-ка, Сашок, кинь у печурку...

Огуреев отворил дверцу печки и швырнул поцелуи в огонь. Затрещало, запахло чем-то приторным.

Огуреев закрыл дверцу, снял с печки чайник, понёс к столу.

Горностаев подвинул ему томик Пушкина, Огуреев поставил на него чайник.

— О це добре... — Крупенко протянул Огурееву кружку. — Плесни-ка.

Огуреев стал наливать кипяток.

Шторм

Пять вымпелов кильватерной колонной держали курс в открытый океан.

Над кораблями ветер просолёный чернел, перерастая в ураган. Всю ночь прошли в переплетенье молний. То свет слепил, то мрак вставал стеной.

И освещённые грозою волны в форштевень бились белой головой, по клотики эскадру зарывали в густую пену оголтелых вод, и, как в чугун закованные, дали качали ослеплённый небосвод.

На баке гнуло леерные стойки и мяло у орудий волнорез. И, обмывая брызгами надстройки, корабль то под гору, то в гору лез.

Утрело. Флаг метался на флагштоке, летел, как птица, белый с голубым.

И, проясняясь, небо на востоке рассачивало тучи, словно дым. Пять вымпелов у рей — пять красных молний! Да соль у командира на плечах.

А корабли из шторма шли на полном, покачиваясь грозно на волнах.

Чайки кружили над эскадрой, одна из них села на локатор головного корабля. Адмирал вышел из рубки, снял фуражку, подставил под ветер крепкую седую голову.

— Подходим к Севастополю, товарищ адмирал! — донеслось из рубки.

Адмирал улыбнулся, наклонился, глядя на палубу с выстроившимся экипажем.

Плотная серебристая корка соли, покрывающая адмираловы плечи треснула.

Сверкнули золотые звезды на погонах.

Впереди в розоватой дымке показался Севастополь.

Соль кусками сыпалась с адмираловых плеч вниз, на головы замерших матросов.

Руки моряков

Уходят в поход ребята, простые рабочие парни. От чёрных морских бушлатов соленой водою пахнет.

— Готовность один!

И снова парни к орудиям встали.

— Тревога!

Одно лишь слово и руки слились со сталью. А ведь совсем недавно руки их пахли хлебом...

— А море? — спросил корреспондент «Красной Звезды» широкоплечего матроса.

— Да в нем подавно никто из нас прежде не был, — застенчиво улыбнулся матрос. — Никто не носил бушлата, товарищ корреспондент, но знают эти ребята, что надо, очень надо ракеты держать и снаряды.

Корреспондент склонился над блокнотом.

Матрос не торопясь поднял руку вместе с приросшим к ней снарядом и почесал висок поблескивающей на солнце боеголовкой.

В сердце солдатском

Капитан расправил на ящике из-под мин измятый листок и, слюнявя карандаш, написал:

Хорошая, любимая, родная!

Мы друг от друга далеко живём. Гляжу на карточку — припоминаю. Как раз перед войной снялись вдвоём. Словами наша речь красна, богата. И есть, Люба, есть слова, что в бой полки ведут. С которыми, сжав пальцы на гранатах, идут на подвиги, на смерть идут. Война шумит у нас над головами. Но нас, Любаша, не разучила и война хранить в сердцах с великими словами простые наших милых имена.

До свиданья, дорогая!

Жди со скорой победой!

Он сложил листок треуголкой, написал адрес, сунул за отворот шинели.

Но вдруг улыбнулся, вспомнив что-то, снова полез за отворот, сморщился на мгновенье и осторожно вынул руку.

На ладони лежало дымящееся сердце.

Капитан потряс его над другой ладонью. Из разнокалиберных артериальных отверстий посыпались разноцветные слова: РАСКУЛАЧИВАНИЕ, ЭМПИРИОКРИТИЦИЗМ, ИНДУСТРИЯ, СТАЛИН, ЭЛЕКТРИФИКАЦИЯ, НКВД, ЖДАНОВ, СОЦИАЛИЗМ, ЛЕНИН, ВКПб, СТАХАНОВ, ИНТЕРНАЦИОНАЛИЗМ и другие.

Положив сердце на ящик, капитан отыскал в похрустывающей кучке слово ЛЮБА, поднес к губам и поцеловал.

Налетел ветер, но капитан поспешно прикрыл слова шинелью.

Только ЛЮБА, КОММУНИЗМ и УДАРНИК слетели на дно окопа.

Когда утих ветер, капитан разыскал их и спрятал вместе с другими в своем сердце.

Степные причалы

Строитель стоит у степного причала на новом готовом участке канала.

Ушли экскаваторы, люди ушли и скоро в просторы придут корабли. В просторы степные, от пыли седые, где ходят бесшумной волной ковыли.

Чугунные кнехты, бетонная стенка и плиты гранита стального оттенка. Прильнет пароход к ним серебряным боком...

Стоит здесь строитель в раздумье глубоком. И мнится ему у степного причала:

— Работали много, а сделали мало.

— Неправда, товарищ, — раздался за спиной строителя спокойный голос. — Ты сделал так много. Дорога воды — это счастья дорога.

Строитель обернулся. Рядом стоял усатый конвойный с ППШ на груди. Он докурил, кинул строителю окурок:

— Пять русских морей ты связал воедино и засуху сила твоя победила.

Строитель поднял окурок, спрятал за пазуху. Конвоир поправил автомат, сощурился:

— Смотри, видны издалека в степях опаленных морские причалы на сваях смоленых, и пристани эти в просторах безбрежных — победа весны, урожая надежда...

Он улыбнулся и крикнул:

— Моря и каналы, прохладу струите!

Стоят у причала солдат и строитель. И мысли их набегают, как волны.

Мечтами и планами головы полны.

— Пусть новое море порадует душу, — проговорил конвойный.

— В морях же, коль надо, воздвигну я сушу. Горячим степям подарю я прохладу, — улыбнулся строитель. — А Север готов я согреть, если надо!

— Как? — ответно улыбнулся конвойный.

Строитель распахнул ватник достал из подмышки сложеную вчетверо карту Севера:

— Сначала — так. А потом посмотрим.

Карта разбухла от пота строителя и поэтому почти не шелестела, когда он её разворачивал.

Сигнал из провинции

На столе Симоненко зазвонил один из трёх телефонов.

Судя по длинным назойливым звонкам, вызывала междугородняя.

Симоненко поднял трубку:

— Восемьдесят девятый слушает.

— Товарищ полковник?

— Да.

— Здравия желаю, товарищ полковник, это капитан Дубцов говорит из Днепропетровска.

— Слушаю вас.

— Товарищ полковник, тут у нас...вобщем я вам доложить хотел...да вот не знаю с чего начать...

— Начните с начала, капитан.

— Вобщем, товарищ полковник, у нас вдоль маленьких домиков белых акация душно цветёт. И здесь недалёко, полчаса от Днепропетровска, село Жупаница, одна хорошая девочка Лида на улице Южной живёт.

— Так. Ну и что?

— Её золотые косицы, товарищ полковник, затянуты, будто жгутом. А по платью, по синему ситцу, как в поле, мелькают цветы.

— Так.

— Вот. Ну вовсе, представьте, неловко, что рыжий пройдоха Апрель бесшумной пыльцою веснушек засыпал ей утром постель.

— Это кто?

— Да еврей один, спекулянт, гнусная личность. Но дело не в нём. Я думаю, товарищ полковник, не зря с одобреньем весёлым соседи глядят из окна, когда на занятия в школу с портфелем проходит она. В оконном стекле отражаясь, товарищ полковник, по миру идёт, не спеша, хорошая девочка Лида...

— Да чем же она хороша? — прижав трубку плечом к уху, полковник закрыл лежащее перед ним дело, стал завязывать тесёмки.

— Так вот, спросите об этом мальчишку, что в доме напротив живёт. Он с именем этим ложится, он с именем этим встаёт! Не даром ведь на каменных плитах, где милый ботинок ступал, «Хорошая девочка Лида!» с отчаянья он написал!

— Ну, а почему вы нам звоните, капитан? Что, сами не можете допросить? У вас ведь своё начальство есть. Доложите Землишеву.

— Так в том-то и дело, товарищ полковник, что докладывал я! Два раза. А он как-то не прореагировал. Может занят...может что...

— Ну а почему именно мне? Ведь вас Пузырёв курирует.

— Но вы ведь работали у нас, товарищ полковник, места знаете...

— Знаю-то знаю, но что из этого? Да и вообще, ну написал этот парень, ну и что?

— Так, товарищ полковник, не может людей не расстрогать мальчишки упрямого пыл!

— Да бросьте вы. Так, капитан, Пушкин влюблялся, должно быть, так Гейне, наверно, любил.

— Но, товарищ полковник, он ведь вырастет, станет известным!

— Ну и покинет, в конечном счете, пенаты свои...

— Но окажется улица тесной для этой огромной любви! Ведь преграды влюблённому нету, смущенье и робость — враньё! На всех перекрёстках планеты напишет он имя её. Вот ведь в чем дело!

Полковник задумался, потёр густо поросшую бровь.

Капитан тоже замолчал.

В трубке слабо шуршало и изредко оживали короткие потрескивания.

Прошла минута.

— Говорите? — зазвенел близкий голос телефонистки.

— Да, да, говорим, — заворочался Симоненко.

— Говорим, говорим, — отозвался Дубцов. — Ну так, что ж делать, Сергей Алексаныч?

Симоненко вздохнул:

— Слушай, капитан...ну и пусть, в конце концов, он пишет.

— Как так?

— Да вот так. Пусть пишет. На полюсе Южном — огнями. Пшеницей — в кубанских степях. А на русских полянах — цветами. И пеной морской — на морях.

— Но ведь, товарищ полковник, так он и в небо залезет ночное, все пальцы себе обожжёт...

— Правильно. И вскоре над тихой землёю созвездие Лиды взойдёт. И пусть будут ночами светиться над нами не год и не два на синих небесных страницах красивые эти слова. Понятно?

— Понятно, товарищ полковник.

— А спекулянта этого, как его...

— Апрель, Семён Израилевич.

— Вот, Апреля этого передайте милиции, пусть она им занимается. Плодить спекулянтов не надо.

— Хорошо, товарищ полковник.

— А Земишеву привет от меня.

— Обязательно передам, товарищ полковник.

— Ну, будь здоров.

— Всего доброго, товарищ полковник.

Незабываемое

— Когда мы в огнемётной лаве решили всё отдать борьбе, мы мало думали о славе, о нашей собственной судьбе, — проговорил Ворошилов, разливая коньяк по рюмкам.

Будённый кивнул:

— Это точно, Клим. По совести, другая думка у нас была светла, как мёд: чтоб пули были в наших сумках и чтоб работал пулемёт. Будь здоров....

Выпили.

Ворошилов закусил куском белорыбицы, вздохнул:

— Мы, Сеня, горы выбрали подножьем. И в сонме суши и морей забыли всё, что было можно забыть...

— Забыли матерей! — махнул вилкой Будённый.

— Дома, заречные долины, полей зелёных горький клок...

— Пески и розовую глину. Всё то, что звало и влекло.

Ворошилов налил по второй, разрезал огурец поперек, стряхнул половину на перегруженную тарелку Будённого:

— Но мы и в буре наступлений, железом землю замостив, произносили имя Ленин, как снова не произнести!

— Да. Всё было в нём: поля и семьи...

— И наш исход из вечной тьмы. Так дуб не держится за землю, Сеня, как за него держались мы! Помнишь?

— Ну, ещё бы! Не только помню, Клим, но вот... — Будённый полез в карман кителя, — вот всегда при себе храню...

Он вытащил потрёпанную фотографию.

На фоне выстроившихся войск на поджарых жеребцах сидели молодой Будённый и молодой Ворошилов. Фуражки глубоко наползали на глаза, тугие шинельные груди пестрели кругляшками орденов, эфесы шашек торчали сбоку сёдел.

Руки молодых командармов крепко держались за слово ЛЕНИН, повисшее на уровне их сёдел.

Хотя буквы были не очень широки, в них всё равно хорошо различались обнесённые заборами гектары дач и две счастливые семьи, и заседание президиума Верховного Совета СССР, и черные эскорты машин, и убранная цветами трибуна мавзолея, и интимный вечер на кунцевской даче вождя, — Жданов за роялем, Молотов, Ворошилов, Будённый, Берия, Каганович, три тенора Большого Театра — поют, а Сталин неспешно дирижирует погасшей трубкой.

Памятник

— Им не воздвигли мраморной плиты, — проговорил бортмеханик, вытирая промасленные руки куском ветоши. — На бугорке, где гроб землёй накрыли, как ощущенье вечной высоты, пропеллер неисправный положили.

Сидящий на крыле стрелок-радист махнул рукой, перекусил измочаленную зубами травинку:

— Да и надписи огранивать им рано, Паш. Ведь каждый, небо видевший, читал, когда слова высокого чекана пропеллер их на небе высекал.

Бортмеханик сунул ветошь в карман, закрыл капот:

— И хоть рекорд достигнут ими не был, хотя мотор и сдал на полпути, — остановись, взгляни прямее в небо и надпись ту, как мужество, прочти.

Стрелок-радист поднял голову и снова в который раз прочел на розоватом июльском небосклоне:

ЖИТЬ СТАЛО ЛУЧШЕ, ТОВАРИЩИ,
ЖИТЬ СТАЛО ВЕСЕЛЕЕ!

И.Сталин

Бортмеханик вздохнул:

— Вот если б все с такою жаждой жили, чтоб на могилу им взамен плиты их инструмент разбитый положили и лишь потом поставили цветы.

В Ленинграде

Плывёт Нева, отсвечивая сталью. На пьедестале — Крузенштерн литой.

— Морскою околдованные далью, сюда пришли мы с давнею мечтой, — прошептал Сивакин, провожая глазами колонну курсантов.

Боборовский улыбнулся:

— Да...торпеды, мины, древние галеры...

— Курсантский строй в блистанье лычек, блях...
— С петровских дней куют здесь офицеров для службы на военных кораблях.

Шедший позади колонны лейтенант, засмотрелся на стоящую возле киоска блондинку и неловко стукнулся головой о фонарный столб. В наступающей темноте сверкнула короткая искра, столб глухо загудел, а веснушчатый лоб лейтенанта отрывисто звякнул.

Блондинка отвернулась и, достав из сумочки зеркальце, осторожно провела рукой по тоненьким бровям.

Есть!

— Предписанье вручили, Маша, — лейтенант Кузнецов устало опустился на стул, расстегнул ворот кителя. — Отбыть приказали...

Маша растерянно потёрла висок.

Лейтенант, морщась, потёр сжатую кителем грудь:

— Фу...заворочалось сердце, заныло в груди...

— Значит, снова отъезд, Федя? Беготня на вокзале?

— Да...А главное — опять неизвестность встаёт на пути...

Маша закрыла лицо руками.

Кузнецов обнял её за плечи:

— Успокойся, Маша. Я думаю спорить не будем. Причинить неприятность тебе не хотел. Ну-ка слезы утри... Мы военные люди. Ничего не попишешь. Таков наш удел...

Через два часа Кузнецов, скрипя начищенными сапогами, вошёл в полупустую квартиру.

Маша связывала вместе два объёмистых мешка. Завёрнутый в одеяло ребенок, пищал, лёжа на тумбочке.

— Маша, Светка кричит в одеяле.

— Увязал чемоданы?

— Ага...вещей — не бог весть...

Маша взяла ребёнка на руки, вздохнула:

— Стол, кровать за бесценок соседям отдали...

— Бог с ними, — лейтенант посмотрел на часы, кивнул. — А теперь умещаемся в краткое ЕСТЬ! Быстро, Маша!

Он достал из портфеля блестящий футляр ЕСТЬ! Вдвоём они быстро запихнули в него чемоданы, мешки, сетку с кострюлями, резной сундучок, Светку, котёнка и влезли сами. Лейтенант запер ЕСТЬ! изнутри.

Через полчаса скорый поезд, гружённый глухо позвякивающими ЕСТЬ!, мчал их в заснеженную Игарку.

Из вечерней

Среди заводов и лесов гудков и вьюги перекличка. От Киевского в ноль часов отходит электричка.

Просторен, полупуст вагон. Застывшая немая сцена. Вплывает в пригородный сон, закончив труд, вторая смена. У заметённого окна, откинув с плеч платок пуховый, склонилась девушка одна над книжкою, давно не новой.

Сосед возьми да подсмотри, что книга та — учебник школьный...

А ей, поди, уж двадцать три. И стало его сердцу больно:

— Так, значит, и тебе пришлось узнать военных лет печали?

Квадраты света мчались вкось. Вагон причалил, вновь отчалил.

Людей сближает скорость, ночь, метель, мелькающие дачи.

Спросил он:

— Можно вам помочь решить по физике задачу?

— Нет, что вы, я решу сама, — она в ответ сказала просто.

И стала вдруг теплей зима, и люди словно выше ростом.

Поезд начал тормозить. Сосед приподнялся, вздохнул:

— Ну, что ж, до свидания. Желаю вам успеха в учёбе.

— Спасибо, — улыбнулась девушка. Голова её медленно тянулась к потолку. Поезд остановился.

Сосед сошел на занесённую снегом платформу, сунул руки в карманы.

Несмотря на двадцатиградусный мороз, от лежащего вокруг снега шел пар, с косой крыши над кассой текли проворные ручьи.

Мимо прошёл человек, остановился позади кассы, расстегнул штаны и стал смывать жёлтой струёй снег с крыши.

Сосед осторожно пробрался меж его ногами и заспешил на автобус.

Морячка

— Войдите! — капитан милиции поднял голову.

Дверь отворилась и в кабинет вошла невысокая девушка.

В руке она держала хозяйственную сумку.

— Здравствуйте, — робко проговорила девушка, подходя к столу капитана.

— Здравствуйте, — он отложил в сторону ручку и вопросительно посмотрел на неё.

— Меня к вам из восьмого кабинета направили. Я сначала туда зашла. А там сказали, что нужно в пятнадцатый.

— Так, — капитан сцепил замком руки, — а вы, собственно, по какому делу.

— Я... — девушка замялась.

— Да вы садитесь, — капитан кивнул на стул.

Девушка села, поставила сумку на колени:

— Понимаете, товарищ милицанер, я живу, то есть мы с мамой живем на Малой Колхозной.

— Так.

— И, вообще... Я даже не знаю как рассказать...

— Вы не волнуйтесь. Расскажите все по порядку.

Девушка вздохнула:

— Вобщем, этим летом у нас с мамой комнату снимал один лейтенант. Моряк. Он по каким-то делам приезжал, в командировку, а в гостинице жить не захотел. Крысы и клопы, говорит, там.

— Так. И что же?

— Ну вот. Жил месяц. Платил исправно. Весёлый такой. Аккуратный. Три раза со мной на танцы ходил. В кино тоже. С мамой разговаривал. А когда уезжать надумал, то стал со мною говорить, — девушка потупилась. — Разрешите, — говорит, — вам на память своё сердце подарить.

— Так.

— И когда я плавать буду, — говорит, — где-то в дальней стороне, хоть разочек, хоть немного погрустите обо мне. Ну, я ответила шутливо, — девушка наклонила голову, — что приятна эта речь, но такой большой подарок неизвестно где беречь. И к тому ж, товарищ милый, — говорю, — разрешите доложить, чтобы девушка грустила — это надо заслужить.

— Так. Ну и что — уехал он? — капитан с интересом смотрел на неё.

— Уехать-то уехал, но вот, — девушка достала из сумки банку, обтянутую чулком, — вот это, товарищ милицанер, я нашла у себя в тумбочке.

Она стянула с банки чулок и поставила её перед капитаном.

В плотно закупоренной банке лежало сердце. Оно ритмично сокращалось.

Капитан поскрёб подбородок:

— Это что, он оставил?

— Да.

— Значит это его сердце?

— Конечно! А то чьё же...

— А почему... почему вы к нам пришли?

— А к кому ж мне идти-то? — удивлённо подняла брови девушка. — На фабрике слушать не хотят, говорят — не их дело, в Поссовете тоже. Куда ж идти-то?

Капитан задумался, глядя на банку.

Девушка скомкала чулок и убрала в сумку.

— Ладно, — он приподнялся, — оставьте, пока. В понедельник зайдёте.

Девушка встала и пошла к двери.

— Слушайте, а когда уезжал, он говорил что-нибудь? — окликнул её капитан.

Девушка подумала, пожала плечами:

— Он обиделся, наверно. Попрощался кое-как. Шутки девичьей не понял недогадливый моряк. И напрасно почтальона я встречаю у ворот. Ничего моряк не пишет. Даже адреса не шлёт.

Она поправила косынку:

— Мне и горько и досадно. И тоска меня взяла, товарищ милицанер, что не так ему сказала, что неласкова была. А еще досадней, — она опустила голову, — что на людях и в дому все зовут меня морячкой, неизвестно почему...

Капитан понимающе кивнул, подошёл к ней:

— Да вы не обращайте внимания. Пусть зовут. А с вашим делом разберёмся. Идите.

Девушка вышла.

Капитан вернулся к столу, взял в руки банку. Изнутри стекло покрывала испарина. Пробка была залита воском.

Он вынул из стола складной нож, раскрыл и лезвием поддел пробку.

Она поддалась.

Из банки пахнуло чем-то непонятным. Капитан вытряхнул сердце на ладонь. Оно было тёплым и влажным. На его упругой лиловой поверхности, пронизанной розовыми и синими сосудами был вытатуирован аккуратный якорь.

Ночное заседание

Совещание инженеров в управленье застал рассвет. Гаснут лампы, и сумрак серый входит медленно в кабинет.

— Я смотрю в знакомые лица, — улыбясь, прошептал председатель горисполкома на ухо секретарю обкома. — Удивительно, Петрович, как могли за одним столом уместиться столько строек моей земли!

Секретарь обкома ответно улыбнулся.

— Волхов, первенец гидростанций, открывавший пути весне, — продолжал председатель горисполкома, — молодым навсегда остался и творец — старичок в пенсне.

— Этим взглядом, прямым и пылким, смог он будущее постичь, — ответил вполголоса секретарь. — Эту руку в узлах и жилках пожимал Владимир Ильич.

— А вон сидят над проектом трое. Это ими возведены Чиркизстрой и два Днепростроя...

— До войны и после войны?

— Ага. Вон питомцы гвардейской славы — по осанке ты их узнай. Наводившие переправы через Вислу, Одер, Дунай.

Секретарь обкома посмотрел, вздохнул:

— Крутоплечи, тверды, что камень. На подошвах сапог — земля. С отложными воротничками перешитые кителя...

— А рядом с ними — геолог упрямый, несговорчивый человек.

— Я знаю, краткой сталинской телеграммой окрылённый на весь свой век.

— Собрались сюда эти люди, значит, в срок иль быстрей, чем в срок, город встанет, плотина будет, море вспенится, хлынет ток...

Инженеры великой стройки сквозь табачный сухой туман видят в окнах, как на востоке поднял солнце портальный кран.

Снизу крановщику махал рваной рукавицей монтажник:

— Вира, вира помалу...

Солнце выбралось из портовых построек и повисло, раскачиваясь на стальном тросе.

— Вируй, вируй... — слышалось снизу.

Крановщик торопливо закуривал, отпустив рычаги.

— Вируй, пизда глухая! Чего стал!

Крановщик швырнул спичку за окошко, взялся за рычаги.

Солнце стало медленно подниматься.

Тепло

Лейтенант снял рукавицы, вынул из планшета потёртую тетрадь с лохматыми краями и, раскрыв её, записал огрызком карандаша:

28.1.42. Погода не сыра и не простудна. Она, как жизнь вошла и в кровь и в плоть. Стоял такой мороз, что было трудно штыком буханку хлеба расколоть. Кто был на фронте, тот видал не раз, как следом за трассирующим блеском в знобящей мгле, над мрачным перелеском летел щегол, от счастья пучеглаз. Что нужно птице, пуле вслед летящей? Тепла на миг? Ей нужен прочный кров.

Лейтенант задумался, смахнул со страницы налетевший снег и приписал:

А мне довольно пары тёплых слов, чтобы согреться в стуже леденящей.

Он захлопнул хрустнувшую тетрадь, убрал в припорошенный планшет.

Руки успели замерзнуть и слушались плохо.

Лейтенант спрятал карандаш в карман, подул на окоченевшие пальцы и сунул правую руку за отворот полушубка. Он долго искал что-то у себя за пазухой, нагибаясь, склоняя голову и морщась. Потом вытащил руку, поднёс к лицу и медленно разжал пальцы.

На загрубевшей, грязной ладони лежали два красных слова: ЛЕНИН и СТАЛИН.

ЛЕНИН было написано тонкой прописью, СТАЛИН лепилось из крепких, в меру широких букв.

От слов шёл пар.

Лейтенант осторожно стряхнул ЛЕНИН на левую ладонь, сложил руки горстью и еще ближе поднёс к обмороженному лицу.

Снег — мелкий и частый продолжал идти.

Над головой лейтенанта пролетел шальной снаряд и сухо разорвался за окопами.

Осень

— Кончен с августом расчёт, товарищ комдив, — отрапортовал капитан.

Генерал кивнул, захлопнул планшет и болезненно сощурился на моросящее небо:

— Да... дожди не ждут указок.

Двинулись вдоль отдыхающих солдат. Завидя комдива, они вставали, вытягиваясь, отдавали честь.

— Посмотрите, товарищ комдив, — серая вода течёт струйками с зелёных касок.

Генерал качнул головой.

Спустились в окоп, подошли к блиндажу.

Из двери выскочил молодой сержант, вытянувшись, собрался было рапортовать, но генерал устало махнул:

— Вольно. От дождя звенит в ушах.

— А мы его не замечаем, товарищ комдив, — осмелев, улыбнулся солдат, и, подтянувшись, добавил: — Разрешите доложить! Осень с нами в блиндажах греется горячим чаем!

— Осень?

— Так точно.

— В блиндаже?

— Так точно.

— Любопытно...

Генерал вошел внутрь блиндажа, махнул вскочившим солдатам:

— Вольно. Отдыхайте.

Солдаты робко сели. Посреди широкой колоды чадила портяночным фитилём сплющенная гильза. Солдаты с дымящимися кружками в руках сидели вокруг колоды. Осень примостилась в углу. На ней было длинное грязное пальто, огромные не по размеру сапоги и соломенная шляпка с облупившимися деревянными вишнями на полях. Возле серых губ она держала кружку.

— Давно в расположении дивизии?

— С августа, с конца, товарищ комдив, — шепнул сержант, — под Смоленском подобрали. Наверно из окружения. Она, товарищ комдив, ничего не говорит почему-то.

— Тааак. Интересно. Вас как зовут? — повернулся он к Осени.

Осень молчала.

— Вы что — глухая?

Осень молчала.

— Документы есть? Имя? Фамилия? В каких войсках? Кем? Медсестрой? Радисткой? Зенитчицей?

Осень молчала, глядя на него большими грустными глазами.

Осень расстреляли на следующее утро.

Дождь перестал. Ночью подморозило.

Четверо смершевцев дали залп. Босая Осень повалилась на дно воронки, от соломенной шляпки отлетел кусок вишни.

Смершевцы забросали Осень валежником.

Через час пошел первый снег.

Письмо

Нюра торопливо распечатала письмо и стала читать неровные, наползающие друг на дружку строчки: «Здравствуй, Нюра. Я всё думал и думал и наконец решил тебе написать. Может ты посмеёшься надо мной — не знаю. Но я всё-таки решился. Нюра! Мы с тобою не дружили, не встречались по весне. Но всё равно глаза твои большие не дают покоя мне. Я думал, что позабуду, как-нибудь обойду их стороной. Но они везде и всюду всё стоят и стоят передо мной. Словно мне без их привета в жизни горек буквально каждый час. Словно мне дороги прямо нету на земле без этих глаз. Без твоих, Нюра, глаз. Может ты сама не рада, но должна же ты понять. С этим, Нюра, что-то делать надо. Надо что-то предпринять. Очень прошу тебя ответить. Жду ответа. Виктор.»

Она прочла письмо ещё раз, швырнула на стол, вскочила и закружилась по комнате:

— Любит! Любит! Любит!

Широкая юбка Нюры поднялась коричневым кругом, задела стоящее на столе зеркало.

Оно громко упало на пол, но не разбилось.

— Ну вот. Никуда не годится, — раскрасневшаяся Нюра подхватила зеркало. — Развеселилась, как дура. Нюра-дура...

Она снова села на стул и поднесла зеркало к лицу.

На нее глянула знакомая миловидная девушка с маленьким носом, тонкими бровями и полными губами.

«Глаза твои большие не дают покоя мне», — проговорила Нюра и засмеялась, — что он в моих глазах нашел? Глаза как глаза. Прохода не дают! вот чудак...

Она приблизила зеркало к лицу и стала внимательно рассматривать свои глаза.

Те же веки. Те же ресницы. Те же ярко-красные пятиконечные звезды, вписанные в зеленоватые круги зрачков.

— Чудак, — улыбнулась Нюра и провела рукой по пылающей щеке.

В правом глазу на бело-голубоватой поверхности белка изгибалась крохотная розовая жилка, наползая извилистым хвостиком на нижний луч звезды.

«Ещё вчера лопнула, — подумала Нина. — А всё от чтения. Читаю по ночам, как дура. Так совсем глаза ввалятся. Нюра-дура...»

Университет на воде

На крейсере идет политучеба. И в кубриках такая тишина, что слышат все, как пенные сугробы взбивает там, у берега волна.

И крейсер мощный, как и вся эскадра, напоминает университет, готовящий талантливые кадры для будущих походов и побед.

И каждый офицер, что накануне учил стрелять и край родной беречь, стоит сейчас, как лектор на трибуне, ведя о пятой пятилетке речь. Чтоб знали все, что защищают в море, и почему нельзя смыкать ресниц на трудной вахте, в боевом дозоре, у запертых стальным замком границ!

Ключ от северных границ, хранившийся на крейсере «Алексей Косыгин», пришлось на время капитального ремонта перебазировать на атомную подлодку «Комсомолец».

Портовый кран медленно приподнял ключ и под звуки гимна понёс над головами замерших экипажей.

Чайки с криками кружили вокруг стальной громады, солнце играло на гранях замысловатой бородки.

Когда ключ завис над подлодкой и наклонился, из его трехметрового дула вывалился спящий матрос и плюхнулся в воду, чуть не задев надраенный борт подлодки.

Зерно

У крестьян торжественные лица. Поле всё зарей освещено. В землю, за колхозною станицей, хлебное положено зерно.

Солнце над зерном неслышно всходит. Возле пашни, умеряя прыть, поезда на цыпочках проходят, чтоб его до срока не будить.

День и ночь идет о нём забота. Города ему машины шлют, пионеры созывают слёты, институты книги издают.

В синем небе лётчики летают, в синем море корабли дымят. Сто полков его оберегают, сто народов на него глядят.

Спит оно в кубанской колыбели.

Как отец, склонился над зерном в куртке, перешитой из шинели, бледный от волненья агроном. Он осторожно приблизил лицо к отполированной трубе уходящего в землю микроскопа, посмотрел в окуляр.

Увеличенное в сто раз зерно не помещалось в окуляре. Лысенко покрутил колёсико фокусировки. Изображение стало четким, на бугристой желтовато-коричневой поверхности зерна обозначились ровные строчки сталинской статьи «Аграрная политика в СССР». Острая часть зерна уже разбухла и вот-вот была готова пустить росток.

Лысенко поднял голову, поправил фуражку.

За спиной его, замерев стояли представители ста народов, ожидающие всходов зерна. Сразу же за ними начинались плотные цепи ста полков охранения.

Вдалеке, в розоватом степном мареве медленно шел на цыпочках паровоз.

Чугунные цепочки, разработанные и внедрённые по призыву Кагановича в шестинедельный срок, негромко постукивали по рельсам, вагоны монотонно раскачивались.

Весеннее настроение

— Я отдал судьбу свою в честные руки, — проговорил Яковлев, выходя из здания обкома. — Я жил на земле, как поэт и солдат.

Прохоров кивнул:

— Где мудрые деды и умные внуки у государственной власти стоят?

— Да, Женя, — Яковлев закурил, кинул спичку, сощурился на весеннее солнце, — ничто не забыто. Пусть время торопит. Мне помнятся ранние наши мечты...

— Точно. Когда еще призрак бродил по Европе и жадно смотрел на живые цветы.

Перешли площадь, двинулись по тротуару.

Яковлев выпустил дым:

— Он шел, Женя, по окраинам тенью бесплотной. Он в двери стучал у времён на заре... Представляешь, сегодня на солнце зажмурился плотник! Какая в России весна на дворе! И в лонах семейств, и на общих собраньях, на росном рассвете, и в сумерках ранних цветёт, поднимается, дышит со мной всё то, что мы сравниваем с весной.

Прохоров улыбнулся, понимающе закивал:

— Конешно, конешно... О чём еще старый путиловский мастер мечтал в карауле у Смольных ворот.

Вдруг Яковлев хлопнул Прохорова по плечу:

— Смотри! Нагружённая глыбами счастья, Весна по России победно идет!

Прохоров оглянулся.

Весна шла рядом, вдоль заполненного водой трамвайного пути. Её дырявые боты громко хлюпали, полы линялого пальто были забрызганы грязью.

Лица Весны нельзя было разглядеть из-за наваленных на её плечи и голову чёрных буханок.

Проехавший мимо грузовик обдал Весну грязью.

— Чёрт гнутай... — пробормотала Весна и, крепче обхватив буханки, двинулась дальше.

В походе

— Мы в час любой, сквозь все невзгоды и в тропиках и подо льдом железный строй атомоходов в суровый мир глубин ведём, — проговорил старшина второй статьи Головко, входя в Ленинскую Комнату атомной подводной лодки «50 лет СССР».

Конспектирующий «Манифест Коммунистической партии» мичман Рюхов поднял голову:

— И корабли, штурмуя мили, несут ракет такой заряд, что нет для их ударной силы ни расстояний, ни преград.

Головко сел рядом, вытянул из-за пояса «Анти-дюринг»:

— И стратегической орбитой весь опоясав шар земной, мы не дадим тебя в обиду, народ планеты трудовой.

Рюхов перелистнул страницу:

— Когда же нелегко бывает не видеть неба много дней и кислорода не хватает, мы дышим Родиной своей.

Вечером, когда во всех отсеках горело традиционное ВНИМАНИЕ! НЕХВАТКА КИСЛОРОДА! экипаж подлодки сосредоточенно дышал Родиной. Каждый прижимал ко рту карту своей области и дышал, дышал, дышал. Головко — Львовской, Карпенко — Житомирской, Саюшев — Московской. Легче всего дышалось Мануеву: он родился в Якутске.

Свет юности

Рокот самолётов плавно затихал.

Давние полёты вспомнил генерал. И увидел лица преданных друзей...

Рад он возвратиться к юности своей.

Полночь уплывает, близится рассвет. Чудеса бывают и на склоне лет.

Вот растаял иней на его висках. Вот он вновь в кабине, а под ним — Москва.

И как прежде снится край родной в снегу...

— Никогда в столицу не пройти врагу! — пробормотал генерал, смахнув с краг капли растаявших висков.

Кабину качнуло, генерал посмотрел через стекло вниз. Пролетели Замоскворечье. Потянулся пригород.

Тень от летящего полка легла на землю. ДА ЗДРАВСТВУЕТ СТАЛИН! ползло по лесным массивам, прудам, дорогам и домам. Все буквы были ровными, интервалы одинаковыми. И только точка отставала от палочки восклицательного знака.

Генерал щелкнул переключателем:

— Двадцать девятый, я основной, приём.

— Двадцать девятый слушает, приём, — проскрипели наушники.

— Горохов, пизда ушастая, отстаёшь на корпус, раскрой глаза!

— Есть, товарищ комполка!

Точка догнала палочку и прилипла к ней.

— Близко, мудак! Куда втюрился, распиздяй!

— Есть, товарищ комполка!

— Сядем, выгоню к ебени матери, будешь картошку возить!

— Есть, товарищ комполка!

Точка отошла от палочки на должное расстояние.

Генерал поправил шлем и, щурясь на солнце, запел «Если завтра война».

Прощание

Капитан обнял всхлипывающую Наташу:

— Ты вечер проплакала целый... В поход ухожу, ну и что же? Теперь ты жена офицера, Наташ. Теперь ты военная тоже.

Наташа вздохнула, вытерла слёзы.

Капитан улыбнулся:

— Моя боевая подруга! Нам трудностей выпадет всяких. Я верю, мы будем друг другу верны, как военной присяге.

Он поцеловал её в щеку, тихо проговорил:

— И пусть, Наташ, море полярное стонет, бросаются ветры в погоню. Вот видишь кладу я ладони на плечи твои, как погоны.

Его руки опустились на её плечи, пальцы и кисти стали плоскими, позеленели. Поперек пальцев протянулись две красные полоски.

Наташа покосилась на погоны, грустно улыбнулась:

— Всё ещё младший сержант...

Капитан уверенно кивнул:

— Как вернусь, будешь сержантом. Обещаю. Только поменьше на танцы ходи. И с Веркой Сахаровой поменьше якшайся.

Наташа кивнула и быстро поцеловала его в подбородок.

Одинокая гармонь

Николай Иванович трижды крутанул расхлябанную ручку, прижал к уху трубку и громко зашептал, прикрыв рот рукой:

— Алё! Город? Девушка, соедините меня, пожалста, с отделением НКВД. Да. Да. Конешно, конешно, я не спешу...

Он провел дрожащей рукой по небритой щеке и покосился на небольшое окошко. За грязным стеклом горел толстый месяц. На облепленном подоконнике желтели высохшие осы.

Николай Иванович вздрогнул, прильнул к трубке:

— Да! Да! Здравствуйте!... Да, простите, а кто это...дежурный офицер? Товарищ дежурный лейтенант, то есть, простите, — офицер...это говорят, это говорит с вами библиотекарь деревни Малая Костынь Николай Иваныч Кондаков. Да. Вы извините меня, пожалста, но дело очень, прямо сказать, очень важное и такое, я бы сказал — непонятное, — он согнулся, быстро зашептал в трубку: — Товарищ дежурный офицер, дело в том, что у нас в данный момент снова замерло всё до рассвета — дверь не скрипнет, понимаете, не вспыхнет огонь. Да. Погасили. Только слышно на улице где-то одинокая бродит гармонь. Нет. Я не видел, но слышу хорошо. Да. Так вот, она то пойдёт на поля за ворота, то обратно вернётся опять, словно ищет в потёмках кого-то, понимаете?! И не может никак отыскать. Да в том-то и дело, что не знаю и не видел, но слышу... Во! Во! и сейчас где-то пиликает! Я? Из библиотеки... Да нет, какие посетители...да. Да! Хорошо! Не за что. Не за что! Ага! Вам спасибо! Ага! До свидания. Ага.

Он положил трубку, достал скомканный платок и стал вытирать пот, выступивший на лбу.

Через час по ночной деревенской улице медленной цепью шли семеро в штатском.

Толстый месяц хорошо освещал лепившиеся друг к дружке избы, под ногами хлюпала грязь.

Слева в темноте тоскливо перекликнулись две тягучие ноты, задребезжали басы и из-за корявой ракиты выплыла одинокая гармонь.

Семеро остановились и быстро подняли правые руки.

Гармонь доплыла до середины улицы, колыхнулась и, блеснув перламутровыми кнопками, растянулась многообещающим аккордом.

В поднятых руках полыхнули быстрые огни, эхо запрыгало по спящим избам.

Гармонь рванулась вверх — к чёрному небу с толстым месяцем, но снова грохнули выстрелы, — она жалобно всхлипнула и, кувыркаясь, полетела вниз, повисла на косом заборе.

Один из семерых что-то скомандовал быстрым шепотом.

Люди в штатском подбежали ближе, прицелились и выстрелили.

Посыпались кнопки, от перламутровой панели отлетел большой кусок, сверкнул и пропал в траве. Дырявые мехи сжались в последний раз и выдохнули — мягко и беззвучно.

Саженцы

Монотонно грохоча, поезд пролетел длинный мост.

За окнами снова замелькал смешанный лес.

Кропотов вышел из купе в коридор, встал рядом с Тутученко.

Вагон сильно качало. Сквозняк колыхал накрахмаленную занавеску.

Тутученко курил, пуская дым в открытое окно.

— Сквозь леса, сквозь цепи горных кряжей дальше, дальше, дальше на восток... — рассмеялся Кропотов, разминая сигарету.

— Семьдесят стремительных пейзажей за неделю поезд пересёк, — не оборачиваясь, пробормотал Тутученко.

— Да вот уже восьмой рассвет встаёт, — Кропотов зевнул, чиркнул спичкой и, слегка подтолкнув Тутученко, кивнул на соседнее купе, — Едет, едет, едет садовод...

— Та я знаю, — отмахнулся Тутученко, — он везёт с собою на восток коммунизма маленький росток.

Садовод из седьмого купе пил чай вприкуску.

Месяц с лишним он в дороге был. По земле ходил, по рекам плыл. Где на лошади, а где пешком — шёл к заветной цели прямиком.

Он трудился от зари и до зари...

Год проходит, два проходит, три.

И стоят среди полярной мглы коммунизма мощные стволы.

Кропотов побывал в тех краях дважды.

В первый раз с делегацией подмосковных ударников, во второй — через три года, против своей воли.

Впервые увиденные саженцы вызвали чувство жалости и желание помочь им. Они едва достигали роста человека, четырёхгранные стволы были тонки, мягкая, словно побеги зелёного горошка колючая проволока робко курчавилась, шелестела на ветру.

Спустя три года картина изменилась.

Стволы раздались вширь, далеко ушли в бледное северное небо. Колючая проволока перекинулась с одного на другой и уже не шелестела, даже не звенела, а неподвижно застыла, самонатянутая донельзя.

Случайный вальс

Ночь коротка. Спят облака.

— И лежит у меня на ладони незнакомая ваша рука, — прошептал лейтенант в кудрявые волосы девушки.

Она сильнее наклонила голову, искоса посмотрела на наполненные ночью окна:

— После тревог спит городок...

Лейтенант выпрямился, крепче сжал ее локоть:

— Нам не хватает музыки. А когда я проходил мимо этого странного зала — явно услышал мелодию вальса и сюда заглянул на часок.

Под медленно переступающими туфлями девушки скрипнуло стекло.

— Вам показалось, — тихо проговорила она, — я здесь была одна. Без музыки. Мне надо было протереть картину, — она кивнула на пятиметровый портрет Сталина, — да вы мне не дали... Вошли и испортили рабочее настроение.

Лейтенант улыбнулся, быстро качнул ее. Они закружились между разбросанных стульев.

— Хоть я с вами почти не знаком и далёко отсюда мой дом, я как будто бы снова возле дома родного... Вам не кажется это странным?

— Нет, не кажется, — девушка остановилась, чтобы не налететь на поваленную трибуну, — будем кружить?

— Петь и дружить тоже! — он подхватил ее, закружил. Длинная юбка девушки зашуршала в темноте.

Вдруг он резко остановил ее, крепко прижал к себе:

— Вы знаете...я...я...совсем танцевать разучился и прошу вас, очень прошу вас меня научить.

Девушка испуганно подняла голову. Из его вздрагивающих полуоткрытых губ шло горячее дыхание. Он прижал ее сильнее и она услышала как бьется его сердце.

Утром лейтенант проснулся первым.

Распрямив затёкшее тело, он потянулся и свесил ноги со стульев, послуживших ему кроватью.

Голая девушка спала на поваленной трибуне, подложив под голову туго свёрнутый кумач.

Натянув галифе и китель, лейтенант одел сапоги, застегнул ремень.

Девушка заворочалась, подняла заспанное лицо:

— Куда ты?

— Утро зовёт снова в поход, — вялым голосом проговорил лейтенант, надевая фуражку, — сегодня выступаем. Заваруха, дай Боже...

Он достал папиросы, закурил.

Размотав кумач, девушка прикрыла им свою наготу. По кумачу бежали узкие буквы.

— Есть...де...ло...доблести...и...и ге...ройства, — прочитал лейтенант, затягиваясь, — тебя как зовут?

— Сима.

— А меня Вадим.

Он поспешно загасил окурок, оправил китель и шагнул к двери:

— Ну, прощай. Пора мне.

— Прощай, — девушка зябко повела плечами и долго вслушивалась в его удаляющиеся шаги.

Одевшись, она влезла на лестницу, приставленную к портрету и провела мокрой тряпкой по глазу генералиссимуса. Глаз ожил и, сощурившись, тепло посмотрел сквозь нее.

Диалог

— Какое наступает отрезвленье, Лаврентий, — покачал головой Сталин, выходя с Берией из Грановитой палаты. — Как наша совесть к нам потом строга, когда в застольном чьём-то откровенье не замечаем вкрадчивость врага.

Берия протирал пенсне замшевой тряпочкой:

— Но страшно, Коба, ничему не научиться и в бдительности ревностной опять незрелости мятущейся, но чистой нечистые стремленья приписать.

Сталин выпустил сквозь усы:

— Да. Усердье в падазрэньях нэ заслуга. Слепой судья народу нэ слуга. Страшнее, чем врага принять за друга, принять поспешно друга за врага.

Трубка его погасла.

Он пососал ее, поискал обо что бы выбить.

Берия перехватил его ищущий взгляд и, порывисто наклонившись, подставил полысевшую голову.

Сталин улыбнулся и принялся выбивать трубку неторопливыми, но уверенными ударами.

Жена испытателя

— В далёкий край товарищ улетает, родные ветры вслед за ним летят, — говорила следователю девушка, прижимая руки к груди, — я всего лишь жена его, поймите, я не враг!

— Да я вас и не считаю врагом, — следователь вынул из розетки остро отточенный карандаш и задумчиво постучал им по столу, — вы пока свидетель. Вот и продолжайте рассказывать всё начистоту. А главное — ничего не бойтесь.

Он погасил лампу, подошел к окну и отдёрнул плотную зелёную штору.

За окном в синей утренней дымке таял любимый город.

— Уууу! Да уже утро, — следователь потянулся, покачал красивой головой, — однако засиделись мы с вами. Утро... Посмотрите как оно красит алым светом стены древнего Кремля.

Девушка обернулась к нему. Лицо ее было бледным. Вокруг больших карих глаз лежали глубокие тени.

— Идите сюда, — не оборачиваясь, проговорил следователь.

Она с трудом встала и подошла к нему.

Он шагнул к ней, схватил за плечи и быстро поцеловал в губы.

Девушка заплакала, уткнувшись лицом в его новый, хорошо проглаженный китель. Он потрепал её по голове:

— Ну не надо, не надо...Лучше скажи, что он сделал, когда самолёт вошёл в штопор?

— Он... он открыл кабину и...и полетел. Как птица.

— Он махал руками во время полёта?

— Да...махал, смеялся и пел «широка страна моя родная».

— А потом?

— Потом его сбили зенитчики, — девушка затряслась в рыданиях.

Следователь понимающе кивнул головой и спросил:

— Ты сама видела?

— Да, он загорелся...знаете, чёрный такой дым пошел из ног.

— Чёрный дым...наверно увлекался жирным?

— Да, он последнее время сало любил...вот, загорелся и сразу стал падать. Быстро падать.

— А самолёт?

— Самолёт приземлился на Тушинском аэродроме.

— Сам?

— Сам, конечно...на то он и самолёт...

— Понятно.

Следователь отстранил её, подошел к столу и, облегченно вздохнув, распахнул красную папку:

— Ну вот, теперь всё встало на свои места. Правда я не сказал тебе главного. Твой муж при падении проломил крышу на даче товарища Косиора. Только по случайности не было жертв.

Девушка поднесла ко рту дрожащие руки.

Следователь размял папиросу, чиркнул спичкой:

— Хоть ты мне и нравишься, я думаю, придётся расстрелять тебя. Во-первых потому что муж и жена — одна троцкистско-бухаринская банда, а во-вторых — чтобы любимый город мог спать спокойно.

Часть восьмая

Летучка

Как только редакционные часы пробили одиннадцать и размноженный динамиками звон поплыл по коридору, низкорослый художник и толстый бритоголовый ретушёр понесли к доске объявлений пятиметровую бумажную простыню.

Из отдела писем вышел седоволосый старичок со стремянкой, привычным движением раскрыл её и приставил к доске. Художник, зажав угол листа зубами, вскарабкался по скрипучим ступенькам, вытащил из кармана гвозди с молотком и ловко приколотил угол к издырявленной фанере.

Старичок, тем временем, помогал ретушёру держать гулко хрустящий, пахнущий гуашью лист.

Художник слез, переставил стремянку и прибил правый угол.

Ретушер вынул коробку с кнопками и принялся крепить лист снизу.

— Возьми, — художник протянул старичку молоток. Тот поспешно принял его и, глядя на спускающегося художника, улыбнулся, заморгал слезящимися глазами.

— Ну вот и порядок, — ретушёр ввинтил последнюю кнопку и помог художнику сложить стремянку.

— Ну вот и порядок, — тихо проговорил старичок и, улыбаясь, провел дрожащей рукой по бумаге.

Пятиметровый квадрат распирали широкие красные буквы:

СЕГОДНЯ В 11.15
СОСТОИТСЯ
ЛЕТУЧКА № 1430
на повестке дня:
обсуждение 5 и 6 номеров

Художник забрал у старичка молоток и хлопнул его по подбитому ватой плечу:

— Свободен, Михеич. Спасибо.

Старичок радостно кивнул и прошаркал в отдел писем.

Дверь кабинета ответственного секретаря отворилась, он — маленький, худощавый торопливо подошел к доске объявлений, откинув полы короткого пиджака, уперся руками в поясницу, качнулся на мысках:

— Тааак.

Постоял немного, покусывая бескровные губы, потом порывисто повернулся и, ненадолго скрывшись в кабинете, возвратился — с чёрной ракетницей в руке. Заложив в неё розовый патрон с чёрным номером 1430 на лоснящемся боку, ответственный секретарь взвёл курок, сунул дуло в зев стоящей возле доски чугунной урны и выстрелил.

Сухой, раскатистый, словно щёлк бича звук зазвенел по коридору, ракета ударила в дно урны и забилась, закувыркалась в ней, рассыпаясь красными искрами и шипя.

Двери отделов стали отворяться, выпускать торопливых людей.

Секретарь спрятал ракетницу в карман и, подойдя к распахнутой приёмной главного редактора, семафором вытянул левую руку: подходящие улыбались, повинуясь ее направлению, входили в приёмную и молча кивали согнувшейся в низком поклоне секретарше.

Когда шум постепенно стих и все сидящие за длинным столом молчаливо повернулись к главному редактору, он снял очки, устало потёр переносицу пухлыми белыми пальцами:

— Ну что, все?

— Все, Сергей Иванович.

— Все...

— Все, наверно...

— Все, все.

Он одобрительно кивнул, сцепил руки замком и тихо проговорил, уставившись в окно:

— Ну так начнём помаленьку, если все...

Сидящий справа от него зам.главного редактора распрямился, поднял большую седую голову, заскрипел стулом:

— Товарищи, сегодня обсуждаем пятый и шестой номер. По пятому дежурный критик... — он провел глазами по лицам смотрящих на него сотрудников, — Бурцов Борис Викторыч, а по шестому, по шестому...

— Суровцева Ирина Львовна, — не поворачиваясь подсказал Сергей Иванович и добавил: — Пора, пора отделу писем активизироваться.

Суровцева улыбнулась и погрозила ему пальцем.

Бородатый широкоплечий Бурцов подтянул к себе пятый номер, раскрыл и, близоруко сощурившись, заговорил:

— Ну, если говорить в целом, я номером доволен. Хороший, содержательный, проблем много. Оформлен хорошо, что немаловажно. Первый материал — «В кунгеда по обоморо» — мне понравился. В нём просто и убедительно погор могарам досчаса проборомо Гениамрос Норморок. И, знаете, что меня больше всего порадовало? — Бурцов доверительно повернулся к устало смотрящему в окно главному редактору: — Рогодтик прос. Именно это. Потому что, товарищи, главное в нашей работе — логшано процук, маринапри и жорогапит бити. К этому родогорав у меня впромир оти енорав ген и кроме этого — зорва...

Он перелистнул страницу:

— Следующим идет...мораг итаса Александра Палыча. Это прога щаромира прос тилывк нор. Очень прогвыва керанорп, очень полозар. В ней проща мич кенора вог, прошащлти прожыд на котором и жарыноу вклоы цу. Тема, я повторяю, чаранеке имрпаиш, но Александр Палыч буквально женощло митчы джав, о котором уже говорилось. После жадло — щаган Сергея Кудрявцева о щаросу ап реча на берегу Лены. Догоа умный, морогоар, щыапчмас долои протоис жолоапр. Очень хорошие ждоврпач Вити Омельченко. Ну, а дальше — лпора Георгия Шварцмана «Ждавы нарию ор укаприст». Долмри довольно ючтриа, что не мешает лоргоан митрч вкаука. В буквальном смысле слова. И Шварцману жлмор енргвокрн бьостарив. Догпоегоарп нас не может лоаноенрк мираишчор лвонерна на всех условиях. Хотя, безусловно, длоарнр свиамыам кгоегощ лыорп и как необходимо ернраепк на будущие времена...

Бурцов снова перелистнул страницу:

— Что ж, Шварцман протсотаг ждлошг нас в это увлекательное рои ноарпвепк, куда и ноаглыоего рпен ел оитпрт апросо. В этом, товарищи, на мой взгляд и нопнренр вкауд оли. Казалось бы — гопроа, шораипимм вав! Но Гопроаер Логапро не может прыцу зыку бобвлье. И по-моему это рнвру хыва, несомненно. Долоаренр рмиапи живут еще могоы простов щарокнр ек, ек и еще раз ек. Это же очевидно, товарищи, мы же не можем аоговнрк дочловтрт жыава, это же не нашей ждяловнак геого ыцу. Если есть шногоагон, — надо злчорвп и все! Мы об этом оворкнрпс Александр Палыч...

— Ну, это слишком серьезный пловркнрае, — усмехнулся зам.главного редактора.

— Долаоенр в тот самый кера? — повернулся к нему Бурцов.

— Имас виса вся северная Сибирь, — улыбнулась Суровцева.

— Жороса ыук, — развёл руками Бурцов. — Я же оплоно им рас, Александр Палыч...

— Старичок, но домлоанр говпр, дочапвепк нав! — засмеялся Александр Павлович.

Бурцов пожал плечами:

— Дорпонр павса, Александр Палыч. Я же не опроанрк шорапв...

Собравшиеся негромко засмеялись.

Костылев проговорил, обращаясь ко всем:

— А по-моему, товарищи, доагоегр ора вар и все!

Все снова засмеялись, Бурцов, улыбаясь, потёр щеку:

— Так что ж, по вашему, — длоорнр на Шогоар и аросп ранрк?

Зам.главного редактора, улыбаясь и подмигивая всем, покачал головой:

— Нет, старичок, длаоренр и врипичпи, а не промтотв дова. Это же вечная мерзлота, а не лроноп вворы.

Громкий хохот потряс помещение.

— Драпре ное!

— Ха, ха, ха! Допроер Бурцов опренр!

— Сибирь опреонр чавс, Боря!

— А он провгокго нама!

— Ха, ха, ха! Борс пава ук...

— Да...диоро ма каукаы!

— Ха, ха, ха!

Главный редактор удивлённо посмотрел на оживших сотрудников:

— Товарищи?

Все стихли, повернулись к нему.

— Вы что — на посиделках? Нельзя же так. А ты Саша, — он полоснул усталыми глазами зам. главного, — не перебивай дежурного критика. Все вопросы после. Продолжай, Боря.

И он снова отвернулся к окну.

Покрасневший Бурцов взял в руки журнал:

— После дларо Шварцмана — блпоранр ыдлкнр сири Ивана Рыкова. Здесь, я откровенно вам скажу — лопоре риспив Рыков — орпорен и берет исриапинр пвакаы. Лораорк! Это же романтика оаркнрнрвпа и ещё как! Но он почему-то — тротпот шноговняк ляьот. Странно...

Я полагал что опноего длаорвнр кшоыпиари дбольтоь. Мы же уже лрол рапркпнр про это. Ломиари смпвмкпапв гного щпорп. А Рыков опреонр рпоранркшор на всём старом опроенранр. Запас конечно, но еораоркго шопро и мипаип самвам чнренрпо дло. Пожодло ре пврпкнп, она должна лронгопгое рпнре! Разве будут теперь пореорнра впаыпавм нарен лора? Торапркп неранрк он на, товарищи, это же рапркпнп нап влошлшо про все наше лпонгорго! А как же рпоернр? Я не могу дать проарен, да и не арпврпкеп спмвам. Огоаркнр Рыков — тпотмртп. Рокоа парвн, никаких проьсоаьльон он наорпв не просто, очень непросто. И писать об этом — дрлонгопшо аепкнпве иарис. А не откладывать оен нас как опреорнр! И что же, товарищи, получается? Рыков опреорна шорпоренр напвака укаы. Это не опроенр! Вот, например, я прочту гоеновнркнр апрспвмпамкпм, рпорего Зова проар он опнрен...ага, вот оно:

Разби, раопро тишину
Отрона ап оды,
Шапро, олако олону
Бетонные уды.

Сират, перевязать, овать,
Бодо в кирпич, в онит,
А рядом — оравато тать —
И пусть оза кудыт!
Бода ораво повернет
И ука прогода!
Бор вам уда, чегат, немет
Ток авара гуда,

Где на проворо оча раг
Перес парвафа сеть,
Где офицеру ава рак
Одоро мараветь

Лицо аварава наад,
Осал ивыш дубов.
Но рано доломито кад

Норого Иванов!

Отважный роса данаил
Гороко ава ет!
Огоро взоро, отолил,
Одава убарет!

Потоpo, ворого, боро
По ветром, ука рах!
А свет долоно и форо
В его тура барах!

— Хорошие допро...

— Что — емко, рапркно...

— Хорошо.

— Патетики проаноен, а так — гногпр ава...

— Хорошая врпра агну...

— Да, ничего...

— Да и я тоже, товарищи, допорао, но если б дпора ено! — убежденно заговорил Бурцов, оглядываясь на кивающих соседей. — Вообще, мы длполео на подобное раоркеп. И это замечательно, потому что длыпа кавапа енонарн мтривпиер. Тут двух мнений допроер симвимк шороп. Лучше рпора его апро!

— Верно...

— Верно, верно.

— Конечно. Лонар прое и тогда — гоббс.

— Правильно...

— Дорса имка тор.

Бурцов склонился над журналом:

— Далее следует проранре Федора Мигулина на орпоренр Виктор Фокин. Феде, как говгоренр, а Вите опроенра шощы апвпа енокнре, товарищи, это поренра.

— Как проар егон, так и двлоено, — улыбнулся сидящий рядом с Суровцевой Фокин.

— Точно, Витя. И в данном арпврпк вы действительно — опроа.

— Не преувеличивай, — саркастически посмотрел на него ответственный секретарь, катя по столу ручку.

— Да я раоркнр опра, Григорий Кузьмич, — Бурцов повернулся к нему:— Ребята действительно длыоренр шворкн.

— Это разные вещи, это не арпврпу кыавц апар...

— Но проак не гова до?

— Ну и что? Долова кап имак...

— Гриша, не орвпа его, — буркнул зам.главного и ответственный секретарь замолчал, снова занявшись ручкой.

— Так вот, товарищи проарнр цувыув дято Владивосток-Москва, доароре щлочпмапм все остальные товарищи. О арпрп кнон аорк ен. Догоав на Владивосток, а потом — поранр фхед на воро Москва. И пять месяцев арпврпкнп! Лора неепв ушоно замечательно. Боро шоврпаукач сиари оптр аипмв аеркнр фшон Владивосток. Это замечательно, но что же ооарнкр енро? А то, что — апровркнр Москва не прорагокго ядлрого лоа! Вот о чем надо еонранре сипаи!

— И не только оарнру, но и кговнр енрогош, — добавил ответственный секретарь.

— Безусловно, — продолжал Бурцов. — Это прыкапар не апрва Владивосток-Москва а потом прагоешл вдл аьльа Москва-Владивосток. Так что лов о к оптрт енга онкон ва ваку генороа на хороший уровень. И я думаю, товарищи, гвара капавпа пороаго его надо поощрять раерк. Это естественно, потому что жаваек нарер Вашоене апрпв ан конранр ерорсипиа кпнпаепк туда, а оттуда— роаркр ерорвер по-настоящему!

Собравшиеся одобряюще закивали:

— Верно.

— Дороне наке. Понятно...

— Минапк енро ваык.

— Они шоваку торивас оло.

— Правильно, Боря. Дологапы...

— Надо, надо рошорокуеть апами.

— Молодцы.

Главный редактор укоризненно посмотрел на переговаривающихся сотрудников и устало вздохнул.

Разговоры стихли.

— Но в конце проагокне ыаку змрпор, — бодро продолжал Бурцов. — Ротиот проврае аерк щоспаоре рапе енк. Вот, послушайте: «Гораорв а енркно сипиа нашей памяти арпрвпе Оймякон наонернпвеп атратр таежный наренпрно Игарка и другие города. А что же аропренр кенрвеп качество? Дорога на раеркеп нкене апивпиап хорошо проаркнрн испи Игарка наонрк его центр. И машины раору керверк нрчнро арпр снег, снег и снег. И только ранркнрвпе длч роро на пне таежного великана...»

— Хорошо.

— Молодец, оаророее ева...

— Хорошо кончил. Олаваыку.

Перелистнув страницу, Бурцов энергично хрустнул пальцами:

— После опговгокне Жилинского — парнвре. Логаон Нина Семенова опроенр «Доломинапав».

Собравшиеся загудели.

Ответственный секретарь усмехнулся и спрятал лицо в ладони.

Зам.главного редактора поморщился, забарабанил пальцами по столу.

Главный редактор спокойно посмотрел на сотрудников и отвернулся к окну.

Бурцов понимающе вздохнул:

— Ну, об этом арнврнпу шоыгоего товарищи — оанркнре...

Отложив журнал и сцепив руки на животе, он заговорил:

— Я лишь вкраце арорвнрк егьора пореорнра Семеновой. Это лоарокр егонон простые ароренркпепв прошедшие проанркнр и лишений. И в этом простом апевакаү щофшоено вакау сразу угадывается. Деревенские аоровpц фукавеак риспиа душе каждого, а арораепкеп спмапмк егогоен нельзя не забыть. И ратрепр Семенова проренрк лос впмапм нернр, всеми нами вместе, когда ловлокнп не отпртере их трудовой раоренрк шочроарк. Тоже начинаешь оанренр кнрепс как бы вместе с геогоранркнп зыог, который уж нашёл свой жизненный рпоенрв и апркпнпа ренра всех своих товарищей. Деревенская пороа к раоренр кневнек характеры арпкрпкен. Но что же заставляет рвпркп енреор спиарие? Мне кажется — оанокнозыфу раор егог уекыек удолро. Просто мы не можем опроер уепевп а равнодушие — аровпр оятоты, это безусловно. И тут надо подумать о кнранрен рмириу ныоне, на который так рпврпе гоугонрвпа Семенова. Гораоре реепке не может быть равнодушным к апрпвеп егонрвнр ано самва. Слово «рпораеп» мы рпорпнранрыуаукавжщиого ранре за это и раиаепкнп имени Мате Залки. Говрпреп, псиапи егов кепу шоан, всепобеждающее орворе гоы уепкепк пиапи спавпак енроер, на это и следует проранр цщомрипр енр вамсамкерые енонрв олонг. Деревня рпора енрнр корапав керенре отот как и полагается. Но бытописатель опроренр анркнр егог рпор уго зазфа лоыва. И не надо проаренр, — рапрпк неен арипиа. А что же? Ороаре онарнр енрор? Но это — проарепре оннре. Не больше не меньше. И говорить оароернкрн, — не ранркнпевпек напке. Вот раепке онврпкнп апре мираие, нрпнрено...

Он помолчал, потом продолжал:

— В чем же оароернр проаркнрвпн? Мне кажется — в лропрен рапкнпвеп, о котором ранркнпв паркпнп Семеновой. Грвпркп рнарпнп герой неординарный, нранпкнп, напевка, зыпарп, жуорое. И правильно, врооренрпнр! Онранпкепвеп кепвнпуепк никогда не оставлять в тени. Рнранпкеп вапыа кепнпа оен. Вот с этим и необходимо арпкрпвеп кпрпвноено навкаука, на мой взгляд. Ораоркнре рапре сами.

Он снова взял в руки журнал.

— В конце на проренр морвнркнр оновнр юмора. Это проенр врп онрвнруекеы орпор нужный, очень хороший. Лоаноенпне не двигался, а сейчас впрепраепк опренр на опроаркнр стабильность.

— Роарнкрнр, потому что — оанренп его напа, — тихо проговорил Сарычев.

— Лоанренпе егор арнп юмор, — ответил ему Бурцов.

— Но, Боря, лопороер кнонра — раоре? — спросила Суровцева.

— Нет, опроерн наен олми ранова...Это же прораепе юмор.

— Было, но проре гова кенвар тиртп ото...

— Да ну, прорнае егловы! Нросра юмор неорнаен сампат...

— Нет, рпорнеа то юмор...

— Рораеркпе. И всё...

— Товарищи, проранре имриапи, — продолжил Бурцов. — Я хочу лоанренпе мриапип на этом. Мы в проарнкрн с говоря о лучшем шоараоренр отмрт аоро вам некорот. Лооаро егогрв уакыхонго.

Ответственный секретарь улыбнулся:

— Ороарне мриари енра?

Бурцов пожал плечами:

— Долпого геыпак, Григорий Кузьмич. Лолоано ызак. Молод.

Григорий Кузьмич развел руками:

— Тогда что ж — прого ыавв кеа жчлолоошоы?

— Зачем же, просто — арпвепк шочрорва. А потом проаренр нап.

Все одобрительно закивали.

— А проернп спиапие дьтот юмор анренраор. Пмапма, — продолжал Бурцов.

Александр Павлович озабоченно потер переносицу:

— Да ну что вы. Огоагренр егорнр юмор арокрневае раепкнп.

Суровцева удивленно подняла брови:

— А енорпнр егранр? Что же опнрено впарпе?

— Ну, зачем крайности. Орнаренп енрпнозыва...

— А ернппепк егорн еог?

— Отдел писем. Оранренр и все...

— Нет, Александр Палыч, рпнрен енранр юмор.

— Длаоенренр арпр, друзья-приятели! Это опроре нон!

Все рассмеялись.

Главный редактор вздохнул, отвернулся от окна и склонил голову так низко, что двойной подбородок поджался к маленькому рту, а редкие светлые пряди упали на избороженный морщинами лоб.

Все стихли.

Главный редактор покачал головой, оттопырив губы, и еле слышно шепнул:

— Продолжайте.

Бурцов оживился:

— В конце лаоре, товарищи, я жопор раоренрк насчет нпоенра. Мне кажется, что опровд лроопг кроссворд опроенранр лпонерн. Это наонернр важно и нужно. Гораоренр кроссворд опрое на всех ноанренпе опрор о вкусах не спорят.

— Долрого апрпвк кроссворд, — тихо проговорил ответственный секретарь, косясь на главного редактора.

— Я понимаю, но огырнер огаоркнр кроссвордыогпорнра «Дяоанр». И в этом рпоныкаук лшвлшо заонкрнр ерорк всех проблем. Вот, лопоенрна тратри загадки гаоенранр врпаепк. А шарады тоже лоанренр имраи стоит потрудиться. Но, товарищи, опрнраер важно лрогногранр крен? А может поновнакепа вар? Или оставаться прое ноорнае дыолронре на том же уровне раоенркне?

— Допгоегрнар нет ничего... — усмехнулся зам.главного редактора.

— Пранре омтрт авоа кроссворд, — улыбнулась Суровцева, ища глазами Костылева. — Лоаноенр оан, Миша, оанренп ввиду!

Все заулыбались.

Костылёв поправил тяжелые роговые очки, пожал плечами:

— Ломроер, дорогая, оарне орвнре роспр. Кроссворды — опроенр оврнер нео...

Ответственный секретарь махнул рукой:

— Огарнерп опрнр нер кроссворд. Допрое деловому!

Костылёв развел пухлыми руками:

— Доароернр ренр нвапке кроссворд. Олаонр связи.

— Огоаренр оран. Лоаноедело.

— Но, друзья, раорспр орвнр кроссворд...

— А Лида опнренрукевк онор оекг!

— А после — опнренр вепке и все...

— Лопн! Дайте рпонарен Боре.

Все замолчали.

Бурцов закрыл журнал:

— Длронго наоенр крнре качественно опное. И гногрпно номера онаренр прн от оанренр каждого на своем месте. В орнрпнре лшон щоароернр долг, говоря раоренр ранр. Вот оптернр рмиапин наре. Мне кажется оенрнранп оанрен делать...

Он опустился на стул.

Александр Павлович поднял голову:

— Онранпкнр вопросы опренранр Бурцов?

Зав.отделом поэзии Русецкий повернул к Бурцову свое худощавое лицо и отрывисто заговорил:

— Мне оаренркнр, Боря, опренран, раоренр раоенр наренп Рыков онрен опрометчиво. Онранернр Рыков ренпн стажопнренр опыт. А ты рпоренр опро доылон его лыононвялым. Это опрнждолг лочр на его...

— Я лыогоуго ыло ломт Рыков, — ответил Бурцов, вытирая платком выступивший на висках пот.

Русецкий непонимающе пожал плечами:

— Но опренр, Боря! Лоагокго Рыков лаоенрнр лирика!

— Дллаого опроенр рмипи бесцветно.

— Длвогокго опнренр?

— Долрого оаркнр в основном. А оанре имриа динамики.

— Но аоркнр осрп динамики?! Онранрк оанр...дайка...

Бурцов передал ему журнал.

Русецкий нервно полистал, слюня худощавый палец, сощурясь поднёс журнал к глазам:

— Ага. Логаогр, оарн...лаоно:
Сроям дебо кодатся иды,
Он орбя кеда в землю врос.
Под щосы — эми баровиты
И добиламо так всерьез.

Смотрел горобыва сосами
И жеск обеск тотина вес:
Когута, межерамо фами,
Кейритомода...шефсимез...

Здесь неровек таропы ыше
Голомарода небосклон,
Щочаса вотра огомишек —
Доир, довутак, соросон!

— Это опренрна динамизм?

— Ну...опренра она вначале. А опренр — оаренр вяло.

— Долронг?! Лоанренр — вяло?!

— Лоаноено мое мнение...опнренра Рыков удачи — неудачи...

— Гоанре лволо профессионал?!

— Огоаука, ранре Рыков. Что ж опгоего дола?

— Длолнгог века!

— Длоргонг — впекаеа лично.

— Длшылгуо, мотарт голословно!

— Лоанре все равно.

— Влвнрнрап ота!

Ответственный секретарь примиряюще поднял руки:

— Погодите, опнре дыолов кеп, нельзя. Рыков ранпкнп псмап енп.

— Но, Григорий Кузьмич, ывак напе рмиа?!

— Ждыло укаве кеп, дорогие. Савакуак.

— Борис пваеуа ева стихи.

— Драоркн на личности. Пиари...

Русецкий снова поднёс журнал к глазам:

— Хорошо, авеаука чдо апрп мирва, вот паеп:

Юнаприйся вара под рефыук лесом,
Как орсачан вийру одала просторе!
Жофысапро оба сосновым треесом,
Бригада эыук, эыук и — гроре!

Забудем дранаду. Кем наша щароша
Жыкуен лоцывак, удырным бобуху,
Харое, борое, троура пороша, —
Припев эднаерок и тысный горлуху.

Зоробыть герофи, троук перекуре,
Мы стали бабать и кекурыбать руки.
Юнок, первогробны, юнок, межлагуре,
Мамада Урал, шаролукова звуки!

Он поднял голову, вопросительно посмотрел на всех:

— Дгваек оне тмриа вяло?!

Ответственный секретарь в раздумье почесал подбородок:

— Ну...авку смовме ноа...в общем...

— Товарищи! — Русецкий покачал головой. — Двака апр Рыков доаеп кнрно! Нонвренп поэзия раор?!

Зам.главного редактора поднял руку:

— Витя, лоанр уепвеа щкого оне...гаорн екн...

Русецкий обиженно развёл руками:

— Лшоанр енр нер, Александр Палыч...

— Ладно...оарн уканп, Бурцов апркнп...ранк...

Григорий Кузьмич неторопливо заговорил:

— Я хотел оанрк ыпау щыау гаарн по пвеауе рассказ. Тут ран пае вауеа Боря пвеа, нкпзц опнре жыло врнро проблема. Я думаю пвнпу шлыоно рассказ лронго тпот хорошее, если оарнре думать. И главное — оарн ылогео сриа разбор. Это арнв уаеак зфогн не должно арпвеп пустопорожний. Орвна пкнпе псиа деловой ранпк и необходимо раепк щыогеог цюдбол тмота льыпр прозы ранр акузш, о котором рукав зцдщлн бсльаот рассказ. Мы не в праве лвош ущш зцщуш овгок оанр рмипи завоеваний. И главное — огукев зцлшнл, непосредственно гврнк укац злншл омтарте, вот что, товарищи, а врнкр льроьц шонго сриапи вонещут обязательно. Гваке реорн, принципиально, ренрае кщшнго пройти мимо нерапк? Нонар кеп. Уровентора раепкн панп проза — овгоенр ртоа оружие и еще какое. Оренр спиару зыошно вка рацюл мрокн повышать, ранрк требовательно наркнпвеп. Оваука молодые авторы. Это очень оан шовепкн оан, товарищи. Я опрнврп повесть ранпк Иван Жукавцев, лоанре «Шогарне». Роарнкпн свежий нврнк, точно арнкпн впе найдены и очерчены наок злос рвнркнп характер. Рекомендую ране ноезоы ждл тмрт сми представление. Повесть понру зцогно ранк дло ваа высокой ноте. Нпанпк нр молодые кадры герно арпкн ен, нужно арокнрешо рап пассивно наркнпе активно. В этом оарнер пр, шаонереп оарнр по-деловому. Юар ранпк проза, — ранпкн ылогу задача общаягокнре ропрн врое шо быть рпоегрв он в отборе. Нашароегру зфдщлкго отпртыва рпо вор апр дл ресурсы нпре, гоарнепнк рпанпкщлогного. А что опгрен? Роарнк бесхребетность. Норанрк наш грех, нкрнпе. Гранрк сип-вири чище, точнее. Епкнп па, редактор и только нкрпнвпе мпиар лчьоь ответственность. И я повторю — ранпк чпиари кщлышонго мотпртегопш опнр более внимательно. Рывау еапк мпиарнч пернр проза рпнпкнеп впе поэзия. Ловнр енркеп укав самври енрогр арпкнп проблемность рапнк рн. Проза оврнк мртаорт рпо, товарищи, проза — ранпк вак. И надо оану вану фздгшл прои ранп принципиально. Риану фшлгх мриа чище, точнее. Арвнренг апрм икен рабочая тема проенр тема апруке рапкнпе взято рапнв щулшлкго опрнр во-тернр принципиальность. Проза, товарищи, — лао ыепк нарнк зчдлншл рпнр необходимо ранркнп вепкеп впау шонгорго арпеп намного проблемнее, екпнп вонернргр все, каждый гернр кгоге чтратртеро пор вдл на всяком этапе. И я про унрнр ещлщ мтот требовательность ранре лоаго уровень возрастатьгоегрнр аркнр апр поиск опрнр арнр, чем моложе гоагркн ыор ешого кнр врпк тяжн опнр лучше и строже. Вот это нкрнпуеп паеп...

Он замолчал.

Зам.главного редактора кивнул и заговорил медленно, с деловитой уверенностью:

— Ну а мне, товарищи, оанренр впнкпепу щлгшого впаеп репортажа. Жанр этот рпнркнр вепунпе к еп в нашем деле. И апркпнп снижать уровень поренра кнренр оенр непростительно. Мы ведь поренр и надо оранренпнп оставаться. Поэтому опрнерн впркпнпаеп кпнп такое отношение. Вот Бурцов нернаркнр ароернрс апр арп репортаж. Я понимаю поренр апркпнпвепу репнпа коннре, но так же нельзя. Мы опренр анркнп ука гщоршон оагоергарн ернапкнп апкн. Наша с вами поернр ыаву щолгшошое рпоренрм аир миари читателю поренр ане апрнп просто, доходчиво, убедительно. Пранп самв шопго впнк ядбрло апр впеа. Как же рпонр Суровцева опренр арн Григорий Кузьмич ранрк рпоернр авпу шогш оенрстроже. Мы опре шоегрнаркп. Где же рпоенранп по-партийному? Огр кене уепк гпр, товарищи! Онранп кшоншоно Семёнов, Злотников, оанр уогного репортаж. Онаркнп впауеа кгоншорго мотпрт Сибирь арокрн строительство. Апвеа кшто тьт аотр ити апрк арпенп врпк активность, оранркнп по-журналистски, а не опго уепвеп. Это аног оегр чвсы щлроншо опрн мриа кгого работать и работать, ркнр арнк лвг? Как же мы топт ренрв уздгщл чвсыжю тиоп уаквздщ рпн мира ри? Ведь репортаж лпшо укавщлгшл фоторепортаж, у ренрк! Мы пнре гренрпкеп мпмапм внркнр гарантировать ранрк ранп репортажей? Это аоркнрпкнп, товарищи, рапкнп впауеа ар крнпке впнупеп, оаркнр учиться ранкпнпр по-настоящему опрег вдл ы репортаж. И в этом оаркнр врпкнп. А потом — оаркнпвн уренп кнреор фотокорреспондентов. Рнпаеп апркнп тогад опрнр Семёнов ранркн фотографии. И тарик шор цкм сир очень, очень здорово. Огар кнр ранпк вепу щрог сипви аро по памяти не скажу, но окг цакузд. Чаще, чаще надо ириап укавшлн опнр, нельзя арнкп. Это рпнре. Мы оарнкпн журнале опрнру авеа фотографии. Весь оарн конре лршонг аркнп аеп. Тогда опренр смпм вмп фотографии. И в кажоарн уонго вапу щронш мто вап ущлгш нашей зп опрн фотограф. И если каждый опнре нпвепу шгош, товарищи, опрнр уеп цщлг надо дорго енрк. Мы не можем оарнер. Фото это ранпкнпеп искусство. Надо прнр опнр аркнп. И все тогда рпенп конп.

Главный редактор вздрогнул, повернул к нему свое усталое оплывшее лицо:

— Орвн опр е тмир?

Александр Павлович пожал плечами:

Лога мира вапыек, Сергей Иваныч.

— Лога мира? — переспросил Горностаев и легонько шлепнул ладонью по столу. — А когда?

Мальчик отложил последнюю страницу рукописи, встал и вышел из кабинета. В приёмной сидели две секретарши и Котельников. Мальчик посмотрел ему в глаза. Котельников встал. Мальчик поднял левую руку и показал четыре пальца.

— Лена, скажи Мыльникову, чтоб проводил, — пробормотал Котельников и вошёл в свой кабинет. Не садясь за стол, он набрал номер.

— Грибовский, — ответил мужской голос.

— Сергей Иваныч, Котельников.

— Ну и?

— Четыре, Сергей Иваныч.

— Первенец! — злобно усмехнулся голос.

— Но...Сергей Иваныч, это инициатива Елагина.

— А мне какое дело! Ты, значит, вляпался, а виноват Елагин?

— Но, погодите, Сергей Иваныч...

— Годить будешь в другом месте, — Грибовский положил трубку.

Котельников облизал пересохшие губы и посмотрел в окно.

Содержание

Часть первая 15
Часть вторая 143
Часть третья 193
Часть четвертая 293
Часть пятая 307
Часть шестая 369
Часть седьмая 399
Часть восьмая 453

MODERN TALKS

Владимир Сорокин

Норма

РОМАН

Ответственный редактор *А. Гантман*
Редактор *О. Авилова*
Художник *А. Бондаренко*
Корректор *Н. Гусева*

Издательство «Б.С.Г.-ПРЕСС»
129090, Москва, ул. Гиляровского, 1
Тел/факс: (095) 207-53-62
Email: bsgpress@mtu-net.ru
Лицензия ЛР № 066298 от 04.02.1999

Подписано в печать 19.12.99.
Формат 70x100/32. Бумага офсетная.
Печать офсетная. Усл. печ. л. 19,5.
Тираж 5000 экз. Заказ № 544.

Отпечатано с готовых диапозитивов
на ГИПП «Уральский рабочий»
620219, Екатеринбург, ул. Тургенева, 13